乌蒙大道

壮山河

云南省昭通市昭泸高速公路建设纪实

王万牢 著

上海交通大学出版社
SHANGHAI JIAO TONG UNIVERSITY PRESS

内容提要

一群普普通通的建设者，以血肉之躯，披荆斩棘，从2017年起，用五年的时间修筑了一条横跨滇北的高速路。他们是怎样的建设团队？他们以怎样的工作状态缔造了这座建设丰碑？又以怎样的精神情怀，创造了无怨无悔的生命价值？

长篇报告文学《乌蒙大道壮山河》以纪实的笔法，翔实记述了昭泸高速不平凡的建设历程，还原了当时如火如荼的劳动场景。其中，路地共建的同心协力，你追我赶的拼争劳作，节点推进的战略布局，资本人力的运筹调度，质量安全中的严格把控，工程技术中的精益求精，危机困境中的攻坚克难，凡此种种，点滴描绘，真挚细腻，无不显示出公路建设者的责任意识、情怀与担当，那荡漾其中的拼搏精神和工匠精神，令人敬佩与赞叹！

图书在版编目（CIP）数据

乌蒙大道壮山河 ：云南省昭通市昭泸高速公路建设纪实 / 王万牢著. -- 上海 ：上海交通大学出版社，2025.1

ISBN 978-7-313-30592-3

Ⅰ. ①乌… Ⅱ. ①王… Ⅲ. ①报告文学－中国－当代 Ⅳ. ①I25

中国国家版本馆CIP数据核字(2024)第075363号

乌蒙大道壮山河——云南省昭通市昭泸高速公路建设纪实

WUMENG DADAO ZHUANG SHANHE——YUNNANSHENG ZHAOTONGSHI ZHAOLU GAOSU GONGLU JIANSHE JISHI

著　　者：王万牢
出版发行：上海交通大学出版社
地　　址：上海市番禺路951号
邮政编码：200030
电　　话：021-64071208
印　　制：上海文浩包装科技有限公司
经　　销：全国新华书店
开　　本：710mm×1000mm　1/16
印　　张：14.75
字　　数：236千字
版　　次：2025年1月第1版
印　　次：2025年1月第1次印刷
书　　号：ISBN 978-7-313-30592-3
定　　价：58.00元

本书编委会

作 者

王万牢

序言

昭通市位于我国西南腹地，云南省的东北部，地处云、贵、川三省接合部的乌蒙山区腹地，金沙江下游沿岸，与云南曲靖、贵州毕节和四川宜宾、凉山毗邻。昭通历史上是云南省通往四川、贵州两省的重要门户，是中原文化进入云南的重要通道，是云南文化三大发源地之一，为中国“南丝绸之路”的要冲，素有“锁钥南滇，咽喉西蜀”之称，是云南连接长江经济带和成渝经济区的重要通道，是内地通往南亚、东南亚和云南通往内地的双向大走廊。

昭通境内三江四河环抱，山高谷深。金沙江在昭通境内汹涌澎湃，绵延458公里，乌蒙山将昭通的最高海拔拉到4040米，而昭通最低海拔仅有267米。长期以来，因大山大河的阻隔，昭通公路等级低，水文工程地质条件差；干旱、洪灾、泥石流等灾害频发，行路难、吃水难、上学难、就医难等问题，一度制约着当地百姓的生活发展，也让昭通成为国家脱贫攻坚的主战场之一。

因此，交通的发展，特别是高速公路的发展，迫在眉睫。

党的十八大以来，昭通抓住交通先行这个牛鼻子，大力发展公路交通事业。其中，从云南昭通市到四川泸州市的省际间快速干线高速公路——昭泸高速公路，是昭通市“十三五”综合交通发展规划中的重点工程，也是乌蒙山区一条重要的南下北上、通江达海大通道。该项目道路全长73.558公里，总投资约127.74亿元。道路沿线多属喀斯特地貌，工程建设又要面临瓦斯、涌水、溶洞等诸多困难，加之常年冰雪雨雾天气高达80%，施工条件十分艰巨。

2021年12月26日，昭泸高速（彝良—镇雄段）建成通车，与G93成渝环线重庆至泸州段、G76厦蓉高速泸州至叙永段、宜毕高速叙永至威信及威信至镇雄段、宜昭高速彝良至昭通段、G85银昆高速昭通至昆明段，一并形成重庆至昆明新的高速公路复线，较银昆高速重庆至昭通段里程缩短约50公里。同时，昭泸高速公路将昭通北部高速公路联通形成网络，实现宜宾市、昭通市、泸州市、毕节市、彝良县、镇雄县、威信县、叙永县各市县之间互通高速公路，加强了区域交流与合作，促进了昭通经济快速发展，成为镇雄、彝良、威信革命老区脱贫攻坚的重要支撑。

昭泸高速为昭通融入“一带一路”建设大格局和“依托黄金水道、建设长江经济带”的重大决策部署，对发挥昭通乃至云南区位优势和资源优势具有重要意义。它的建成将进一步促进区域资源开发，促进滇东北地区经济发展；将加快省际通道建设，完善区域公路路网结构，有效发挥国家干线公路网在综合运输系统中的功能和作用；将支撑西部大开发战略深入实施，支撑新一轮乌蒙山区资源开发；将促进民族地区经济发展，增强民族团结；将打造黄金旅游通道，推动区域旅游业快速发展；将成为贵州西部、云南东北部、四川南部地区通江达海的重要通道，从而大力推进昭通地区的经济及其他事业的迅速发展。

在2020年和2021年的两次保开通大会战中，昭泸高速项目建设者充分发挥资金、人才、设备、技术、管理等优势，与云南省交通运输厅、昭通市相关部门及镇雄、彝良两个县政府部门密切配合，先后克服了融资渠道窄、遗留问题多、疫情影响大等多重困难，充分发扬了攻坚克难的工作作风，艰苦奋战，如期实现了云南省委省政府确定的通车目标，为进一步完善滇西高速公路网，加快地方经济社会发展作出了应有的贡献。

目录 CONTENTS

题记

一条高速公路冲天而起，似飞龙腾跃在滇北乌蒙山区，这就是2021年建成通车的昭泸高速公路。这条巨龙越山峦、跨沟壑，逶迤腾挪，像一条彩带把滇北乌蒙老区的偏僻村庄连接起来，把山区与滇北坝上城市经济圈连接起来，为地域经济融合发展插上了腾飞的翅膀。昭泸高速，这个在2016年还是画在蓝图、挂在嘴边的规划，老百姓的梦想，仅仅用了五年时间，这条长达73.558公里的高速公路便成为现实。从此，昭泸高速公路成了乌蒙山区走出贫困、走向富强的康庄大道。

平凡普通的昭泸高速项目建设者洒热血、迎风雨，献出了爱、献出了情，为滇北山乡人民架桥修路，筑就了致富路、幸福路；他们不辱使命，尽职履责，用血汗筑就起了这条阳光路、平安路；他们攻坚克难，勇于担当，在昭通交通史上创造了新业绩。

让我们怀着一颗敬慕和虔诚之心，追溯昭泸高速这段建设历史，

走近他们，认识他们，了解他们，见证他们的辉煌风采和历史瞬间……

01

·第一章·

亲历者说 心声达意献昭泸

演绎惊心动魄
带走沉浮坎坷
所有的酸甜苦辣
织就锦瑟年华
感谢这倾洒悲欢的历史
因为这是奋斗者的跋涉
感恩这魂牵梦萦的经历
因为这是成功者的印记
昭泸高速
巍然耸立的丰碑
团结奋进的华章
不负重托使命担当
慷慨激昂铿锵有力的诺言
在乌蒙山水间激荡
风可以吹走烟云
但吹不散青史的墨迹
辗转时空的沧桑
滚滚红尘放飞心灵
激越的灵魂在记忆深处回响
因为有爱
所以永恒

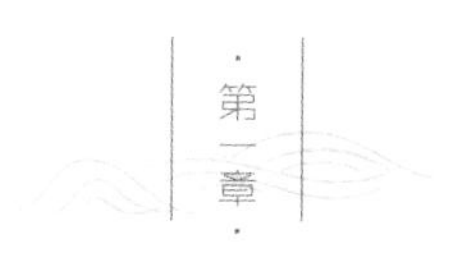

朝看水东流，暮看日西沉。

看，远去的尘封往事，值得品味；走过的路，会留下经历者的印痕。一条高速公路，一座蜿蜒飞腾的丰碑，昭泸高速，历经五个春夏秋冬，经过成千上万筑路人的奋斗，肩负政府重托、人民期望，筑就在滇北高原……

瞧，逝去的青葱岁月，依然值得追索。过去的日子，有着成长的足迹。长空传喜讯，大道报佳音。那样的情势，那样的神态，那样的背影，那样的故事，那样的愿望，那样的经历和作为，那些他们最珍贵最快乐的时光……

有幸面对昭泸高速当年的奋斗者，亲身感受一群人对过去时光的追溯，并发现其中不乏鲜亮的精神和行为。他们穿着朴素，很多时候不显山露水，悄无声息。但是，只要用心去发现，就能看到那一颗颗金子般闪光的心，就能看到他们真切而无私地用爱和行动来回馈工作和生活。

热血汗水铸就了一条脱贫路，铸就了一条富民路，他们虽然普通，但却以步步坚实的行动，推动发展以报时代，创造财富以报人民，敬业爱岗以报单位，居家爱家以报父母，锤炼自己实现价值以报社会。

他们是推动时代发展的无名英雄，默默坚守，默默付出，默默奋斗。可当我们与他们促膝而对时，他们却一个个坦言自己的平凡与渺小，认为自己只是普通人，做了一些应该做的事。

这正是他们动人闪亮的品质所在——坚毅与勤劳，忍耐与无畏，其言其行不由得令人心生感动。

是啊，在云南滇北乌蒙山区，他们不知在昭泸高速公路奋战了多少个日日夜夜，创造了多少个战天斗地的故事！多少时间里，多少岁月中，如今细细思量，才明白这才是梦想释放的地方；多少不眠之夜，现在回过头来，再问问自己，当初为什么来云南昭通，为什么来昭泸，如果放弃了，现在又会怎样……

他们是生于斯长于斯的普通百姓；

他们是来自省、市、县的各级政府官员、乡村基层干部；

他们是昭泸高速的规划者、参与者和政策执行人；

他们是昭泸高速的见证者和受益人；

他们是一生一世根系交通的筑路人。

他们期盼过，经历过，战斗过，所以他们懂得昭泸高速于他们而言不仅仅是一条普普通通的路。

他们的所作所为，并由此演绎出生活的精彩，使我们一行人受到了震撼和感动；使我们明白：那些普通的人们，才是时代的推动者和创造者。

真正的伟业，不仅在众山之巅荣耀时刻，还在平畴之域平淡寻常。就像小鸟虽小，但它拥有的却是整个天空。

让我们先从他们的只言片语中去感受、去体味吧。透过他们的叙述，把握依偎在生命长河中的真情实感；触摸他们的所思所想，感知不平凡的过程，感知建设的奋斗历程、发展瓶颈和艰难困苦；感受他们历练的艰辛、无奈、忧伤、痛苦、泪水，甚至绝望；感受他们曾经的眷恋、迷茫、快乐、喜悦，乃至狂欢。

先听听这一段段心灵表达和诉说……

他们的叙说，为昭泸高速的精神风貌提供了形象注脚，也为日新月异的时代记录了一群普普通通的建设者朴实无华缔造辉煌的历史过往。

这群为昭泸高速建设殚精竭虑、不知疲倦的骆驼们，依然迈着坚实有力的步伐，奔走在业务最前沿，像战士一样在市场竞争的硝烟中再次发起冲锋。

项目指挥长黄阳双鬓染霜，年近半百，但他身披昭通市高速公路投资发展有限责任公司（以下简称“昭通高投”）总工程师的战袍，依然冲锋在昭通公路事业最前沿；项目总经理唐侃，带领留下的经管人员守护昭泸高速的持续经营；而昭泸大将邓海明、许定论、王胜等管理人员，已顺利转移到新的高速公路建设战场。

义无反顾勇往直前的奋斗精神催人奋进。此时此刻，我们也从他们身上深深地感到事业对于执着的人们的使命和价值。

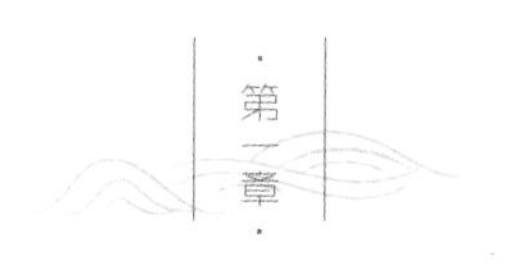

他 们 说

提高认识和政治站位，把昭泸高速公路项目的建设当成民生福祉工程来抓，加紧施工建设进度，推动昭泸高速公路顺利通车，为经济发展注入强劲动力；加大投入，充分利用好目前的好天气，科学合理组织施工，确保通车目标的实现；做好施工安全防护，杜绝出现安全事故。

——云南省副省长，昭通市委原书记　郭大进

昭泸高速的建成通车，是昭通大抓基础设施、大抓综合交通、大抓高速公路的一个缩影。昭通市实施“交通先行”战略，横下一条心、立下愚公志、苦干“十三五”、县县通高速，多措并举抓融资，千方百计引人才，一路一策建模式，大干快上抓建设，在乌蒙大地书写了综合交通跨越发展的壮丽篇章。

——昭通市原市长　朱家伟

要提高思想认识，全力做好保障工作，昭通最大的问题是“不通”，只有“通”才是昭通的未来。昭通怎么“通”？要靠腾飞，腾飞要靠两个“翅膀”，即铁路、公路，一定要围绕这两个目标来推进。

——昭通市原常务副市长　陈真

昭泸高速是昭通市交通运输局规划的重点项目工程，建设完成后必将极大推动地区经济发展和民生福祉建设，一定要保质保量、不打折扣、百分之百完成。要打好组合拳，确保工程质量和施工安全，抢抓春、夏两季晴天多、雨水少的优良气候条件，团结发动所有参建单元适时掀起施工大干，工期倒排，迅速推进各项节点施工。

——昭通市副市长　王东锋

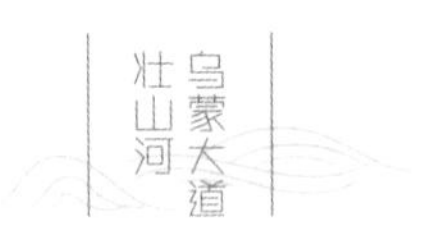

昭泸高速项目建设推进快，思路清晰、措施有力，各项工作开展正常有序。昭泸高速项目指挥部工作措施和镇雄县支持服务高速公路建设的做法值得大家学习和借鉴，昭泸高速要再接再厉、未雨绸缪，抓住当前有利时机，加快建设进程。

——昭通市副市长，昭通市综合协调办原主任，昭通市交通运输局原党组书记、局长　刘和开

面对镇雄县气候恶劣、全年有效施工时间短及地质复杂等不利因素，昭泸公司对昭泸项目组织有力、部署得当，按照目标任务扎实有效推进各项工作，取得的成绩可圈可点。接下来，昭泸公司要精心组织，认真梳理工作盲点、难点，打好收尾工作清零攻坚战，全力确保通车段建设任务按时按质按量完成。

——昭通市高速公路投资发展有限责任公司[①]党委书记、董事长　李文龙

施工单位要在确保工程质量和施工安全的前提下，全力增加施工作业面，围绕时间节点，抢工期、抓进度，圆满完成建设任务，确保春节前镇雄到牛场、花山实现通车，让返乡人员通过高速公路这个快捷通道快速返乡。

——云南省委宣传部副部长、镇雄县原县委书记　翟玉龙

认清形势，正视差距，进一步增强综合交通建设的责任感和紧迫感；以问题为导向，全力加快综合交通重点项目建设步伐，列出问题清单，落实责任人，限时解决问题；层层压实责任，千方百计推动各项工作落到实处。

——昭通市生态环境局局长、镇雄县原县长　郑维江

昭通目前正处于基础设施建设的黄金时期，各单位要再总结、再奋进，为全市高速公路建设提供更多有益的经验；要再回首、再梳理，围绕建设体系，找出薄弱环节，确保完成建设任务；要再重视、再盯紧，紧扣高速公路项目建设，发现问题要进行专题研究，确保问题及时得以解决。统一交通先行战略思想认识，扬长补短，改进工作方法，加快进度，集中各方力量，全力全面推进项目建设。

——昭通市“三办”原常务副主任　张孝荣

① 昭通市高速公路投资发展有限责任公司是昭泸高速公路投资开发有限公司母公司，本文简称“昭通高投”。

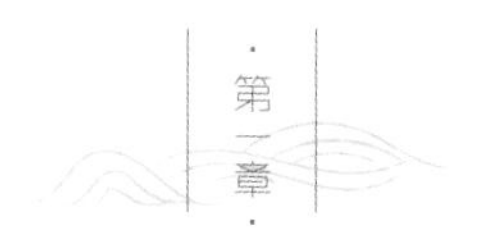

昭泸高速公路项目虽然启动晚，但是推进快，整体施工进度良好，施工环境保障工作开展有序。要层层落实责任，全面推进高速公路建设，地方沿线政府要认清形势，统一认识，限期解决征地问题。

——昭通市环境保障办原主任　李怀祥

县级分管领导和联系领导要继续强化征地拆迁、环境保障及电力迁改工作，保持良好的征迁工作态势，继续强势推进。要根据年度目标任务，倒排工期、挂图作战，抓好控制性工程，如期推进项目建设；要全力配合县、乡党委政府，继续保持路地共建的和谐氛围。

——昭通市综合协调办原副主任　董西平

全县征迁协调工作开展正常有序，县委、县政府重视力度大；“三办”统筹协调机制顺畅，推进有效；县乡村各级干部思想统一，全县从上到下支持重点工程建设；与指挥部、施工方配合到位，及时解决问题。县委、县政府会全方位做好服务，为快速开展综合交通建设，给予有力的支持和保障。

——镇雄县原副县长　成旭

昭通独特的喀斯特地貌造就高山与峡谷并存，高边坡、堆积体大、岩溶地貌复杂，全年冰雪雨雾天气长达 8 个月至 10 个月，煤层区域瓦斯浓度最高时达到 90%，桥隧比高达 76%，施工难度可想而知。但在各方通力合作下，这些困难被一一克服了。施工单位做到“节约就是最大的利润”，把每一分钱都花在该花的地方，不允许为得到微弱的施工差额而加大国家投入、浪费国家投资。

——昭通市高速公路投资发展有限责任公司总工程师，昭泸高速公路投资开发有限公司董事长、党委书记，昭泸高速公路建设指挥部[①]指挥长　黄阳

① 昭泸高速公路投资开发有限公司和昭泸高速公路建设指挥部为同一单位，两块牌子，一套人马。本书用“昭泸高速公司”和“昭泸高速项目指挥部”来指代该单位。

指挥部对工程建设质量一直都是高标准、严要求，对不合格的工程坚持零容忍的态度，各单位必须以此为契机，对全线工程进行专项检查，定人、定时、定方案，严格落实整改。各单位要坚持“标准化、规范化、程序化、专业化、精细化”的施工管理原则，并严格落实施工规范、操作程序、工艺流程；要提高站位，引以为戒，加强管理，从思想上、行动上、组织上高度重视施工质量安全。

——昭泸高速项目指挥部常务副指挥长兼总监理工程师　许定伦

各施工、监理单位严格执行“绿水青山就是金山银山”“不破坏就是最大的保护”等理念，全面深入贯彻《环境保护法》《水土保持法》等法律法规，进一步加大生态环境保护力度，做到环水保工作常抓不懈。昭泸项目各施工单位学以致用，加强管理，将学到的先进经验应用到工程建设中，积极探索创新，推动昭泸项目工程建设步入新台阶。

——昭泸高速公司原总经理，昭泸高速项目指挥部原副指挥长兼总工程师　邓海明

全线23条隧道基本上都采用了零开挖进洞工艺，施工过程中无一处进洞产生坍塌，洞口都跟原有植被有机结合。施工过程中我们先设置了明暗交界桩，确定进洞的位置，明确要求所有的隧道洞口都不能先进行施工或者砍伐。这是我们对施工方的统一要求。

——昭泸高速公司总经理、昭泸高速项目指挥部副指挥长兼总工程师　唐侃

融资工作，对于大型工程性项目十分重要，就像打仗一样，对前方的后勤支持不可或缺，士气和战斗力必须依靠弹药和粮仓。自从来到资本公司之后，我给自己的定位，就是打仗的军火库、弹药库和粮仓。前面兄弟往前冲的时候，我们在后方融资是不能松懈的，必须“5+2”“白加黑”，一天24小时随叫随到，必须配合好银行及其他金融机构、非金融机构，把贷款工作推上一个新台阶。

——昭泸高速公司原财务总监、昭通高速资本运营有限公司原总经理　陈颖安

面对当前的严峻疫情，指挥部在做好防疫及复工复产工作的同时，立足自身优势，整合多方资源，为缓解当地防疫物资和生活物资紧张现状提供倾力支持，与当地群众携手共抗疫情，充分体现了国有企业强烈的社会责任感和深厚的家国情怀。

——昭泸高速项目指挥部副指挥长　王胜

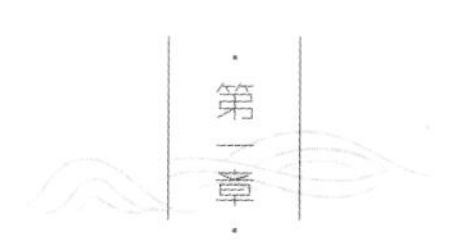

昭泸高速穿山越岭，要跨越重峦叠嶂的重重大山，沿路隧道特别多就是这个原因，因此四年的建设过程十分艰巨。最后如期顺利完工，作为其中的建设者我感到无比自豪。我很荣幸，在一个团结友善、互助互爱的团队工作、生活，指挥长要求不管大事小事，只要是指挥部的事就都是自己的事，各个部门必须相互协调、相互促进。

——昭泸高速项目指挥部原指挥长助理、办公室原主任　王川燕

我们要亲临现场，一家一户开展土地量测工作，查清楚每家每户的面积及地上附着物、房屋和青苗等情况，通过村民委员会、乡镇、县各级土管所和土地局等机构，上报准确数目和标准，再反馈给村民。这当中有多重因素交织，需要大量耐心去沟通协调，有些需要反复多次，甚至推倒重来另辟蹊径，才能圆满解决。

——昭泸高速项目指挥部征地拆迁处原处长　朱德雄

我们的检测规范严格，所有材料都要经过各级试验检测，都是以实验数据来指导生产的。中心实验室在质量控制当中起到至关重要的作用，因为要监管各施工单位的实验检测，还要监管驻地各实验部门的检测标准和数据。正是有多层级、多渠道监管，才能够有效地发现日常建设过程中的问题，及时提出整改举措。

——昭泸高速项目指挥部总监办主任　孔令伟

项目做了大量的优化工作，为了缩减桥隧规模、节约投资，我们对项目的 5 座桥梁进行了桥改路处理，减少投资近 1850 万元。经过多次勘察，会同指挥部提出优化大河连接线线路，线路长度比原先设计多了 311 米，但却减少了 4 座桥梁与 1 条隧道，大大缩减了桥隧规模，减少投资 350 万元。

——昭泸高速项目指挥部工程技术管理处处长　黄志刚

针对劳务工这个建设主体，增强他们的安全意识十分重要。在这个过程中，最难的就是把他们的不良习惯，转变成科学严谨的安全规范和操作规范。我们建了一个微信群，每天开

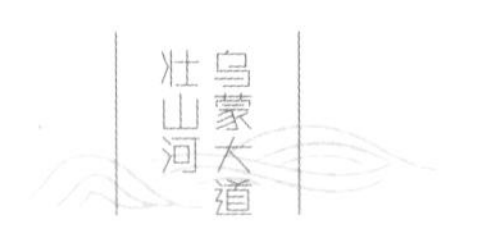

工前发五分钟的安全教育短视频，并互相监督学习，效果非常好，提高了现场一线的安全教育的自觉性。在昭泸高速公路建设中，没有发生一起安全生产责任事故。

——昭泸高速项目指挥部安全管理处处长　王敏

昭泸高速项目，现场合同非常多，达到 218 份。涉及的建设施工与服务单位有 204 家，事项繁复杂乱，需要我们加班加点。合同管理我们全程参与，自从合同订立了以后，就要对合同进行跟踪，对合同履行情况进行检查，特别是工程量的计量和监督尤为关键，容不得半点马虎。

——昭泸高速项目指挥部合同管理处处长　向恩宣

昭泸高速党支部是 2018 年 3 月 12 日成立的，我一边学一边开展党建工作，并在 2021 年 4 月转为专职党务工作者。做好党建工作的意义重大，要起到示范引领作用来推动项目建设。只有党支部的战斗堡垒作用和党员的先锋模范作用，这两个作用充分发挥了，项目建设才能够有序快速地推进。

——昭泸高速项目指挥部党群处处长　王丽琼

昭泸高速建设指挥部是当时云南所有指挥部里面唯一一家成立环水保监督处的指挥部。一开始，昭泸公司领导层就认识到工程与环水保的重要性，环水保工作与工程建设不冲突。昭泸高速从开工建设以来，指挥长就为项目确定了绿色、和谐、文明、畅通的理念，目的是实现环境保护和水保质量达标。

——昭泸高速项目指挥部环水保监督处处长　熊浩

当时建设时期下工地，每次早上 8 点出发，可能要到中午一两点才能到达工地。从工地的一个标段到另一个标段，要花 4 个小时，经常大半夜才能下班回来。现在可太方便了，个把小时就能到需要去的地方。

——昭泸高速项目指挥部物资处处长　杨永斌

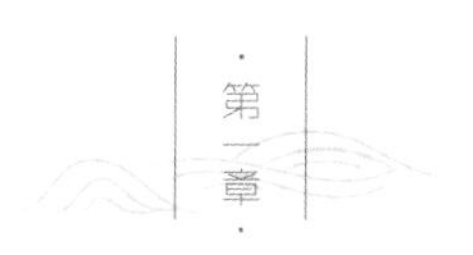

让我感触最深的是昭通高速前期建设当中，各种材料特别是水泥、钢材比较紧缺，那时的试验检测工作比较繁重。同一厂家同一型号不同批次的水泥，也要分别检测检验。中心实验室的检验，我们指挥部总监办都需要参与。

——昭泸高速项目指挥部总监办副主任、中心实验室主任　柴建勋

综合办公室努力服务好大家，保证大家的生活所需。有一项工作领导一直很重视，就是职工食堂。综合办公室不定期地就食堂的菜品口味、品种，征询员工意见，再根据大家的意见及时调整，保障大家都能吃到可口的饭菜。

昭泸高速项目的工作氛围好，利于员工发展，有不少员工得到提拔，不少年轻人得到锻炼和成长。这些都与公司的企业氛围和文化氛围有关。

——昭泸高速公司综合办主任　陈铅

我们按照建立核心省市级公路的市场要求，高标准严要求，与业主、设计、监理、当地政府等单位部门沟通对接，与当地政府及村民建立良好友邻关系，加快推进征地拆迁工作。在推进各项工作方面，以“不要等，不要靠”的思想迅速打开工作局面，确保工程质量、安全管理管控到位。

——中铁十八局集团有限公司（以下简称“中铁十八局”）执行董事、总经理　陈善富

公司在云南片区在建项目有13个，我们比其他标段晚一年进场，但我们行动迅速，立刻组织了15个施工队伍进场作业，高峰期现场施工人数超过千人，上场大型设备高达400台。瓦斯隧道施工方面，我们与兄弟单位中铁十七局集团有限公司（以下简称“中铁十七局”）分头共进，施工中遭遇前所未有的涌水，施工人员整天浸泡在水中，一天几次轮换，每次二三百人轮换，就这样每天推进，毫不退缩，按节点时间攻克了这道难关。

——中铁十八局昭泸项目副经理　范冠英

在昭泸项目的建设上，我们强化施工标准化管理，不断总结创新瓦斯防治技术及工艺方

法，积极优化提升项目施工管理水平，努力打造品质工程。增强工程质量企业主体责任意识，始终把质量作为企业生存发展之本；加强质量诚信体系建设，增强质量意识、诚信意识、自律意识，重信誉、守承诺；强化质量管控、落实质量责任，确保项目工程质量始终处于稳定状态。

——中铁十七局土建2标项目部项目经理　乔建永

为保证完成互通立交和清河隧道控制性工程的施工任务，我们投放了很多机械设备，增加投入，开展施工大会战。项目部领导24小时轮流跟班作业，事必躬亲，尤其是在重难点工程清河隧道施工时，不分昼夜去现场指导。

——中铁大桥局集团有限公司（以下简称“中铁大桥局”）昭泸高速1—1标段项目部党支部书记　孙士友

在昭泸高速施工高峰期，云南建投高达7000多名作业人员同时在场作业。整个施工过程中，指挥部十分重视环水保工作，细节做得很到位。赤水河源头保护方面，指挥部要求所有施工车辆要在水源200米之外的地方洗车，运输车辆全部篷布覆盖，定期清扫道路，并在水源50米外设专门泥浆池，泥浆池采用防渗漏的底衬专有物料，所有设备、工具、车辆冲洗干净才可进入施工场地。

——云南省建设投资控股集团有限公司（以下简称“云南建投”）土建3标项目经理　钟吉明

云南省建设投资控股集团有限公司在昭泸高速彝良到镇雄段第3标施工期间，连续三次获得“平安工地”考核第一名。“十三五”以来，正式跨入高速公路领域，不断创新，走好转型升级之路，施工过程中严格按标准化程序进行，并提出了“共赢、高效、绿色、平安”的管理理念。

——云南建投昭泸高速土建3标项目经理　蒋金诚

昭泸高速涉及8个乡镇的征迁，战线比较长，征地和搬迁点的房屋比较多。政府制定政策不可能覆盖所有问题，群众认为补偿标准偏低是普遍现象，工作难度不小，这就需要我们下功夫，采取多种说服办法，利用多种渠道，发动村镇干部，广泛宣传，主动做群众的工作。

——镇雄县综合交通协调员　王世朝

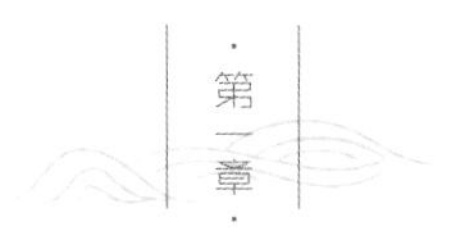

我以前是搞施工建设安全工作的，后来转到昭泸高速公路搞运营安全工作，很荣幸从建设者转变为运营的一员。我的工作职能也从之前施工建设的安全生产转换为路产路权的维护和保障。这一切都离不开公司给我提供了学习的机会，对我进行业务培养。

——昭泸高速镇雄管理处原运营安全经理　马江

我是2022年5月份开始负责昭泸高速项目财务部工作的。作为一名新晋加盟的管理者，昭泸高速独特而鲜明的企业文化深深地感染了我。同事们团结一致，互帮互学，都有很好的事业方向和很强的工作使命，领导班子成员亲力亲为、尽职尽责，整个公司充满昂扬向上的积极氛围。

——昭泸高速公司财务处负责人　杨建萍

我们收费的路段属于山区，地势险要，每到冬天很多路段会结冰，导致大量货车滞留。2021年2月，抗冰保畅通期间，很多货车驾驶员在生活上没有足够的准备，为了解决滞留司机们的温饱问题，我们在收费站下面条、蒸包子，免费提供给他们，受到了驾驶员们的交口称赞。

——昭泸高速公司塘坊收费站站长　陈刚

监控中心团队13人，实行三班倒工作制，新岗位、新工作环境，虽然工作生活条件很艰苦，但大家很团结，工作热情很高，也很敬业。不懂的地方实时向兄弟公司的同行请教，在前辈同事的贴心帮助下，我们克服了实际工作中的诸多问题和困难，成为昭泸高速合格的运营管理人员。

——昭泸高速公司运营监控中心主任　邓雪梅

刚来的时候，我对高速公路业务不了解，来之后慢慢学习，从班长到副站长，到现在的隧管员，再借调到管理处的安全管理部工作……通过公司的培训，我们这批年轻的新人得到了提升，也有了自己特别喜欢的工作岗位。

——昭泸高速公司牛场隧道管理站隧管员　曹桐

以前我们的大拖车从镇雄到昭通要跑 4 个小时至 6 个小时，现在最多 2 个小时就到了。夏天天气炎热，以前经过 6 个小时，蔬菜常常会坏掉一大半。现在好了，我们早上采购的蔬菜水果，2 个小时后送到还很新鲜。

——镇雄县赤水源镇蔬菜瓜果合作社负责人　徐帅

昭泸高速通车后，从坪上到镇雄只需要 20 分钟，快递业务也得到发展。在这里采购的竹笋，长三角、珠三角地区实现次日到达，物流费用下降，时间也大大缩短，特别方便，消费者也满意，我们的业务越来越多。

——镇雄县坪上镇个体经营负责人　刘翔

我是做五金生意的，之前都是借用或租用别人的车拉货，镇雄到牛场 30 多千米，大卡车往往要走两个半小时，翻山越岭，加上路上经常有拉煤车来往，道路坑洼不平，不小心就会把货品颠簸搞坏。若遇到车辆半道抛锚，往往人困马乏，疲惫饥饿。现在昭泸高速修好了，我自己买了一部新皮卡，配送运货方便快捷，再也不用受过去那份罪了。

——镇雄县牛场镇五金电器经营户　牟洋

02

·第二章·

翻天覆地 沿着高速看滇北

滇北之域

是高原之魂

天地雄浑山川叠翠

昭泸高速

是天空之眼

崇山峻岭间蜿蜒盘旋

飞龙串起经济脉动

昭泸高速

这个龙腾的生命

衔人间烟火

挑起希望和寄托

昭泸高速

霞光中丰碑璀璨

一路南下北上通江达海

跌宕腾跃推波助澜

稳稳地托起大爱

济困帮扶绵延不尽

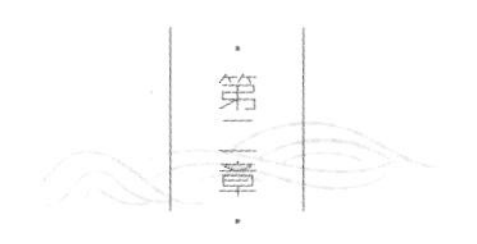

昭泸高速公路是滇北地区乌蒙山区一条重要的南下北上通江达海的大通道，全长 73.558 公里，建成通车后极大地促进了云南镇雄、彝良乃至昭通地区的经济社会发展，进一步巩固了昭通地区脱贫攻坚成果，对于优化区域路网布局、提升整体路网效益等具有重要意义。

昭泸高速公路及其相关高速公路网建成后，向东可达贵州毕节、贵阳，向南可达贵州六盘水和云南曲靖、昆明，向北可达四川宜宾、成都，向西可达云南昭通、四川西昌。成都—宜宾—镇雄—赫章—六盘水—盘县—兴义—百色—龙邦口岸，新的省际高速公路通道互联互通，连接成渝经济区、毕水新能源资源富集区和中国东盟自由贸易区，形成了一条划时代的高速公路走廊，交通相对闭塞的滇北地区迎来了历史性的最大嬗变。

❶ 五龙腾跃说巨变

2020 年 12 月 31 日是一个永远值得纪念的日子。

宜昭高速公路彝良县海子镇至昭阳段建成通车！

昭泸高速公路镇雄县牛场至顶拉段建成通车！

镇赫高速公路镇雄县陈贝屯至中屯段建成通车！

宜毕高速公路威信县斑竹坝至马鞍山段建成通车！

都香高速公路守望至龙头山段建成通车！

一条条喜讯自天而降，如同春雷炸响，一时间在滇北竞相传开。

2020 年 12 月 31 日注定是一个好日子。这一天，在昭通市东北区域，山水相连，毗邻而居的几个县——彝良、镇雄和威信，迎来了 5 条高速公路同日开通；这一天，似平湖兴波澜、大江腾巨浪，昭通市平静而祥和的日子被喜悦充盈。

“现在，我宣布，宜昭高速（彝良至昭通）、都香高速（守望至龙头山）、宜毕高速（威信至珙县）、昭泸高速（镇雄顶拉至牛场）、镇赫高速（镇雄县至贵州省赫章县）5个项目建成通车。”这天上午，昭通市委原书记杨亚林的一番宣布后，宜昭高速公路彝良收费站现场一片欢腾。

此时此刻，作为昭泸高速建设方的代表：昭泸高速项目指挥部指挥长黄阳、常务副指挥长许定伦、副指挥长兼总工程师邓海明等，也受邀见证了这一历史时刻，黄阳作为建设方代表上台发言。

昭通市委、市政府在“十三五”期间规划了12条高速公路，在国家、省级各相关单位和各金融机构的关心支持，全市干部群众的共同努力，以及广大建设者夜以继日的付出下，2018年建成了镇毕高速公路，2019年建成了格巧、昭乐、宜毕威镇段和威叙段3条高速公路，加上2020年12月31日通车的5条高速公路，全市通车高速公路达到9条近800公里，累计投入1120亿元。至此，昭通市除了永善县外的10个县（市、区）全部实现了通高速公路，昭通“昭明通达”的梦想正在变成现实。

昭通地处川滇黔三省之交，素有“咽喉西蜀、锁钥南滇”之称。从历史的角度看，这5条高速公路，既是昭通市在国家战略大背景下谋局发展的应有之举，也是昭通市在云南省委、省政府领导下顽强拼搏、砥砺前行的坚实足迹。

回望2015年，习近平总书记考察云南时，为云南基础设施建设指明了方向：“加快基础设施建设，形成有效支撑云南发展、更好服务国家战略的综合基础设施体系”。

多年来，殷殷嘱托化作众志成城、锐意进取的动力，云南省深入贯彻落实习近平总书记重要讲话精神，贯彻新发展理念，深化基础设施供给侧结构性改革，基础设施条件发生根本性变化，综合交通、能源、水利、信息、物流等“五网”实现从瓶颈制约到基本缓解的转变，支撑高质量发展、服务“一带一路”建设的综合基础设施体系初步形成。

地处滇北的昭通市顺势而为，后来居上，也从“秦开五尺道、汉筑南夷道”的“南丝绸之路”商业重镇，成为如今内地通往南亚、东南亚和云南通往内地、融入长江经济带、成渝地区双城经济圈的双向大走廊。

2020年12月31日，5条高速公路在同一天宣告通车，这既是昭通市626万人民群众的热切期盼，梦想成真；又是响应国家战略，贯彻云南省委、省政府“十三五”交通发展规划，继续发展高速公路，推进滇东北崛起的“十三五”收官之作；更是昭通市“十四五”高点起步、高速公路建设高歌猛进的良好发展态势的展示。

如期通车的5条高速公路，使得乌蒙天堑顿时变作通途，高速通，百业兴，民众富，这怎能不令人欢欣鼓舞、击掌相庆？

一条公路一个故事，在昭通，每一条高速公路的通车，都连接着千百万群众的欢笑和希望。随着这些高速公路的陆续建成通车，昭通的苹果、花椒、天麻、马铃薯、竹子、蔬菜，以及特色养殖、矿产等高原特色产品也一定会走出去；昭通的旅游、物流、商贸、信息等各类产业也会被带动起来，火起来。之前困在山区的资源会变为资源优势，转化为经济优势；之前相对闭塞的滇北一下子有了区位发展优势，这一切都必将成为助力昭通脱贫成果巩固及今后乡村振兴的“快车道”“快进键”。

“路不通怎么盖得了房子？什么东西都拉不进来。路通了，各方面都改变了。”海子镇的陈贵军笑呵呵地告诉记者。2022年7月，宜昭高速公路彝良到昭通段正式通车，在海子镇就设有一个收费站，原来从陈贵军家到昭通需要转几趟车，耗时长达4个小时，现在他从家门口就可以直接上高速，车程缩短为1个多小时。2022年陈贵军买了一辆小轿车，一有时间就可以从昭通回家看看。

同期通车的5条高速公路总计全长242公里，而其中昭泸高速公路里程占了将近三分之一。昭泸高速彝良至镇雄段，起于彝良县海子镇新场村（与宜昭高速相连），经牵牛地、花楸坪、中坝、小坝、大河、牛场、坪上、大地、老林头、贾家坝、赤水源，止于镇雄县塘房镇顶拉村（与宜毕高速相接）。

昭泸高速项目指挥部指挥长黄阳针对昭泸高速的交通骨架区位优势侃侃而谈，“昭通至泸州高速公路彝良至镇雄段，是昭通市‘十三五’实施‘交通先行’战略，连接镇、彝、威三县，打通与四川、贵州两省的隔离，是连通厦蓉高速公路的主骨架和大动脉。这条高速公路的建成通车，大大拉近了昭通中心城市与镇雄、威信，以及四川泸州、贵州毕节的时空距离，为昭通主动融入和服务长江经济带、成渝双城经济圈奠定了交通基础。”

黄阳就昭泸高速通车做过这样的时间测算：“从牛场镇到顶拉村仅需30分钟，比曾经的3小时节约2.5小时；从镇雄到昭通，只需要1.5小时，从昭通市区到镇雄由原来的3小时缩短到 1.5 小时；从昭通到泸州只要 3 小时，到毕节只要 2 小时 20 分钟左右。”

总而言之，5 条高速的通车日，成为众多人心中不可忘却的日子。

昭通市交通运输局工作人员介绍，自从有了包括渝昆高速在内的昭通 10 条高速公路的贯通与连接，昭通城到昭阳区、鲁甸县、大关县、彝良县的主城区成功构建起“1 小时交通圈”，到镇雄县、威信县的主城区构建起“2 小时交通圈”，曾经的交通出行难一去不复返。昭通的交通变化，直接促进了当地经济社会快速发展，也让云南通往成都、重庆、贵阳的公路更加顺畅快捷。昭通地区以前所未有的发展速度融入了长江经济带、成渝经济圈、滇中城市群，有了前所未有的发展新动能和前所未有的区位优势。昭通社会经济将在这一新引擎的推动下，迎来持续高质量发展的新未来。

一项项民生工程的竣工，一幢幢商品房拔地而起，让脱贫致富、乡村振兴、城镇化发展驶上了快车道。

昭通，便捷的综合交通；昭通，优越的地理区位；昭通，厚重的历史文化；昭通，淳朴的风土人情；昭通，独特的资源禀赋；昭通，巨大的发展潜力；昭通已成为云南新的投资福地、新的兴业热土。

❷ 走马观花看昭泸

有人历经生活体验、观感思量之后，有了这样的思考：

站在一楼看出去，都是细节，都是眼前的那点琐碎。

站在十楼看出去，能看到局部，细节慢慢消失，轮廓关联尽显。

站在一百楼看出去，就能看到全局，体会到自然资源的分布，城市设计的气魄。

那我们就先站得远些，站得高些，从昭泸高速的宏观场景和数字入手，细细探究一番。

昭泸高速项目指挥部副指挥长邓海明对昭泸高速的全貌及数据如数家珍：昭泸高速全长 74.5 公里，设计时速 80 公里，路基宽 25.5 米，按双向四车道标准建设，概算总投资约

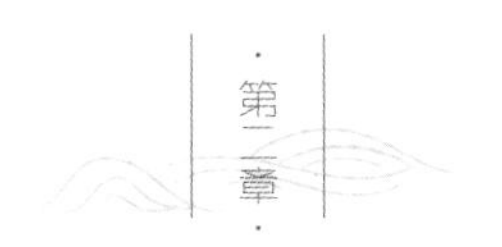

127.74亿元。全线共有桥梁47座，特大桥1座，大桥44座；共有隧道24座，其中特长隧道5座、长隧道6座。

面对交通路线图，副指挥长唐侃介绍得十分仔细。他扳着手指头讲："昭泸高速控制性工程共有14个，依次是清河隧道、黄莲隧道、大河隧道、白岩脚隧道、牛场隧道、坪上隧道、大地村隧道、上寨隧道、刘家坪隧道、乌峰隧道、新场互通、顶拉枢纽，以及中场河特大桥、肖家梁子2号大桥等。其中，中场河特大桥、清河隧道、大河隧道、白岩脚隧道、坪上隧道、乌峰隧道是六大核心控制工程，全线桥隧占比达76%，所有隧道单洞累计长达84.682公里。此外，昭泸高速全线还有5个核心配套工程，共设4个收费站、1处综合服务区、1处养护工区、1处停车区。

听着，笔者决然走进昭泸高速那些普普通通的员工当中，走进昭泸高速沿线那些素昧平生的寻常百姓家中，站在第三方的角度来看，发现时光流逝得非常匆忙，日复一日周而复始的生活，在这些忙碌的建设者的生活日历中只留下了可追溯的这段波澜壮阔的公路建设历史和这些貌似枯燥但却浸润着温婉人情气息的工程数字。于是平日里纤微细碎的工作体验，在眼前横亘的这条线形优美的高速公路面前，就有了一种庄重和神圣，更有了一种耐人寻味的豪迈与深意。

从人文历史角度探究，地球上最早的路都是由动物的蹄爪踩踏出来的，动物穿行奔跑的小径是道路界的鼻祖，而高速公路属于道路家族中的晚辈。但高速公路一旦降临于世，便以雄霸之气笑傲江湖。

可不，对于昭泸高速而言，它无疑是普通公路的升级版。相比于那些普通公路，昭泸高速更为宽阔，更为平坦，更为快捷，更为人性化。

无论听到什么，想到什么，都不如走出去感受来得更加真切，笔者决定也来一次说走就走的旅行，好好感受一下昭通。

盛夏的昭通，多日高温，向来温润的滇北，热浪阵阵。偶尔一次电闪雷鸣，也只是雨过地皮湿，干热变湿热。汽车驶过一段平坦笔直的阳光大道之后，公路开始向高处攀升，越过山梁时，只见绿色的山体，峰峦重叠，郁郁葱葱，远处更是影影绰绰，神秘莫测。

清晨的太阳缓缓升起，车辆在平整舒坦的高速公路上奔驰。阳光下的高速公路就像一条灰白的布幔在天地间铺成了一条蜿蜒的线。车辆一路北上，田畴在微风的吹拂下荡漾起阵阵

碧绿波浪，林地果园像镶嵌其中色彩斑斓的宝藏，郁郁葱葱……，沿路一派生机盎然的景象。

一条条普通公路在乌蒙山脊盘旋如蛇，在滇北沟壑的河川间弯曲如弓，而昭泸高速则像披坚执锐的侠士，挥舞利剑直刺大山的腹部，通达而去，不畏山石之嶙峋，不惧河水之凶猛，逢山钻洞，遇河架桥。因为有了技术的加持，昭泸高速公路才有超乎寻常的桥隧，天堑变通途得以实现。想想那些烈火焚天的念想和肝肠寸断的思念，之前只能遥想兴叹，现在随时随地驾车畅行。从此以后，天涯路已近在咫尺、近在眼前。

听司机说，随着昭泸高速的通车，这几年昭通得到了空前发展，人们一下子充分享受到了交通便捷所带来的诸多好处，昭通成了炙手可热的投资热土。

回想千百年间，乌蒙天堑，道路坎坷，必经千难万险，遭遇各种不测。山石滚落，河水外溢，路面塌陷，野兽出没，土匪劫道，不测风险并发，无一不威胁着公众的身家性命。攀登乌蒙山路，坑洼不平，磕磕绊绊，颠簸劳顿，千辛万苦，幸运抵达。这样的辛酸经历，山乡人大都历历在目，难以忘怀。这样的山区地貌地形，无疑就是一道道难以逾越的险阻，形成了长期的闭塞和荒蛮。昭通等滇北地区，往往就此沦为交通发展的末梢，成为经济发展的凹地。

再看今朝，南来北往的高速公路网纵横交织，国省干线、农村公路也星罗棋布。这一切真是不可想象。过去的岁月，是幽积滇北地区人们心中永远的痛；通江达海的通衢大道，只能是深藏在几代乌蒙山区人心底的梦。

昭泸高速上的隧道集群让人们津津乐道、赞不绝口。说起昭泸高速，许多人自然而然就谈到了它的桥隧比，粗略计算一下，桥梁和隧道占据这条高速总长的七成还多。这在几十年前是根本无法实现的天方夜谭，十几条穿山越岭的隧道，最长的单个隧道长度达 6.185 公里。桥连隧，隧连桥，让人叹为观止。

有人说，大山是隧道的母体，隧道因大山而诞生，沟壑是桥梁存在的理由，桥梁也因沟壑而得以延伸。大山与隧道，沟壑与桥梁，相互依存。大山、隧道、沟壑、桥梁，最终都用水泥、沥青和石料汇聚成一条飘逸的彩练，这是道路最美的容颜和仪表。而坐在飞速奔驰的汽车上，穿过隧道，瞭望车窗外扑面而来的风景，那可真是一种惬意盈盈的享受。这种旅途之美，不由得使我们对祖辈未曾享有这份通达交通的便利和幸福，而心生遗憾。

连续多个隧道的穿梭行驶，让人真切感觉到昭泸高速带我们进行了一次穿行之旅。车辆

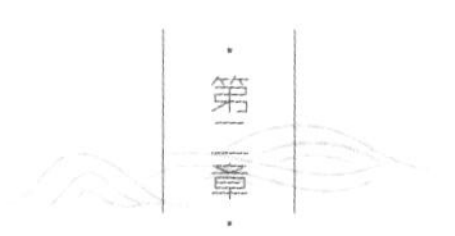

在隧道中穿行，一个隧道连着一个隧道，有的隧道短而急促，千米之距，风驰电掣般的速度一闪而过；有的长且使人怅然迷离。昭泸高速的隧道灯光系统很是引人入胜，不说那延绵划过的灯带流光溢彩，还有那似警示提醒的霓虹光圈怦然闪烁，璀璨迷离；各类警示标识在隧道的光晕中明晰展现，告诉或提醒司机安全驾驶。

昭泸高速的每一条隧道都是一个极其复杂的工程，涉及左右幅道路的铺设，壁沿通风管道及水电路等的精准设置，必要设施的美化，以及照明、通风、救援等设施的科学合理布局。这些都不是简简单单的问题，而是包含着极其纷繁而复杂的体系。

每一段桥隧都隐藏着一段歌，千回百转，也隐含着许多跌宕起伏、扣人心弦的故事。更何况还有那么多个日日夜夜的施工过程，无数生动细节也都隐藏在这静默的大山之中。

想一想，在这乌蒙山的崇山峻岭间，没有水，没有电，没有路，没有手机信号，甚至连一块狭小而平坦的工作生活驻地也很难寻觅。而又必须要在这样的荒山绝壁上凿出一条条长长的隧道，架起一座座高高的桥梁，要在这里安营扎寨，生活工作多个春秋，其中的艰苦卓绝和困难艰辛，可想而知。

想一想，要把建设的大型机械拆掉重组，运到现场再组装使用，又要翻山越岭寻找水源、建材，还要架设电线、电讯线路，实现通水、通电、通信号。面对人迹罕至的茫茫群山，从踏勘到规划，从设计到施工，从配套到安装运行，这些都让昭泸高速的建设者们磨破了双脚，熬红了双眼。

看一看，车辆在崇山峻岭间奔驰，不时有山涧掠过，也有河道弯曲河水荡漾，沟壑纵横交错，昭泸高速公路穿行其间，宽阔而明快。人坐在车里，呼吸着窗外新鲜的空气，心旷神怡。车辆一会儿行驶在一马平川的弧形线上，一会儿又疾行在巨龙般纹丝不动的莽塬之间，一会儿又钻进绵长而幽深的隧道……一辆辆南来北往交会而过的车辆，昭示着公路的无限繁忙。

还有这山、这水，这沟壑、这川流，这沿线的美景，引发了旅游观光的大潮。听说沿线彝良、镇雄早都以此为契机，筹谋生态旅游和历史人文旅游规划。昭泸高速的开通，一下子拉近了沿线周边县域乡镇的互通骨架，又与昭通、毕节等城市快速相连。两三个小时的城市经济圈所带来的不仅仅是旅游产业的勃兴，更有许许多多的梯度产业也会顺势开发，落地生根，这一切将重塑沿线经济社会发展的新布局。

可以想象，就在眼下或更长远的将来，乌蒙山区，这老少边穷的地方，在滇北的偏安一隅，在这个曾经被遗忘的没有被经济大潮彻底洗礼的地域，都将随着这条高速公路的建成而被惠及，也会因为有了这条高速公路而走上快速发展之路。那些祖祖辈辈生活在大山深处的人有了盼头，那些穷乡僻壤之地迎来了前所未有的机遇，所有的人也因此有了对接外面世界的惊喜。

路路通，百业兴。长远地看，昭泸高速公路穿梭历史云烟，就像一条腾跃而起的巨龙，越山峦，跨沟壑，向前奔去，留给人们的唯有生活的多姿多彩。

这时天色已晚，暮色四合，再回望，远处的群山灰蒙蒙一片，此刻山和天的界限已然模糊不清，天山合一，更增加了几分神秘。能看见的，只有山巅若隐若现的灯光，隐隐闪闪，明明暗暗，像天上的星星。

至此，倦鸟思归，一行人踏上了归去的路。

❸ 彝良处处有故事

在昭泸高速滚烫的建设历程中，彝良是第一站，也是最重要的一站，这里藏着建设者用生命激荡起的筑路故事。当然，除去昭泸高速之外，彝良作为云南交通大战略中的重要部分、昭通市的一个县，自然也少不了演绎出别样的改变。

笔者来到彝良，希望通过视角和观感的不同，体验和挖掘彝良最生动的见闻，寻访那些最动人的烟火故事，给我们的生活平添些许温馨鲜活的力量。

车辆一路北上，或在昭泸高速疾行，或在沿线等级公路穿行，横穿昭通城郊腹地，蜿蜒奔驰而上。

车辆很快驶入彝良地界，这是彝良至牛街的一段二级公路。沿路一派生机盎然，丘陵之间的田畴闪过眼目，荡漾着阵阵碧绿的波浪，不时映入眼帘的林地果园，更像镶嵌其中的色彩斑斓的宝藏，不时露出壮观的葱郁。

彝良虽小，但可却是一块丰盈的宝地。

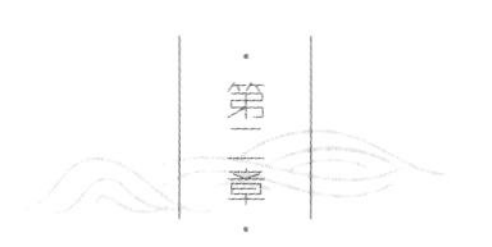

彝良的“触角”也因为交通的发展逐渐被打通，日益延伸扩张。单单近几年，就相继建成了彝良至牛街二级公路和彝良至镇雄三级公路，宜宾至昭通高速一期工程（昭通至海子段）、昭通至泸州彝良段，昭泸高速3标全段等多条道路。也正是有了这些公路建设项目的竣工，彝良县交通的主动脉和大骨架逐渐形成，彝良也在一条又一条交通工程顺利通车之后，迎来了一次又一次向外大发展的好时机。

让彝良人民无法忘记的，是彝良到海子段高速公路的建成通车，这条高速的通车彻底结束了彝良县不通高速的历史。之后又是几个春秋，快马加鞭，朝夕奋战，“十三五”末，实现了县城通高速公路的目标，标志着彝良正式进入高速时代。彝良县再接再厉，加快县内交通大发展。全县建设农村公路3000余公里，路网建设提档升级，交通日益畅通发达，人民的生活也在交通发展加持下迎来巨变，为彝良县推动乡村振兴事业打下了坚实基础。

随行的陈贵军是彝良县海子镇大田村人。过去，他和村民们的出行基本靠步行，运输主要靠人背马驮。交通不便，经济难以发展，陈贵军和乡亲们只能外出务工挣钱。几年前，大田村的通村公路修通了，陈贵军返回家乡，并盖起了小洋房。有些在外打工的人心系故里，也回到家乡，积极投身发展种植业。

乘车行驶在昭泸高速上，不时会看到大片大片白色的塑料大棚，就像白色的海洋，密集分布在昭泸高速公路沿线。同行者告诉笔者，这是村民们在昭泸高速公路开通之后率先作出的一个选择，种植业一时在昭泸高速公路沿线不少乡镇村落陡然兴起，特别是在高速沿线，距离城市交通更通达的村落，大棚蔬菜已成为沿线乡村产业发展的一大亮点。

随行的驾驶员赵晓森说：“现在高速公路通了，我们出行更方便了，以前走老路要一个多小时，遇到堵车，那就更说不准了。记得有一次，一下子堵了四五个小时。现在走高速，又快又安全，30多分钟就到了，很方便。”

现在，彝良县条条平坦的公路连接成网，农村交通面貌发生了历史性变化，农民群众“出行难”问题最先得到有效解决。

车辆飞驰，一座座延绵逶迤的丘陵，一条条伸向远方的公路，车窗外茂林山塬的后面，一眼望去是一片更深更远的山林和沟壑；沿路有聚集繁华的镇，也有稀稀落落的人家，有的村落很远，有的很近。车行远处，可以依稀看见崇山峻岭间，一丛丛绿色的树林和一片片果园，公

路通了之后，原本沉寂的山沟沟变得林果兴盛，发展的新业态，凝聚为改变贫穷的力量，拔掉山区村民的穷根，让村民过上心之所向的生活。

一路短暂地停留和走访，匆匆而来，又匆匆而去。沿线的一个个新事物、新商机带给我们阵阵兴奋和惊喜。车辆缓缓而行，透过车窗，近观路两侧，绿树成荫，翠竹成林。给随行的北方人带来了很大惊喜——第一次看到如此大面积的竹林，那一簇簇青竹长满山坡，遍布深沟，密密麻麻，翠绿靓丽。车行其中，鸟鸣声声，清雅脱俗；旁侧一条浅浅的潺潺清流，浅唱轻吟；蓝天白云微风送爽，阵阵凉意，扑窗而至，浓浓清香，沁人心脾。置身其中，如醉如痴！青绿鲜翠，新笋长成，林地湿润，更有清泉渗出，汇入小溪，向下游流去。这里感觉不到酷热，开着车窗，凉风习习。道路两边，不时有几户人家，那漂亮的房屋与竹林相映成趣，让人不由得羡慕起住在这竹林边的农家。

再往前走，小溪逐渐汇成小河，清流也喧哗有声，哗哗的水声传进耳朵。河对岸空地上，停着许多小车。农家乐就在公路边的松林中，房前有几排酒桌，有人正在猜拳行令，好不热闹；还有人带着孩子在小河石缝中摸鱼，更有人安逸地躺在两棵树干牵起的吊床上，清凉的山风袭来，那种惬意无与伦比。像这样的农家乐，彝良乡镇公路沿线大概有好几十家。随着昭泸高速等交通大动脉的修建，借助青山秀水发展旅游业，也成为老百姓发家致富奔小康的不二之选。开办农家乐吃住游一条龙服务，已成为当地各级政府带领群众致富的政策宣导。

一个叫肖清宝的养殖户，曾在沿海地区工作，听到家门口的高速公路马上就要修通了，便回到老家，投资 50 多万元建了基围虾养殖基地。2020 年底高速公路建成通车，肖清宝试养的基围虾也随即上市，并率先成为昭通市第一家成功养殖基围虾的养殖基地，500 多公斤基围虾很快销售一空。

肖清宝高兴地说："从养殖基地拉到市场上卖，基围虾还是活蹦乱跳的，如果老家没通高速公路，我多年来的创业梦想也不可能实现。"

随行有人说起当地的特产凤羽鸡，"这鸡是林下散养，因味道鲜美，成为很多消费者的首选。高速开通后，凤羽鸡从小草坝基地出发，到达广州的超市只需要 16 个小时，空运至上海仅需半天，成都昆明都是每天发货。"交通设施的飞速发展，凤羽鸡走进千家万户的餐桌，一方面让很多外地消费者也可以享受到这一新鲜的美味，另一方面也促进了本地养殖企业的发展，提高了养殖企业和养殖户的收入。

彝良县交通设施的跨越式发展，给企业插上了一双隐形的翅膀，高速公路缩短了城乡间的时空距离，让企业享受到了实惠。和以前相比，产品减少了损耗，缩短了从基地到消费者餐桌的时间，同时还保证了产品品质，使企业增效提效。

高速公路的建成，给千千万万像肖清宝这样的村民和传统农业企业，带来了从未有过的福音。交通的大改变，使得彝良真正迎来了发展的春天。

车队穿行彝良县城，这里由三水交汇冲积而成，是滇北的一座美丽小城，穿城而过的三条河流，使得这方小城鲜活且灵秀。一位随行的人正好是彝良县城人，他这样简短而深情地描绘家乡：彝良的山，青翠；彝良的水，甜美；彝良的阳光，明媚；彝良的空气，洗肺；彝良的饮食，养胃。

山城的道路回环曲折，路虽然狭窄，但两旁高大的店铺牌坊比肩而立，茶楼、天麻店铺鳞次栉比，还有几家场面相对大些的天麻种植合作社沿路布排，很是显眼。更多的店铺白墙青瓦装饰，檐角飞翘，在风格上一律保留着古镇古色古香的韵味。下车后，我们在弯曲悠长的街道上漫步，不时有挑着山货和新鲜蔬果售卖的老乡，带着山野的气息，与我们擦肩而过。集市街区出售着各类农副产品，琳琅满目。

询问一位老乡怎么来到这里，收成如何？他笑意盈盈道："现在路修通了，很方便。我们一大早采摘的新鲜果蔬，坐车来这里，很快就能卖完。每个月都有收入，一年下来日子过得也不错。"

公路建设与产业基地的精准对接，促成了龙街、奎香、树林3个乡镇马铃薯种薯扩繁基地，以及龙安、奎香、树林3个乡镇的夏秋蔬菜生产基地、生猪养殖示范基地、百草羊产业、草虫鸡产业等一批种养产业基地的建成，带动了彝良县15个乡镇、139个村（居委会）、1900余户、8万多名贫困人口实现增收脱贫。

对彝良而言，许多如牛街这样的古朴城镇，无不散发着古朴的文化气息，商客游人走入这些朴素典雅的小镇人家，喝杯茶，吃碗面，拉拉家常，感受这里温和而热情的乡土情调。

说起彝良天麻种植，随行的人话一下子多了起来："要说种植天麻，还得提彝良县小草坝，它是一乡一品牌的典型啊。随着交通变化，小草坝天麻已远近闻名，还带动了彝良县周边几个适宜种植的地区，成为当地农民脱贫致富的主要支柱产业。"

另一个人接过话茬："我有个朋友是彝良天麻种植专业合作社的。近几年路修通了，这个合作社种植地一下子从原来的2000亩发展为5200亩，不仅自己得到发展，还带动周边3个村民小组158户社员参与。真是众人拾柴火焰高，天麻种植在彝良已成了大气候。"

以小草坝为代表的彝良天麻产业发展前景十分喜人，目前已开发出天麻胶囊、天麻饮片等系列产品。同时，魔芋、竹荪等其他特色农副产品也发展迅猛。

彝良不仅有"小天麻"走向了"大世界"，历史文化和旅游资源也走向了"大世界"。这几年，通达的交通网络使得彝良旅游线路逐步得到开发，牛街古镇、乌蒙高原旅游线路、钟鸣景区旅游线路、花溪温泉溶洞旅游线路、洛泽河风光旅游线路人气兴旺，罗炳辉将军纪念馆、红二六军团指挥部旧址和红军长征纪念碑等景点游人络绎不绝。

那些往事透过彝良那些逼仄的峡谷、河湾、古镇、官道，在这历史光影里影影绰绰，想见往昔南来北往的茶马古道马帮，穿城而过的河水，南来北往的人流物流，眼前的山风呼啸，河水潺潺，我们只能感慨：时间带走了一切，也留下了一切。从幽远的记忆深处将一桩桩、一件件"老物什"翻捡出来，在百姓的陈述里一点点地复苏，演绎了普通百姓再平常不过的人情世故。

在绿色的簇拥下，在晚霞的沐浴中，我们或健步疾走，或漫步徐行，沉浸在交通对彝良社会经济大促进的思考中，阵阵微风吹来，空气中弥漫着清新香甜的气息。

❹ 镇雄古邦今胜昔

提起镇雄，经过连日走访与耳濡目染，笔者已对其熟稔于心。镇雄虽只是昭泸高速途经的一个县，但因昭泸高速项目指挥部设在镇雄县城，大家从心底把镇雄作为"主场"。

镇雄，是从川入滇经过的第一个大县城，这里的风俗人情、语言文化，均延续了川南风情。川滇交会，使得这里的人们既有四川的豪放与旷达，又有云南的宽怀与厚实。

作为滇北重镇，镇雄县地处乌蒙山区腹地，滇东北部，云贵川三省接合部，素有"鸡鸣三省"之称，境内山峦起伏，沟壑纵横，全县无坝区，只有半山区、山区和高寒山区。

车行不久，随行的昭泸高速环水保处处长熊浩就兴奋地告知大家："各位，走过这段互通立交，马上就要到我们公司修建的昭泸高速了，请各位品评一下昭泸高速的路况与舒适度。"

说罢，车辆便驶入了连绵隧道。通行隧道间隙，两边尽是崇山峻岭。一路奔驰，簇拥着绿水的一座座山峦，天空彩霞满天，不时有山间云海缥缈，周遭片片翠绿；更感觉镇雄的确多山，坐在车上眼目所及，乌蒙峰峦起伏连绵，云遮雾锁，群山静默，天地苍茫，近处山谷幽壑深邃，偶有一清溪碧潭一闪而过，给人以无限美妙的遐想。

镇雄，一个风景秀美之地，凭借青山绿水，一路风景，满载历史的沉香和厚重，满载着自然天成的旖旎风采，带给我们一行久违的震撼。

一路飞奔，虽然人在车中，但我们却能清晰感受到镇雄正随着时代的飞速发展而磅礴崛起。它美丽富饶，有数不尽的山水，有望不尽的蓝天，有看不完的风景，有解不透的风俗，有道不尽的故事，还有热情好客的少数民族在等着人们的到来。

随行的昭泸指挥部工作人员，就有好几位出自镇雄。司机王师傅，年已不惑，他有感而发："之前镇雄贫穷主要是因为山隔水阻，交通不便。这些年道路畅通，镇雄变化可大了。我们曾经住的是茅草房，土墙青瓦，县城好些年后才有了砖混小楼房。有一段顺口溜是这么说镇雄的，'通信基本靠吼，交通基本靠走，治安基本靠狗，穿衣基本靠纺，治病基本靠躺，娶媳妇基本靠想。'"

"要说镇雄的变化也就发生在近五六年，之前镇雄县是一个相对闭塞的山区县，除了少数妇女和老年人在家搞种植养殖之外，其余的青壮劳力都会去外地务工。因为山路崎岖，干什么都不方便，搞多种经营也会受到交通不利的影响。"

"是啊，说起那时，出门都是山路弯弯，水泥路很少见。有时就是种了点东西，费力费神走几十里路去卖，都不够本钱。时间长了谁也不愿意去做这些出力不讨好的廉价买卖。"

几位镇雄老乡的追述，多是他们对过去老家这个衣袍之地交通不便的埋怨和叹喟。"十三五"期间，镇雄快马加鞭，以一日千里的速度追赶着时代发展的步伐。近年来，镇雄全县完成交通投资350亿元，启动了6条高速公路、2条铁路和1条一级公路建设，成功迈入了高速高铁时代。

镇雄，集中力量，以交通为抓手，迎来了提速发展的高光时刻。高速公路、铁路一条条地修建，国省干线、农村公路基本实现了通达县域城镇，村落之间密布着便捷的公路网。这些道路的集中修建，极大地方便了群众出行，也为镇雄迎来了美丽绽放的时代。现在的镇雄县已经被授予“四好农村路”全国示范县。

对于普普通通的镇雄百姓而言，有些日子是不能忘记的、值得永远纪念的。

镇毕高速公路正式通车，镇雄实现了高速公路“零”的突破；成贵高铁开通运行，镇雄进入高铁时代。2020 年 12 月，昭泸高速竣工通车……，高速公路、高速铁路相继开通，镇雄连接云、贵、川三省有了多条重要省际高速公路和铁路通道，镇雄大踏步地走进高速发展时代。

从茶马古道到坦途大道，从当初全县只有 23 公里公路到现在拥有 13000 公里高质量的公路，镇雄用了 70 年时间。“深山绝壁开天路，历尽艰险架飞虹”，多种交通方式的建设，构筑了镇雄经济社会发展“动脉”；守护守望群众出行，旋即变成的快捷路、致富路、希望路、发展路，演绎着“贯穿南北，连接东西，通达川贵，辐射乡村”的激昂乐章，唱响了沟通城乡、进村入镇、协同发展的美妙和弦。

“高铁开通后，从成都到镇雄只要不到两个小时的路程。”憧憬着高铁时代的到来，在成都工作的张先生高兴地说，今后可以“常回家看看”了。

“回顾新中国成立初期，仅有镇雄城区到毕节二龙关约 23 公里的公路，群众过着人背马驮的原始生活，心目中几乎没有‘公路’的概念，那时真是‘出行靠走，物流靠背’。”随行的张大爷说这些话的时候，眼里噙满感慨的泪水。

“之前到哪里找公路？全是羊肠小道，去昭通都要走几天几夜！”张大爷继续说，“如今高速公路、铁路、通村公路已修到了家门口，交通条件好得很。上成都、贵阳、昆明，几个小时就到。”

大家沉浸在昭泸高速公路沿线风景与路况见闻、过去与现在的对比之中，一段段交谈，勾起对往事的追忆。不知不觉间，汽车已驶离昭泸高速，又踏上了昭泸高速沿线乌蒙山间。

汽车在一个又一个峡谷与崇山峻岭间穿梭。一路皆是悬崖峭壁，怪石嶙峋。山道上、公路旁，一座座林间居所依岩而建，时尚雅致，养人眼目。眼前俨然一幅浑然天成的云山雾水图。

镇雄，现在已是一座既具有现代气息又保留古色古香的城市，它安静地矗立在云南这片深情的土地上。可以想见，随着镇雄交通的便利，那些熠熠生辉的镇雄十七景，必然会声名

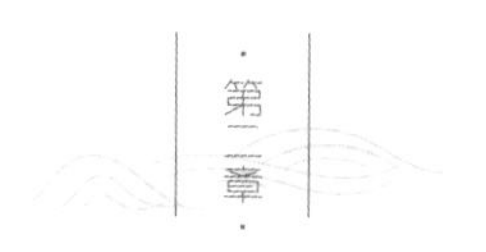

远扬，走出昭通，走出云南，走向全国。届时，呈现在人们眼前的肯定不单单是凤凰山上西下的夕阳那一丝温暖，还会有更多镇雄自然人文景色踏歌而来，这些人文景色必将成为七彩云南旅游迅猛发展的新生力量。

高速公路离农民越近，闭塞和贫穷就会离农民越远，便利的交通条件有助于促进农村剩余劳动力更多地向外转移，这对于平衡城乡经济差异有着重大的促进作用。

我们也欣喜地看到，更多像昭泸高速一样的公路项目，正帮助农民一步步把自己种植的粮食、蔬菜、瓜果等土特产品售卖出去，再把质量更优、价格更为低廉的生产、生活用品买回来，以此获得更高的利润，降低消费成本。交通的发展，不仅有助于农民更及时更多地获取市场信息，按照市场需求及时调整种植结构和经营项目，还有助于吸引城乡居民走向农村，使农村的旅游业等第三产业得到发展，拓宽农村致富渠道。农村的发展，反过来又将促进城镇发展，从而带动整个地域经济发展进入快车道。

近几年，镇雄地区的肉牛、魔芋、辣椒等高原特色产业，坚持以标准化基地、工业化组织、品质化生产、商业化经营为农业产业链发展方向，在“N”上做足特色文章，并获得了长足发展。目前，镇雄县已建设一批独具乡村特色的“天麻村”“竹子村”“板栗村”“生猪养殖村”“黑山羊养殖村”“乡村文化旅游村”“辣椒村”“油菜旅游村”等特色品牌村。

自昭泸高速公路等建成通车之后，之前万千远走他乡、出外打工的游子纷纷回归故里，热情地投入故乡经济的发展当中，镇雄的农副业产业得到了空前发展和提升。昭泸高速等交通网络的构建，不仅极大地促进镇雄及周边地区经济社会发展，而且成为巩固脱贫攻坚成果、助力共同富裕的必备条件。

就拿我们这次走访的享有“美酒河”美誉的赤水河发源地来说，特色种植业方兴未艾，大片大片原本荒芜的山间地块种上了粮食、蔬菜和其他特色农作物。

“如果不通公路，我家根本不敢建房。建筑材料只能送到离家还有 8 公里远的岩脚党支部活动室，然后再用人背或马驮转运，而两次转运的费用就是一笔不小的开支。”随行的人感慨万千。

正是由于交通便利了，扶贫搬迁的重头戏也在脱贫攻坚的战役中被提上日程。14752 户 65464 名群众，利用新修的交通路线，挪穷窝、换穷业、拔穷根，实现了一次规模庞大的整体

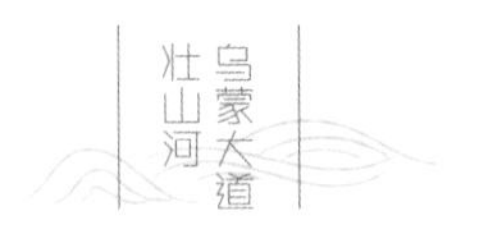

性易地搬迁。镇雄作为全国贫困人口最多的县之一，2020 年内 11.77 万户、56.58 万贫困人口全部脱贫，235 个贫困村全部出列，顺利摘帽，镇雄取得了决战脱贫攻坚的全面胜利。2021 年 2 月 25 日，镇雄县被评为“全国脱贫攻坚先进集体”。

发展方兴未艾，新镇雄商机无限。镇雄县全力落实国家扶贫开发战略相关优惠政策，创造最优良的环境，提供最优质的服务，全面优化政务服务环境及营商环境。

梧桐遍地开花，凤凰翩然飞来。天津亿联、红星美凯龙、中悦·康养小镇、以勒综合物流园等重大产城融合项目，成功落地镇雄并加快推进；肉牛、生猪、竹子、板栗等高原特色农业种植养殖项目加快发展、兴盛繁荣；珍藏千百年的地理区位、矿藏资源、人力资源等优势日益凸显，并正在转化成为发展活力。

镇雄，奔跑在追梦的赛道上，绘制着改革发展壮丽画卷；镇雄，助力新时代奋斗者挥洒汗水，拼搏出一个又一个喜人成果。

这是一段刻满伟大辉煌印记的岁月，交通的建设和改变，支撑起了镇雄这一划时代的变迁过程。

徒步行走在赤水源的石梯栈道，仰望山腰，迂回曲折，斗折蛇行，翠木掩映，明暗可见。三三两两的游人结伴游玩，赤水源头，飞瀑流泻。除去安静优雅的竹林玄关、瀑布连天的喧哗绝美、莽林深处溪水潺潺的神秘莫测，我们竟惊奇地发现国内众多名酒厂商在这赤水源头置碑纪念，根植纪念名木红豆杉，有贵州茅台酒、贵州国台酒、贵州钓鱼台国宾酒、四川郎酒等，以示溯源与敬畏。可以想见，未来这里将是一块不可多得的天然纯净的旅游胜地。

天色已晚，周遭的一切都隐匿于茫茫的乌蒙山中。眼前那些明明暗暗的霓虹灯晶莹通明起来，像天上的星辰。身边季节的色彩在天地间升腾，有人纷纷伸出手抚摸着果实。一个收获的金秋季已悄然而至。

03

·第三章·

策马扬鞭 挺进昭泸开新局

花如解语

花不言

石不能言

石却懂

匆匆一年又是秋

岁月不堪数

故人却如初

挺进昭泸始天成

凝心聚力开新局

千思万虑何所求

来之不易顺天行

万事开头难

艰辛背上扛

众擎易举泰山移

再启征程待来日

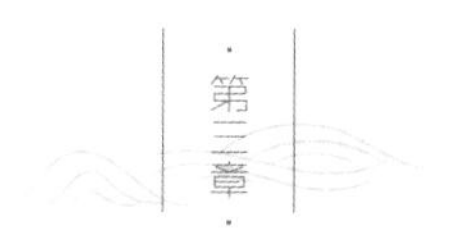

说起昭泸高速，就不得不从云南省“十三五”交通运输规划说起。云南省的交通运输规划肇始于2016年，这是“十三五”的开局之年。

2016年1月10日，云南省交通运输工作会在昆明召开，从交通运输历史时间轴看来，这次会议是一次真正承前启后继往开来的大会，极具历史意义。

会议筹备期间，时任云南省委书记李纪恒对这次会议作出重要批示，他要求：“十三五”要坚定不移地抓好以综合交通设施为重点的基础设施建设，上高速、上高铁、上机场、布航线，全面上，加快干，形成“五网”建设齐头并进的新局面。

时任省长陈豪也欣然批示并指出：综合交通事关云南省的长远发展、跨越发展，要打好“五年大会战”开局之役。

云南省委、省政府两位主要领导不约而同作出批示，这次会议必然对全省交通运输事业发展大局产生深远影响。作为统领和导向，会议强调全省交通运输系统要立足云南“跨越式发展”主旋律、“示范区、排头兵、辐射中心”新定位和“富民强滇、同步全面小康”总目标，积极构建内畅外通、能力充分、服务均等、便利可靠、安全绿色的交通运输体系。

会议明确了云南全省交通发展将重点实施“七大工程”，即高速公路成网畅通工程、沿边干线公路贯通工程、农村公路脱贫攻坚工程、水路交通扩能改善工程、综合交通枢纽衔接工程、交通运输服务提升工程、行业发展支撑保障工程。

云南省全省交通运输五年发展蓝图，规划了一场加快推进云南全省交通基础设施建设的5年大会战。通过这些方略规划的落地实施，云南全省交通运输发展的地域平衡性和整体性得以加强，实现了云南交通运输基本公共服务的均等化。

人们翘首以盼的云南交通运输新格局已经形成，交通运输领域正成为云南对外开放的新高地。

❶

南风吹其心　摇摇为谁吐

面对云南省2016年全省交通运输发展规划，处在滇北的昭通看到了难得的历史机遇。

2016 年之前，昭通仅有一条高速公路——宜丰高速。交通相对闭塞的现实境况使得昭通县域发展面临诸多瓶颈，昭通市存在多个国家级贫困县，这也是昭通可持续发展攻关的焦点和难点。

面对云南省新的交通运输发展规划和形势，昭通市委、市政府闻风而动，雷厉风行，坚持把综合交通放在优先发展的重要位置，他们积极主动作为，多次到国家有关部委和省级层面汇报衔接，并在交通运输部规划研究院的倾力支持下编制了昭通市“十三五”综合交通发展规划。

2016 年 5 月，昭通市委、市政府针对全市社会经济发展落后、地理环境复杂、交通运输条件艰难、脱贫攻坚任务重等实际，出台了《昭通市综合交通运输“十三五”发展规划》。规划通过 5 年努力，将昭通打造成为云南南北大通道上的交通枢纽，成为云南融入长江经济带和成渝经济区的重要门户，成为中国面向南亚东南亚开放的重要经济走廊。

这是一个能够让许许多多昭通人怦然心动的规划蓝本。规划从公路、铁路、水运、航空等多个交通网建设方面谋篇开局，形成多途径多类型昭通市交通运输发展新格局，并以此延伸建设触角，全面开花，立体构建，旨在彻底改变昭通市交通运输旧貌：铁路方面，构建“二横四纵一枢纽”铁路网，形成昭阳中心城市南部综合铁路枢纽，架起连通国家重点城市、通达周边省会城市、体现昭通区域特色的空中走廊；水运方面，构建“一线四港九码头”水运体系，畅通金沙江黄金水运通道；航空方面，构建“七辐射九联动”的航空网，将偏远的昭通融入全国广阔的航空网；高速公路方面，构建“一环两横四纵六联络”的高速公路网，从宏观布局和数量上明确规划，使昭通真正成为云南南北大通道上新的交通枢纽。

根据这个规划，昭通市随即启动了前所未有的新一轮交通运输建设大会战，在建和拟建高速公路共有 12 条（14 段）、808 公里，概算投资 1272 亿元。

昭通市的规划正当其时，面对挑战，抢抓机遇，所有项目完全符合省委、省政府“十三五”期间“能通全通”工程的要求，并全部纳入了全省“互联互通”与“能通全通”工程重大项目库。

“十三五”交通运输规划的确立和实施，无疑是昭通的一个大战略，站位高、落点实、有深度、有远见。昭通市交通先行，增信心、暖人心，从而成为各项工作的突破口。昭通交通主管部门心中装着目标、肩上扛着目标、坚定落实目标，以踏石留印、抓铁有痕的精神，落实省委、省政府交通运输发展决策部署的“施工图”。昭通市实现县县通高速公路未来可期。

逢山开路，遇水架桥。昭通市综合交通建设的脚步从未停歇。2016 年，领衔昭通全市建设主体任务的昭通市高速公路投资发展有限责任公司成立，并始终紧紧围绕昭通市委、市政府“县县通高速”战略部署，牢记初心使命，突出交通主业。昭通市在建高速公路里程和完成投资均居云南省第一，在云南省高速公路“能通全通”工程攻坚战中跑出了“昭通速度”，得到了省市领导的高度肯定。

南风吹其心，摇摇为谁吐。在昭通市交通运输突飞猛进发展的关键历史时期，以黄阳、许定伦、朱双龙、邓海明、唐侃等为核心的昭泸高速高层管理人员和中层管理干部，把个人发展与昭通交通运输事业大发展紧密联系起来，他们先后进入到这一经济主战场，积极选择，主动作为，参与了改变一个地域交通运输面貌的重大工程建设当中。

有人也许会问，是人选择了历史？还是历史选择了人？在新时代的历史关头，许多有志之士得到了更多新平台新机会，历史当下也对许多人提出了新要求和新担当。

黄阳，项目建设的主体责任人，年轻有为，胆大心细，富有创新精神；百战中指挥若定，万千事运筹帷幄，平日里调度有方，遭遇大战则显大将之风。作为云南高速建设中声名鹊起的一员猛将，此时此刻，他正在云南一条高速公路分部担纲指挥长，创造着属于他自己的全省工程第一标杆。

许定伦，始终保持着对工程师岗位的那份纯粹挚爱，不负岁月，果敢担当。看似寻常最奇崛，成如容易却艰辛。日常每一件普普通通的技术活在他的手上都成为一个又一个磨砺和锻造的机会，桩桩件件珍重有加，力求出彩。作为专业公路行业人才，他主动应聘，加入昭通市交通运输管理局，从事项目专业监管和建设项目管理工作，敬业爱岗，贡献卓著。

朱双龙，走过韶华灿烂的不惑春秋，已在职场奋斗了 20 年。从助理工程师起步，多个角色变化，人生起伏，矢志于工程技术，紧要关头，敢于亮剑，秉持不移地奋斗和信仰执着地追求，使他拥有了更坚实的步履、更深切的生活体悟、更崇高的精神追求。

邓海明，毕业于老牌行业名校，几十年一线市场技术历练，专业越发博远精深，技术日臻炉火纯青，技术和管理相得益彰，能力和精神众口称赞，秉持开放的学习态度和探索精神，利用各种机会对行业专业科技思想兼收并蓄；技术路线恒久不变，正逢其时。他在昭通高投众多项目历练中潜心钻研，取得诸多进步。此时此刻，他正在高速公路一线管理项目，推进工程。

唐侃，多年的行业磨砺，他已被锤炼成一个有专业精神的交通项目技术专才。他做事有恒心，一板一眼，精益求精，以始为终敢担当，呕心沥血为一线。他为人低调，做事认真，项

目管理经验、工程技术服务精益求精，处处彰显工匠精神。此时此刻，他毅然决然辞掉民营企业高级管理岗位，进入昭通交通建设主战场。

王胜，风飘云过，岁月流转，弹指一挥间，似乎没有半点职场风霜雨雪的熬煎和侵袭，似乎没有一星无所作为的苦闷和颓废；但见行色匆匆，平凡的年华，不平凡的职场履历，年轻有为，追索不已，恣情事业，不断超越个人发展。

王川燕，做事雷厉风行，敢当敢为，矢志不移，竭尽全力，保障有力，风华正当年，生意场得心应手，此时此刻也把家乡大发展的历史机遇当成自己的责任担当，弃繁华舍利益，选择筑路行业，开启人生另一种奋斗方式。

朱德雄，精打细算，能言善断，思维敏捷，工作踏实认真，此时此刻他作别耕耘多年的教坛，感知到昭通交通运输发展的大势，投笔从工，投身交通运输行业，在行业里潜心积蓄力量，悉心历练学习，从门外汉转为行家里手。

孔令伟，几近不惑，在公路行业摸爬滚打几十年，作为土生土长的镇雄人，他深深地体会到交通对于一个地方社会经济改变的巨大作用。作为一位筑路人，天南地北地奔波是生活常态，但这种生活态势更坚定了他要为家乡昭通镇雄交通运输业贡献力量的决心和意志。

黄志刚，大学工程力学专业毕业，从事土建项目的技术与工程管理，白天与黑夜的交替，冬天与春天的轮转，在那火热的工地现场，他无怨无悔地把青春燃烧；业精于勤，成于坚守和践行，从职场小白到一个技术全能主管，以技术立足分担企业的专业发展。此时此刻，作为云南玉溪人的黄志刚已将自己的职场转战到昭通的交通行业。

王敏，年已不惑，侠肝义胆，激情澎湃，挚爱交通事业。在工程建设多个领域干得风生水起，之后从行业多面手华丽转型，潜心专注工程安全管理，孜孜以求，手握国家注册安全工程师资历，冲锋在昭通市一个工程项目一线。

而此时此刻，还有柴建勋、向恩宣、杨永斌也都在一个濒临倒闭的工程类国有企业从事着管理岗位。由于体制、机制等原因，企业发展举步维艰。柴建勋、向恩宣、杨永斌他们这些正规院校科班出身的专业技术人员，对工作认真负责，平日里以企为家，公而忘私，时时处处以单位为荣，而当面对单位的衰败时，不免产生痛苦和煎熬。他们身处其中，不知未来该何去何从……

相比而言，那时更年轻的陈颖安、黄应东、陈迁、熊浩、王丽琼、邓雪梅等，大都刚刚走出大学这座象牙塔，初次步入社会，他们有更多的憧憬，更多的期待。他们有的在行业和专业的匹配中找到了自己的职场定位，特别是陈颖安，名校四年工科的学习，四年大学班长和学院学生会主席的历练都给了他满满的自信和对职业生涯的希望。带着那闪着光彩的履历，任何单位都不会拒绝这位意气风发的青年。此时此刻，他顺利入职招商银行昭通分行。虽初出茅庐，但积极上进，他很快便成为众人眼里最具发展潜力的青年才俊。

历史彪炳的一切结果，都是给有准备的人准备的，昭泸高速也在规划的宏图中明晰确定下来。昭通至泸州的高速公路正式加入了昭通市“十三五”综合交通发展规划，其中彝良至镇雄段是昭通市“一环两横四纵六联络”高速公路网中的横向连接线，是打造“滇川黔渝”区域综合交通枢纽的重要一环。不久，这样的规划也迅速成为必须落定的行动路线图。

2017 年 2 月 13 日，滇北昭通，天高云淡，阳光灿烂，南风微醺，时历刚过元宵节，但连续多日的晴朗天气一直唱主角，给乍暖还寒的初春带来暖意融融，这看似平常的一天，却是昭通市交通史上不平凡的一天，昭通市国资委发文正式通报昭通市昭泸高速投资有限公司成立，标志着昭泸高速被正式提上落地建设的日程。

昭泸高速作为重点在建项目之一，其重要性不言而喻。它肩负了政府和人民的厚望，指挥部坚持多措并举，精益求精，始终不忘要将其建设成为一项经得起历史和人民检验的精品工程。

昭通人民期待已久的昭泸高速建设大幕也由此徐徐展开……

❷ 萱草生堂阶　游子行天涯

黄阳第一时间被确定为新成立的昭泸高速投资有限公司的负责人，不久被组织部门任命为公司董事长兼项目建设指挥部指挥长。业主单位和建设单位两项重任一肩挑，足见组织对黄阳的信赖和支持程度。

潮平两岸阔，风正一帆悬。新公司成立不到两周，走马上任的黄阳就组织了昭泸高速开工仪式，拟参建的建设施工单位代表悉数到场助力，相关厅局与县域领导也受邀出席并讲话。这是昭泸高速首次以官方领军落地实施的项目面向社会亮相，也宣告了昭泸高速项目建设正式启动。现场活动吸引了不少自发观摩的人，无论老幼都按捺不住内心的激动和兴奋，现场洋溢着热烈欢乐的气氛。

一阵震耳欲聋的炮仗，相关领导登台讲话发言，而当主角之一的黄阳亮相表态发言时，台下竟掀起一阵喧哗。

不少人顿时提起精神，仔细观察这位肩负大任之人是何方神圣？有人在打探，为什么选择黄阳而不是别人呢？有这种疑问也正体现了大家的关切和厚望。

是啊，为什么是黄阳？

看人先看履历。此时的黄阳是具有 22 年高速公路建设管理经验的高级工程师，自 1995 年进入云南省第五公路桥梁工程处工作以来，他已在云南大地转战了 7 个地方，掐指细数，先后参与了昆玉高速、玉元高速、安楚高速、嵩昆高速、祥临二级路、宜毕高速、昭泸高速的建设。从当初的一名放线技术员，成长为领军一方的公司董事长和项目建设指挥部指挥长，他的确取得了不少值得称道的业绩，足以体现出黄阳卓尔不凡的个人能力和杰出贡献。

其一，就拿云南 2002—2005 年在建的安宁到楚雄高速公路（安楚高速）来说，该高速公路的建成通车，突破了滇西公路交通的“瓶颈”，承建单位成为云南省 2001—2005 年度公路工程建设与质量管理先进单位，在云南公路建设史上写下了浓墨重彩的一章。安楚高速建设项目不仅拿到了云南省优质工程一等奖，而且在国家层面斩获佳绩，先后被评为全国交通建设优质管理十佳项目和全国交通基础设施建设廉洁工程项目，黄阳所在的指挥部被评为“全国交通系统先进集体”。

在这个成绩斐然的项目中，黄阳始终担纲核心角色之一。黄阳作为安楚高速指挥部楚雄分指的指挥长兼总监代表，创造了多项纪录：他带领团队在各类综合评比中拔得头筹，连创全省交运行业投资最省、进度最快、管理最好、质量最优“四个第一”的标杆成绩。当时黄阳年仅 29 周岁，年轻有为，令人刮目相看。他是该项目最年轻的高层管理者，也成为许多年轻人敬佩的先锋人物。

其二，2013 年国家高速公路网 G85 银昆高速嵩明（小铺）至昆明段建设中，黄阳始终保

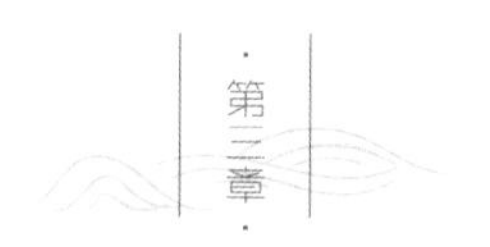

持对工程师岗位的那份纯粹挚爱，果敢担当，日常每一件技术活他都精益求精，力求出彩。该项目在云南省交通厅组织的综合评比中获得全省第一，平安工地考核全部合格通过。黄阳彼时担任嵩昆高速公路监督管理部副主任兼总监理工程师，岗位和角色特殊而关键，也是项目荣誉的核心缔造者之一。透过历史材料可以窥见，黄阳在地区交通建设领域多有建树，在昆明交通运输同行中声名鹊起，有口皆碑。

之前对黄阳的走访也因其事务档期冲突而错过，本想更多地了解他的事业脉络和他在昭泸高速管理过程中的方法论。好在之后好多人不约而同地都谈到黄阳，大家不仅仅把他当成工程建设重要的决策掌控人，更多地把他当成事业的好伙伴、工作的强大指导者、生活的标杆。

在前期走访过程中，有昭泸高速的同仁，有兄弟单位的同行，也有厅局县乡的政府官员，大家七嘴八舌谈到黄阳，以不同的角度述说了不同历史时期黄阳的生活和工作，有的述说单位工作如清风带过，却着力于黄阳的精神和感召力；有的却把他日常的生活工作点点滴滴和盘托出，让人感受到黄阳工作清晰的状态和风采。

初遇黄阳，他与笔者心中想象却有反差。看过黄阳的材料，也听过对他的介绍描述，心里的黄阳魁梧高大，而真正面谈时，眼前出现的是一个身材中等、和蔼可亲的人，很健谈也很随和自然。他年逾不惑，标准国字脸，威武中不乏腼腆和温柔，一双炯炯有神的眼睛流露出和善的笑意，说话嗓音洪亮，斩钉截铁，浑厚的男中音包含着良善、憨厚和诚恳，思维敏捷，逻辑清晰。与他交谈能够感受到他对企业娴熟的运筹，也能够体悟到他雷厉风行的胆识和作为。器之所堪，视其量之所函；量之所函，视其志之所持。黄阳与生俱来的良善、奉献、担当和大公无私，奠定了他未来的人生格局，也带给了他不断追求事业成功的勇气和精神意志。

③ 精英聚昭泸　吹响集结号

有哲人言：坦诚而真实，无私而良善，坚韧和勤劳，就是一个人必备的品格。只有这样，这个世界的希望和机会才会向你倾斜。

黄阳能够在盛年，被委以重任，肯定离不开他良好的品格和才干。

诚然，我们把视角暂且聚焦在一个人身上的时候，实际上是在通过单位的领袖人物以点带面，来剖析一个团队的品质和素养。

昭泸高速团队中高层管理人员如许定伦、邓海明、唐侃等同志，大都来自农村。黄阳对故土的那份情感，他们同样也有；黄阳所受到的父辈的那种良善仁义之朴素教育，也是自小耳濡目染。一个单位的领导人物决定着这个社群的发心、方向、目标、框架、能级、频率。黄阳无疑是昭泸高速建设团队的核心人物，他的点滴表现，足以反馈出团队的个性特色和整体行为，也反映出一个团队的品质内涵和精神之源。

2016 年 7 月，已在交通行业工作多年的许定伦，看到昭通市在全国范围招选一批交通行业高层次专业技术人才的通告后，怀着激动的心情第一时间报了名。经过面试、考察，他被顺利录用了，之后被分配在昭泸高速项目指挥部任常务副指挥长。和许定伦有相似经历的高级人才，在昭泸高速公司占了一半以上。

万事开头难。班子成员一致同意将昭泸高速的项目大本营设立在镇雄县城，起步期单位人手不多，往往一人身兼数职，且挤在一座二层小楼与一家公路同行合署办公，工作生活多有不便。之后随着人员的陆续扩充，筹备组搬迁至镇雄县城近郊一栋小楼，并在小楼黄色的外立面上第一时间进行了布置。醒目的公路行业标识，体现着公路行业文化的精髓。

筹备组招纳各路精英人才，社会人士纷至沓来，踊跃报名，参与竞聘。在昭泸高速担纲部门要职的中层管理干部，大多都是这时经过考试、面试、答辩等环节，一路过关斩将，从众多人才当中脱颖而出，被昭泸高速选中的。

之后更多的人，王川燕、黄应东、王敏、朱德雄、孔令伟、柴建勋、陈颖安、熊浩、黄志刚、杨永斌、王丽琼、马江等中层管理人员，先后加入，昭泸高速管理团队日益壮大。

为了切实加快推进昭通至泸州高速公路彝良至镇雄段建设步伐，经昭通市交通运输局党委慎重研究决定，成立昭泸高速公路建设指挥部。2017 年 6 月 30 日，昭通市交通运输局正式下发了关于成立昭泸高速公路建设指挥部的通知。

昭泸高速指挥部领导 5 人，其中指挥长、支部书记各 1 人，副指挥长 3 人；下设 9 个机构，即办公室、财务处、工程技术管理处、合同管理处、总监办、征迁处、环保处、安全保通处、

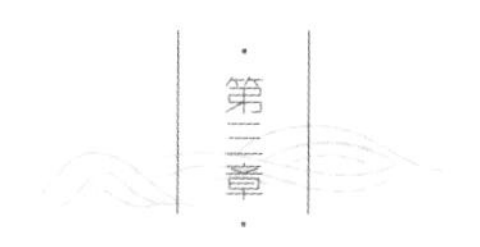

物资供应处。各处室均按职能范围、工作职责、内部管理办法实行规范管理。

一个个不同专业背景的人，逐渐进入昭泸高速这个集体，先是十几个人，之后二三十个，直到七十多个人，员工人数不断递增，业务范围不断扩大，事务也是从开始的组织推动，到各种社会及建设资源的协调统筹、各级政府关系的对接，到项目每一个节点的监督计量等，纷繁复杂，不一而足。可黄阳，作为领班人，他早已有了自己的执掌方略。

首先，以黄阳为首的班子有一个大局思路，就是一切围绕4年后通车来布局工作。从外围来讲就是有靠谱且能够迅速推动项目建设的施工单位；有一个全面系统的检测监督监理机构；有一个既能够站在项目长远角度履行业主主体责任和权力，又能够全面掌控人、财、物资源调度，推动项目进度良性合规并保质保量完成建设任务的指挥机构。

面对一支临时搭建组成的队伍，久经一线公路工程全程管理的黄阳作为指挥长，始终心有罗盘。在指挥部成立之前，他与许定伦、朱双龙等几位负责人带领刚刚入职的唐侃、王川燕、黄应东、王敏、朱德雄、孔令伟、柴建勋、杨永斌等，厘清部门要务，整合吸纳各种社会资源。昭泸高速项目建设指挥部班子第一时间按照上级公司要求，及时启动分阶段的社会公开招标工作，严格招标审查程序，力争把最有实力和资质的公司吸纳到位。为此他们还邀请政府相关检查和招投标专业机构积极介入，共同以最精准、最高效和最公平公正的方式迅速完成此项工作。

各种招募广告、招标告示信息不断在各个公开媒体发布，曝光的信息似石击水面，荡起千层涟漪，项目一时在社会上引起巨大关注，不少颇具资质实力的私企、国企甚至央企纷至沓来。指挥部一时门庭若市，天天都有咨询和投标公司、机构前来了解情况，购买招投标资料。

经过多轮横向竞争、纵向对比，指挥部最终确定由云南省交通规划设计研究院和中铁二院工程集团有限公司承担设计工作；昭通市交通建设工程质量安全监督局负责质量监督；由中铁大桥局集团有限公司、中铁十八局集团有限公司、中铁十七局集团有限公司、云南省建设投资控股集团有限公司等28家单位参与建设、监理及检测。

其次，从一开始昭通高投集团与黄阳等指挥部班子成员便达成了一致，要精兵简政、一人多职，实行昭泸高速投资公司与昭泸高速项目指挥部两块招牌一套人马的融合组织形态，指向一个目标，统筹一个战略，依据昭通高投集团对昭泸项目的要求，立规矩，分职责，定制度，做规划，聚合力，定目标。昭泸高速领导班子按理念规则行动，团队上下既有详细的目标任务要求，也有行为规范约束。

“人生能有几回搏，此时不搏待何时？”这是中国第一个体育世界冠军容国团的名言。黄阳很欣赏这句话，并时常以此激励自己，勉励别人。黄阳的骨子里，生来就有一种不安于现状，勇于挑战自己、挑战困难的强者秉性。

黄阳明白要干成这个项目需要一个坚强有力的经营运作班子，需要有卓有成效的管理体系和团结协作的干部员工队伍。在很短时间内，昭泸高速领导班子就建立起一个完备闭合的管理架构，形成了适应昭泸高速现状和建设实际的一套管理体系，整个组织机构高速快捷运转。这样一来，既能达到每一层的管理目标，也能达到昭通高投集团的目标和社会期待的目标。

脚下有路，心中有光，步履铿锵，才能势不可挡。

作为昭泸高速的领头雁，黄阳自己认准的只有一件事，就是身先士卒，身体力行，靠前指挥。在一次公司工作会上，黄阳语重心长地勉励大家：“昭泸项目，投资大，情况复杂，遇到的问题多，困难大，对大家来说是一个全新的领域。每一个昭泸项目的管理者和员工都应该加强对项目的融资、运作、管理等业务的学习，尽快进入角色。”

此时此刻，黄阳就是这个团队的灯塔，不仅照亮了自己前行之路，更照亮了这个新建项目前行之路。在他的带领下，领导班子齐心协力，对未来充满信心，以敢为人先冲锋在前的勇气和魄力推动项目建设进度。

兵法云：统军持势者，将也，制胜败敌者，众也。黄阳早就担任过指挥部指挥长之职，多年的职场历练，使他懂得发挥众人智慧，也更注重一线实情的调查研究。

起始之时，黄阳、朱双龙、许定伦及稍后加入的邓海明，与王胜、唐侃、王敏等组成了一线踏勘组。他们深入乌蒙群山，徒步而行，翻山越岭成了他们的日常。踏勘组生活条件很差，餐饮生活能将就就尽量将就，有时候能赶到乡镇就住进小旅馆，赶不到就到邻近小村的农户家借宿，工作和生活条件都十分艰苦。

有些调查工作需要借助第三方专业力量，工作任务重，协调事项多，踏勘组经常天不亮就出发。踏勘组上一线考察，正值盛夏，天气特别热，他们戴上草帽，背着水和干粮，记录

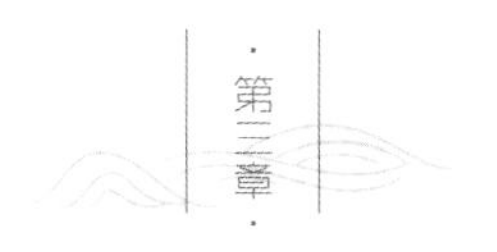

者沿线的村落、山塬卯岭、河谷大川。这些数据和资料，都将作为后期指挥部研判和推进建设进度的重要依据。

在昭泸高速项目指挥部全面推进项目前期工作的同时，中标的4家施工建设单位也全部揭晓。这些参建队伍，有不少参与过昭通突飞猛进的高速公路网建设，有的参与过通乡油路、通村硬化路的建设。在扭转滇北闭塞交通区位的诸多交通建设战线上，他们始终奋战在一线。面对昭泸高速的召唤，他们再一次积极响应，积极参与。

当时，云南建投集团和云南建投旗下项目总承包一部，正在滇北开展业务。面对昭泸高速这一昭通大棋局中最重要的一道横向连接线布局，云南建投旗下项目总承包一部积极响应，认真组织精兵强将，参与竞标。

2017年6月14日，官方正式宣布云南建投集团中标昭泸高速彝良至镇雄段土建工程3标段项目。该标段位于昭通市镇雄县境内，路线起于上寨隧道向东，沿赤水源河南侧后继续向东，在赤水源镇洗白村南侧跨越省道302线，经曾家院子、郎家院子，止于镇雄县城东北侧顶拉村。路线全长26.160公里，包括临建工程、路基、桥涵、隧道、立交及环保水保工程的施工及缺陷修复等。该项目采用双向四车道高速公路标准建设，设计时速80公里，路基宽25.5米，其中大、中桥共7940米（19座），长、中、短隧道共10378米（8座），特长隧道共4573米（1座），立交2座。项目估算投资为26.3亿元，计划工期36个月。

随后云南建投总包一部项目分部，迅速启动现场各分部及隧道施工队伍的驻地建设。作为云南建投集团内部施工企业领头者的总承包公司，项目策划做得极为详尽，驻地建设参照标准化建设，按照安全牢靠、经济实用、环保高效的原则，为职工营造出了一个舒适温馨的工作、生活环境。工地试验室驻地建设完成后，便积极联络专业机构开展试验检测工作。

中铁十七局是一支承载着铁道兵光荣传统的优秀队伍。公司经过多次改制发展，施工范围涉及铁路、公路、矿山、水利、房建、地铁、市政等多领域，经营市场覆盖陕西、内蒙古、福建、江西、湖南、甘肃、西藏等国内21个省份、自治区和南美洲、非洲部分国家，是国内一家优秀的建筑施工企业。

中铁十七局顺应云南交通大腾飞的机遇，深耕云南公路建设，全面参与各类项目建设。凭借其多年累积的辉煌战果，从众多应标单位中稳夺昭泸高速公路土建2标。该标段地处镇雄县，线路全长约24公里，其中：路基单线总长为11.952公里（含立交互通2座）；桥梁单线总长为8.853公里，左右幅总计30座桥梁；隧道单线总长为26.819公里，左右幅总计18座隧道；坪上绕镇路、牛场绕镇路、大河连接线线外工程3处，合同总造价34亿元，合同工期3年。标段内中场河特大桥100+180+100米连续钢构、牛场互通、南天门高瓦斯隧道、肖家梁2号大桥2×77米T构是该标段重难点控制性工程。

作为铁军劲旅，自接到中标通知书始，中铁十七局就开始研究重难点工程开工事宜，着手大型临时建设，雷厉风行，推进工作干脆利落。

启动开工仅两个月时间，中铁十七局昭泸高速项目部不但顺利完成了项目部驻地标准化建设，而且分部驻地、拌和站、钢筋加工厂也一并落成，基本满足了办公及施工要求。他们雷霆般的快速反应和建设速度，得到了昭泸高速建设项目指挥部的首肯。指挥部以他们为榜样，组织其他参建单位召开现场经验分享会，兄弟参建单位纷纷表示尊敬和赞扬。

清晨，幽蓝天空下，薄雾笼罩昭通大地，微风拂过连绵起伏的山峦，绿油油的草地一直延伸到天际。远远看去，乌蒙座座群山犹如水墨画一般，山间晨雾缭绕，雨露闪闪，树木郁郁葱葱，错落有致，展现了一幅原生态的山间美景。

这些山环水绕的美景，逶迤的群山沟壑，对于施工建设者来说却意味着地形地貌复杂、交通不便、物资组织困难、施工场地窄小。但筑路大军必须在这里扎根，在这里摆下战场。集结号角已吹响，各路大军蓄势待发，大批筑路者在昭通这方土地上开启了一场用智慧改造环境，用生命美化环境的建设大战。此刻，筑路大战正蓄势待发。

❹ 工作抓重点　执行有力度

昭泸高速项目指挥部从实际出发，为项目进度定下了一个阶段性目标：年度完成投资建设29亿元。这个数字背后是一系列配套的施工和建设任务，可现实情况不容乐观。

黄阳与指挥部其他高层分工协作，积极组织各标段工作推进。指挥部新近成立的各个部门也随即响应，工程技术管理部天天外出，协调施工组织；工程部和合同管理部主动与各参建单位沟通，推进专项施工方案的编制；总监办组织第三方监管人员陆续到岗，尽早完成专业可行的内部评审，形成报审流程；征迁环保处、综合办公室全力协调社会各方面关系，为即将开展的征地拆迁开展前期准备；安全管理部及时联络参建单位严把施工现场安全关，不断完善安全管理体系文件，并按照“平安工地”建设出台方案。

2017 年 6 月底，建设指挥部万事俱备；各参建单位摩拳擦掌，跃跃欲试；各施工标段，积极响应，按照指挥部要求对接各项事务，上报建设进度，严格实施管控。

不到远山，怎知风景胜殊？云南建投总承包一部格外看重昭泸高速项目建设，认为这是其高速公路项目的发端之作，他们及时调整市场战略布局，完成了从房建向高速公路建设转型。他们知难而进，积极作为，第一时间招兵买马，网罗社会高速公路建设专业人才。这种势在必行的决绝和果敢，也凸显出云南建投总承包一部在高速公路建设领域发展的雄心。

不同的植物为了适应同一种气候，强迫自己长成适应气候的那种样子，这也是一种适者生存的自然法则。云南建投总承包一部在这个问题上认识高度统一，他们把这样的战略布局，看成企业大发展的前提，是抓住机遇应对挑战的时代要求，他们强迫自己顺应形势，大胆改变，创新发展。不放弃，坚持住了，才有成功的机会。云南建投之后的辉煌成就证明了这一点。

而另一家中标企业则知难而退，在指挥部的三令五申的督促和监督之下，仍旧迟迟未动工，各项工作开展缓慢，远远不能满足指挥部的既定方针，也背离了当初中标时所作出的承诺。最后在指挥部多次催促和强力监管之下，只得废标弃权。该企业因此痛失好局。真可叹：折戟沉沙铁未销，自将磨洗认前朝。

纵有千古，横有八荒，前途似海，来日方长。面对因各种原因脱标的情况，指挥部及时应对，面向社会重新开标，之后才有中铁大桥局后补闪亮登场的机遇和历程。

再看中铁十七局、中铁十八局两家中标单位，都来自中铁系建设大军，而中标后现场参与施工的恰巧都是其旗下的第二工程公司，他们同场竞技，携手合作，共筑昭泸高速。中铁十七局、中铁十八局旗下两个第二工程公司先后投入大量人力物力，浩浩荡荡开进昭泸高速建设前线。

乌蒙大山，沟壑密布，山高草深，人迹罕至。由此，不少人对昭泸高速前期的进度推进捏一把汗。有人甚至断言，像这样的崇山峻岭，想要在短时间内通水、通电、通便道，具备施工条件，简直就是奢望！

昭泸项目建设指挥部积极协调各方力量，严格要求，抢抓“三通”重点推进和落实。

针对水、电、路三大核心条件的通达问题，指挥部深入一线，积极参与各方踏勘、前期现场进驻和驻地建设，一方面组织专业队伍，特别是电业队伍，开展前期先遣作业，突击抢修和整合水、电、路资源，及早落地成行；另一方面，号召各专业设计踏勘队伍急行军，扩充队伍，加大设备投入，全面开启昭泸高速全线设计方案的审核和修订完善，为各施工单位抢下开工有利时间。

岁已过半，昭通地区进入多雨季节，就在这个山洪泥石流多发的时期，一支支不惧艰险的队伍义无反顾地开拔昭泸高速建设最前沿，跨激流，越险滩，奔向乌蒙山区的崇山峻岭。

8 月的一天，阴雨连绵，密集的雨丝随风飘动。黄阳听着淅淅沥沥的雨声，心想建设任务也一天比一天紧，一切还都在筹划和酝酿，黄阳心急火燎。“不行，得马上行动，时间不等人。”黄阳喃喃地说。

他推开窗户，外面沙沙的雨声更大、更清晰了。他索性起身，披上雨衣，推门而出。他来到常务副指挥长许定伦的门前，看到许指挥长已穿起了雨衣，心里一热。

“指挥长，也要出去？”

“是呀，事情催人急。”

“那我叫上朱总、工程部唐侃一块儿去。”

“对，一起上路！”

“通知办公室准备一些便当，今天一整天可能只能在外面将就着吃饭了。”

办公室主任王川燕很快抱来了一个箱子，里面装着面包、水和一些咸菜。这是前期指挥部所有外出人员必备的，因沿线条件所致，道路不通，察看往返路程较长，用餐问题没法解决，只能吃干粮。

黄阳、朱双龙、许定伦、唐侃穿着高筒雨靴，拿着草帽，上车出发。两地距离不远，因为都是便道，碎石铺就，新近修葺完工，又赶上下过暴雨，路上不时有石块滑落，挡在途中，有些地方的沙石杂草也被冲到了路上。一行人赶紧下车，把路中间的石块移到路边，又匆匆上车，赶往目的地。

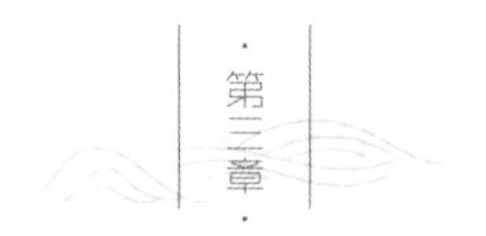

黄阳一行人很快来到了坪上镇，这是中铁十七局项目驻地，20 多亩的驻地被他们规划得井然有序，一排排活动房整齐划一。办公区和活动区实现分区，功能完善。

迎接他们的是中铁十七局项目副经理邵建明，这位年轻的经理三步并作两步与指挥部一行人一一握手。

“各位领导，按照业主指挥部的安排部署，我们标段已按三大分区进行布局施工。各位所在的坪上镇、去过的牛场镇，和接近标位的三个分区各项准备工作已基本就绪，分区的三个拌和站也都竣工，可以投产使用了。”

“好啊，中铁十七局我们看过多次了，每次都有进展和变化，不愧是‘铁军’。走，我们再看看其他几个点的情况。”许定论说。

“好，我们经理到分区一线去了，书记去开会了，我带你们去看。”

邵建明招呼其公司的几个员工，组织一辆车开赴另一处分区，他跳上黄阳的车。

沿线的施工便道盘盘曲曲，铺满了落叶，而且不时遇到漫流的山泉，湿漉漉的，车轮直打滑。车队驶过多条纵横交错的小径，在山林间，在峡谷中，在大川里时隐时现。

大雨洗过的路面虽然坑坑洼洼，但大部分路段洁净清爽，车队颠簸蛇行，车内话题不断。

“这边水雾蒙蒙，行人稀少，景色却美不胜收，让人醉心。”有人在车内不由得感叹。

邵建明接过话茬说：“山景虽美，可就是这些地方让我们受了大罪。”

“呵呵，说说看。”

“公司有几个北方小伙子，初来乍到，看到乌蒙山的美景，喜上心头，第一次我们在前线察看地形时，他们像郊游一样，心情很愉快，着装也很随意，有人穿着短衣短裤旅游鞋，但回来就叫苦不迭，不少人身上被划出了血红的伤口。从那以后大家都穿长衣长裤，把自己包裹得严严实实才敢外出踏勘。”

“真是一群冒失鬼，水土不服啊！”向来不善言语的唐侃笑道。

“说得对，我们中铁十七局招聘时尽量招南方的或能适应云南地域气候的人，你看就这样，还闹出一个大笑话。”有人回应道。

“唐处长说的是呀。你看黄总、唐处，他们每次带人外出踏勘都要起个大早，提前做足准备工作，不仅要带上雨衣、长衣长裤，还要带上攀山绳。”许定论回应道。

“攀山绳，那可真是不可或缺呀！遇到峭壁，它可真能派上用场。我们陪同黄指挥去野外踏勘，除了攀山绳，还要背上镰刀。我们小分队去踏勘现场，那时没有任何路可走，都是最原生态的自然环境，又是 7 月份，草比较茂盛，我们几人就用镰刀开路，要不然那些草枝枝蔓蔓的，还真过不去。”王敏处长说。

“你们吃饭问题怎么解决？”有人问起近期外出的最大问题。

“吃饭，我们找了个当地小饭店，让他们提供盒饭套餐。有时自己买一点面包、水、牛奶，带着去工地。前期道路难行，去的话就必须要在天亮前出发。开车加步行，到工地得两个多小时。一般到工地可能快 9 点了，从工地回来太阳都下山了。吃的必须自己备着。”

昭泸高速指挥部一行实地检查了中铁十七局集团第二工程有限公司（以下简称“中铁十七局二公司”）驻地建设、各工区施工点，进入各分工区的生活驻地和设备配套区，也查验了基本建成的工地实验室。各功能检测室建筑、试验检测环境已按合同要求达到标准化建设，仪器设备正在安装调试等待标定。

试验室检测人员 14 人全部到位，试验室各功能可以满足项目工程检测要求，指挥部和第三方中心试验室决定很快进行下一步初验，初验合格后可投入使用。

作为央企，中铁十七局二公司昭泸高速项目前期的每一项工作都走在了前列。黄阳一行先后见到投身一线主战场的中铁十七局二公司昭泸项目的经理及其他领导，他们都投入第一线，在现场及时发现并解决问题。

项目经理陪同他们察看了位于牛场镇诸宗村丫口组的昭泸二标十七局一号火工品储存库。按照镇雄县公安局要求，该处配备 2 名保管员、1 名安全员、1 名押运员，达到“人防、物防、技防、犬防”配备标准，已顺利通过镇雄县相关部门验收，并办理了火工品储存、使用证。这是昭泸高速全线第一个建成的火工品库。

看到中铁十七局二公司昭泸项目前期工作的出色表现，昭泸高速项目建设指挥部班子作出决定，在中铁十七局二公司昭泸项目驻地召开昭泸高速项目推进经验交流现场会，号召各参建单位向中铁十七局学习取经，宣传推广其优秀做法和经验。昭泸高速指挥部因势利导，抓重点，树典型，中铁十七局前期的榜样作用凸显。

中铁大桥局通过二次招标中标，虽然进场较晚，看到兄弟单位业绩靠前，自然不甘人后。

很快，中铁大桥局昭泸高速项目部迅速行动，连出大招，以极高的效率建设完成驻地及 3 个施工区机器设备、实验室建设，迅速布局标段各工区项目阶段工作，追赶超越，阔步迈进。

云南建投总承包一部昭泸项目部，诚恳学习取经，及时消化，为我所用。这支年轻的团队在书记、经理、总工程师的带领下开始了绝地反击，拿出舍我其谁、拼搏争先的劲头，多方发力。一拨又一拨年轻人背上背包，带上干粮，深入荒无人迹的深山，翻山越岭，踏勘地形，归总数据，协同昭泸高速项目指挥部进行技术审核和校验。仅用半月时间，云南建投总承包一部昭泸高速项目就连创佳绩，在 8 月 13 日项目指挥部组织的临时用地专项工作检查中，驻地建设、配套拌和站及实验室筹建等相关工作一次性通过验收，并受到表扬。

这些业绩离不开云南建投总承包一部昭泸项目所有人员的竭诚努力和付出。在这个过程中，他们敢打冲锋，利用新技术，提升踏勘水平和效率。

“7 月份的镇雄，天气难得的好。不过山路还是难走，每次跟师傅一起爬山，都要先在山脚下找一根一米多长的树枝，拄着树枝在齐腰深的草丛里边探边走。玉米地、原始森林，什么地方都走过了。”助理工程师赵勇说。

“你们踏勘不是用无人机吗？”一个新来的小伙子发问。

“无人机的屏幕和信号对踏勘的条件有要求。那天踏勘隧道线位，走在峡谷下面，压抑感立马就涌了上来。无人机飞上去都没了信号，只能绕路爬上悬崖现场踏勘。”赵勇说。

原先隧道设计的洞口，在一处垂直接近 90 度的悬崖上，狭长的河谷从隧道边擦身而过。从悬崖上脱落的岩石散落在河道，给湍急河流制造了一个个水涡。地势十分险要，极不利于施工和开展环水保工作。

“因为人迹罕至，现场没有房屋、电线杆做参照物，我简直像个盲人，对照分辨了好久也没找到位置。还是我师傅强，只看地形图就认出来哪里是隧道洞口、哪里是旁边的大桥……当时我真佩服师傅。”赵勇回忆。

有时信号不好，他们不仅要跋山涉水，还要深入密林，有的人衣服被划破了，有的人手和腿都被荆棘杂草划伤，露出道道血痕，但他们毫不退缩，奋战在艰辛的勘探路上。

前期项目准备工作，在昭泸高速指挥部的推动下如火如荼地进行，另一项电力和通讯的三线迁改工作也已提上议事日程。

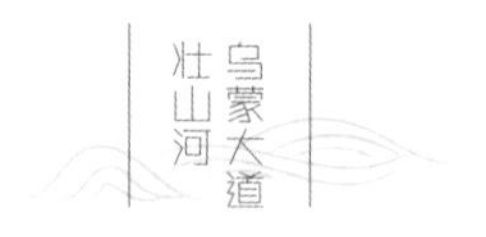

施工用电关系着工程的正常推进，截至7月底，昭泸高速4座35千伏变电站增容改造均已完成，赤水源新建35千伏洗白变电站已完成施工正常通电，整个工程全部实现了通电，为加快施工进度提供了有力保障。

这一天，指挥部在镇雄召开施工图阶段详细工程地质勘察专题推进会，中铁二院、云南省交通规划设计研究院、天津市政工程设计研究院相关人员参加。会议由天津市政工程设计研究院勘察设计专业负责人马海波主持。

会上，各设计单位汇报了地质勘察完成情况、现有钻机数量、预计完成时间及存在问题。云南省交通规划设计研究院现有钻机29台，完成钻孔4500m，完成详勘的50%；中铁二院现有钻机10台，完成钻孔2300m，完成详勘的23%。听取汇报后，项目公司指挥部工程处处长唐侃就汇报中的问题提出了解决方案，并指出工程地质勘察工作严重滞后是目前制约整个工程进度的主要因素。

昭泸高速项目总监许定伦当即提出六点要求：第一，贯彻执行8月1日第一次技术工作会议精神，详勘工作应优先保证控制性工程的出图计划要求；第二，按详勘完成时间节点倒排工期，两天内上报设计监理审核后报指挥部工程处；第三，各设计单位加大人员设备的投入进行详勘作业，中铁二院必须在8月31日之前再增加钻机16台，9月3日之前至少达到30台。按时间节点不能达到要求数量的，对所差钻机每天每台处以1万元的违约金；第四，详勘工作必须在9月底前完成；第五，详勘工作必须严格按照《公路工程地质勘察规范》及相关技术标准的要求进行勘察作业；第六、监理单位须充分发挥监理权限，加大监理力度，严格按照合同要求进行监理。

同一天，在两个重要协调会上，黄阳、许定伦对过程中的事项进行了强调，并提出注意细节和应对的措施。如果没有自始至终跟随参与和深入研究，是不可能拿出如此有的放矢的解决路径和办法的。也正是有了这种“扑着身子，下硬茬，不虚套、干实事”的劲头，昭泸高速指挥部做出的所有部署，无论是政府部门，还是参建单位都有积极回应。

昭泸高速项目建设有了一个很好的开头。项目指挥部上上下下异常繁忙，领导班子成员分工协作，加大各项工作部署和推动力度。

2017年9月初，项目最要紧的三线迁改实地勘察工作完成。这是从指挥部到各参建单位

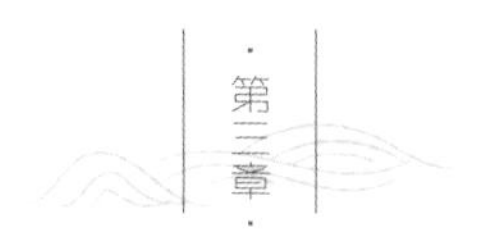

竭诚努力的结果，与他们跋山涉水、不分昼夜的付出密不可分，现在各单位也正在拟定报批方案，待交通运输局审定后即可实施迁改。

黄阳曾不止一次地说："昭泸高速作为重点在建项目之一，寄托着政府和人民的厚望，但项目地处云贵高原斜坡地带，气候条件恶劣，地质情况复杂，投资大，施工难度大。指挥部坚持多措并举，始终牢记要建成一个经得起历史和人民检验的精品工程。"

黄阳是这么说的，也是这么干的。在镇雄坪上隧道、乌峰隧道和中场河大桥等控制性工程的施工现场，经常看到他忙碌的身影。发现问题在一线，解决问题到一线，全心全意为一线，这是黄阳一贯坚持的工作原则。

策划在前，方案先行。昭泸高速指挥部开工伊始，就提出高标准要求，率先要求所有参建单位在隧道开挖时，基于环保要求必须遵守零开挖这一原则。这是所有施工建设的首要条件。面对山高坡陡、气候恶劣、地形复杂、桥隧比高等重重挑战，指挥部一班人多次到现场踏勘，与勘察单位详细研究每个可以优化的工程设计方案。

指挥部也多次组织现场踏勘，召开设计专题推进会，充分优化设计方案，做到方案最优、投资最省，降低施工难度，并通过建立工程变更办法，明确职责；设计变更做到即时发生，及时认定，同时实施设计变更会审制度。

经过管理层反复讨论和大量实地考察验证研究，昭泸高速设计勘察获得最优方案，也给出了最出彩的结果，节省投资经费约3.2亿元。这笔节省下来的资金，对于滇北这个经济发展相对滞后的地域来说，多么宝贵！设计勘察工作的全面成功交付，为昭泸高速全面建设提供了先决条件，奠定了良好的基础。

⑤

巡察督战忙　工地添新军

《孙子兵法》云：帅与之期，如登高而去其梯；帅与之深入诸侯之地，而发其机。

有段时间，昭泸高速项目推动异常艰难，征地拆迁进程趋紧，各标段的工程进展亦不尽如人意，特别是昭泸高速项目 1 标段自落标以来，中标单位一直没有实质性推进步骤，昭泸高速建设指挥部连续多次开会通报、三令五申、批评督促、警示约谈，但依然收效不大。该中标单位虽口头允诺落地开工，但因财力不济、人力设备等资源衔接不畅，依然难见开工端倪。

好在中铁十七局集团第二工程有限公司这支央企铁军及早进场，轻车熟路，连续拿下多个工作面。中铁十七局昭泸高速项目部严格按照昭泸高速指挥部各项要求开展工作，精心组织、科学管理、主动沟通、密切配合，全面推进工程建设，为昭泸高速公路建设施工树立了榜样。

更难能可贵的是云南本地高原铁军——云南省建设投资控股集团有限公司总承包一部召集人马，网罗社会高速公路建设管理人才，组织施工队伍陆续进场，项目进度虽稍有滞后，但其后积极作为，大有后来居上之势。

昭泸高速项目建设指挥部因势利导，不断督促检查，定任务、压担子，两家国企、一家央企、一家地方国企，相得益彰，和谐共进，2 标 3 标段亦是工程进度日日有所进、旬旬有亮点、月月有突破，呈现一派欣欣向荣的景象。

眼看又近月末，且逢春节将至，黄阳心急如焚，因为个别中标单位迟迟不能进场，他昼思夜想，茶饭无味。在工地一线摸爬滚打二十多年，黄阳清楚怎么去化解这胸膈灼热、烦躁不安的心境，那就是更加努力地投入到工作中去。在工地一线，他义无反顾、激情投入，一切烦恼都会烟消云散。

说起来都是问题，只有干起来才能解决这些问题。“走，去工地。”黄阳对司机说道。

黄阳一边穿外套一边问：“许工呢？”

“许指挥这几天一直在工地。”

过道上，黄阳招呼在单位的副总工程师唐侃、指挥长助理王胜及各处室负责人一起下工地。

车很快驶出镇雄县城，进入昭泸高速沿线起伏不平的便道。眼前，整个乌蒙山在蓝天映衬下更加俊美，一闪而过的小村庄宁静安详，有些山间峡谷不再覆盖着积雪，和煦的阳光温暖地照耀着大地。

“土建 3 标必须把二衬台车全部更换为全新设备，加强施工组织管理，提高整体工作效率，有效推进工程建设。”黄阳对车上的管理人员说。

“是的，指挥长，3 标的设备和人力还有点跟不上。”唐侃回应道。

“2标现场作业井然有序，各项工作高效推进，安全、质量、进度均规范达标，已呈现全面开工的好局面。”

一行人走下车，任凭强紫外线的照射，飕飕的寒风吹着颈背，有的路段道路泥泞，车不能行，只能步行。就这样一行人一路奔波，沿赤水源河南侧后继续向东，在赤水源镇洗白村南侧跨越省道302线，经曾家院子、郎家院子，止于镇雄县城东北侧顶拉村。路经银厂，这个四面环山的小山村，一年四季林木苍翠，鸟语花香。红军“四渡赤水”的“英雄河”，出产了世界知名酱香白酒的“美酒河”——赤水河从这里出发，一路奔腾汇入长江。这里地势险要，面临环水保等特别严格的环保问题，黄阳作为老牌正高级工程师、高速公路筑路行业的专家级人物，自然不会放过任何技术工程方面的研讨和钻研机会，在这里与施工单位的相关工程师对工程施工等方面的技术和方案进行了探讨，特别是对一些特殊的施工段，向施工方提出了严格的安全质量要求。

昭泸高速指挥部一行人来到余家湾隧道设计的洞口，黄阳、唐侃、王胜等人与云南省建设投资控股集团有限公司昭泸高速项目经理、总工一同站在垂直近90度的悬崖边，虽身在地势险要之地，也丝毫不影响他们研讨工程技术方案的热情。

“这里地势复杂，又是重要的水源保护地，施工设施和方案都应该从严要求啊。”黄阳叮嘱道。

“这个公司已经做了很详细的备案，我们设有防护网，对出入工地的车辆及设备都进行了严格的环保要求。”经理吴勇回应说。

“明年的新任务下达了吗？”

“指挥部的任务分解我们收到了，今年可是一场硬仗啊！春节前我们正抓紧部署呢。”书记金科插话。

“好啊，希望咱公司继续保持铁军精神，为早日实现开通再加一把劲。”黄阳鼓励道。

这天，从早上霞光初升，到晚上夜幕降临，一路颠簸，车马劳顿，走一走，看一看，问一问，谈一谈。遇到饭点，将就应付一下便继续巡查，仔细观摩不留疏漏，深入研究解决一线实际问题。

昭泸高速指挥部班子把对一线的情况督查作为日常工作，许多人经常下工地，随时随地掌握施工一线的实际情况，有的是对工程进度和质量进行专业监管，有的则长期驻地，随时对工程一线进行管理和服务。

2018年4月9日至12日，由昭泸高速副指挥长兼总监理工程师许定伦、指挥长助理王胜、副总工唐侃带队，组织各处室共20余人，分别对工程进度、安全生产（内业、外业）、质量管理行为、实体工程和原材料检测组及标准化建设、管理及水环保执行情况进行综合大检查，这次大检查分6个检查小组。

许定伦向来做事严谨，唐侃对工程技术更是一板一眼、精益求精。两个技术见长的工程师，带领检查小组，昼夜加班，经常是一本本地记录着，发现疑点立刻记下来，连续几天进行数据收集、现场调查、环节技术分析。这些长期扎根一线的老牌工程师，几天之内很快地写满了一本本笔记本；打开那叠厚厚的工作笔记，每一页都传达出他们的思考和论证，字里行间都表明了这些工程师们对事业的拳拳热爱。

检查完毕，回到驻地，向来在技术研究中喜欢钻研的指挥长黄阳、总工程师副指挥长邓海明，与工程技术人员分阶段比照图纸进行研究分析。

夜幕低垂，月亮昏晕，星光稀疏，四野苍茫，整个大地似乎沉睡过去，但昭泸高速指挥部驻地大楼依然灯火通明，白天踏勘验证的数据此时此刻正在验证或应用，凭着专业积累和多年的实践应用，工程小组加班加点完善提升图纸执行实施方案。在一些重要节点上他们反复与相关领导、工程师沟通，直到所有问题圆满解决。

2018年5月的一天，细雨斜织，淅淅沥沥下个不停，但对黄阳来说可谓倍添愁绪，刚刚解决了施工用电工程35千伏场坝变10千伏专线主线架设，土建3标刘家坪隧道进出口、1号拌和站、2号拌和站等开始供电，但向土建工程第2标段全段供电仍迫在眉睫。

为保证桥梁、隧道等控制性工程及项目驻地、拌和站、钢筋加工场的先行用电，黄阳拿起手机打向镇雄供电局领导，协调就近搭接当地农网线路对施工地进行供电，经过多次沟通交涉，指挥部的想法才得到实现——不日即可供电。

与此同时，对土建3标前段的施工用电进行供电也取得了阶段性进展。在镇雄供电有限公司的大力支持下，对线路施工中与农网线路交叉跨越点及时进行停电跨越施工，土建单位和电力施工单位通力配合，保证了施工进度。

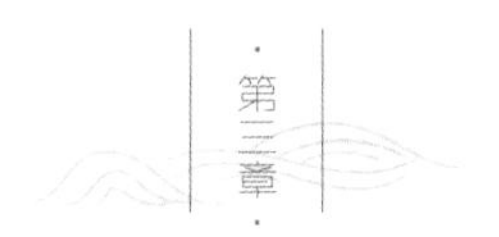

• **新添铁军 意气相倾报战情**

英雄自古多磨难。要想成为英雄，必须拥有一颗敢于面对困难和危机的强大心脏，压力面前磨砺自身，困难面前突破自我。

经过几轮的督查督办、约谈警示，又经过了几轮的上下沟通协调，久拖不决的昭泸高速1标段与之前中标而不能履约的单位终止合约，重新开启昭泸高速1标段的二次招标程序，最终中国铁建系统两支铁军，中铁十八局集团有限公司和中铁大桥局集团有限公司携手中标1–1及1–2标段。一时间，沉寂的1标段逐渐“苏醒”，指挥部盼望已久的时刻终于来临。

携手中标，时不我待，立即行动。中铁十八局集团第二工程有限公司（以下简称“中铁十八局二公司”）昭泸高速项目部和中铁大桥局昭泸高速项目部迅速成立，除前期的地表清理之外，两支铁军也开始全面布局谋划项目建设的电力、通信等核心配套工作，并在第一时间整合组织机构，理顺管理关系，调集各类资源，一场集萃人力、物力、财力等各种资源的协调统筹与组织调度，迅速开展起来。

中铁大桥局中标昭泸高速公路土建1–1标，线路全长12.867公里，线路起自彝良县海子镇新场村，止于镇雄县花山乡黄莲村。该标段根据工程内容及工期安排，设置路基队2个、综合队1个、桥梁队2个、隧道队4个、梁场队1个，共10个施工队。参建的中铁新军肩负起建设滇北高速重要连线的历史重托，承载了沿线乌蒙群众走出大山的百年梦想，践行中铁深耕属地多元化经营发展的担当和使命，勠力同心，实干笃行，来完成昭泸高速交付的任务。

中铁十八局集团第二工程有限公司承建的昭泸高速1–2标，起讫桩号k12+900～k24+760，综合里程11.048公里，主要构筑物有大中桥长690米共2座，长、中、短隧道长1390米共2座，特长隧道长6720米共1.5座，其中大河隧道长4720米，白岩脚隧道（进口部分）长3300米；互通立交1处大河互通立交，估算投资15.88亿元，工期为30个月。标段内的大河隧道、白岩脚隧道、大河互通立交为全线重难点控制性工程，其中大河隧道属特长隧道。这也承袭了其创造“世界第一隧”的光荣历史。

事实上，中铁十八局集团坚持以质量管理为主线，以项目管理为重点，以质量体系为保证，大工程创品牌，小工程出精品，大力实施名优战略，施工足迹遍布祖国的大江南北，早已打入中东、非洲等国际建筑市场。

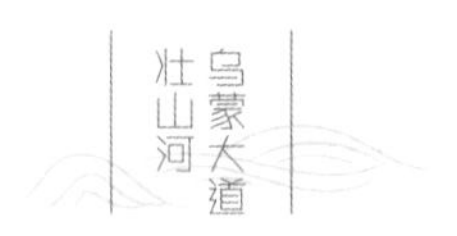

这两支铁军因势利导，借风行船，以央企的行动力向社会传达出更大的信心和作为。经过短期现场历练磨合后，施工建设计划迅速报请指挥部，并迅速调集数千名精兵强将，奔赴一线施工，一字长蛇阵排开，数百台机械设备开进现场，寂静沉闷多日的工地沸腾起来了。

自此，昭泸高速彝良至镇雄段70多公里全线启动，沿线数千人的建设大军浩浩荡荡，布局施工、谋划项目推动和建设。

中铁大桥局土建1-1标项目部5月进场，工期目标时间紧任务重，为确保隧道顺利进洞，在保证安全质量的前提下，项目部强化组织保障，细化施工方案，完善物资供应。采用24小时轮岗制度，克服了恶劣天气等不利因素，大力推进工程进度，为隧道顺利进洞提供了有力保障。

清河隧道为昭泸高速控制性工程之一，进口位于彝良县海子镇新场村，左幅长度为6185米，右幅长度为6130米，进口端地质情况复杂，施工难度大。

2018年8月30日，经过前期24小时轮番作业，清河隧道进口右幅进洞开挖，左右幅已全面进洞，隧道主体工程建设全面展开。

度之往事，验之来事，参之平素，可则决之。中铁十八局集团第二工程有限公司昭泸项目部昭泸高速公路土建1-2标，为赶上先期进场施工单位施工进度，中铁十八局昭泸高速项目经理部打破常规，克服雨季施工及无进场道路等困难，驻地建设、进场道路、施工便道、大型临时设施建设等齐头并进，仅用3个月时间就基本完成准备工作，控制性工程也陆续开工建设。

- **同场竞技 策马扬鞭自奋蹄**

八月的乌蒙，崇山峻岭，像绿色的海洋，萌发生机勃勃的绿意，荡漾沁人心脾的清香，一片片绿色，像从天空撕下的绿锦缎，置身其中仿佛被绿色簇拥着跌入了一片绿谷，这使人凉爽、令人陶醉的绿色，让人的心境一下子豁然开朗了起来。

这天，黄阳、许定伦、邓海明、唐侃等指挥部领导，带领指挥部征迁处、工程处、安全处、中心实验室等相关部门人员一行，到三个标段检查施工进展情况。

检查组一行人顺着山道艰难行走，边走边海阔天空地闲谈。路边野花芬芳，树木郁郁葱葱，山石怪状突立，蝉声阵阵。

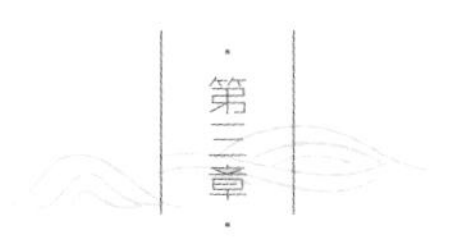

“我们滇北这样好的地方，深藏在大山里，无人问津，鲜为人知。”办公室陈迁在攀援山路时挑起话题。

“是啊，乌蒙的不少深山密林都蕴藏着宝贝。这里植物气候带特殊，有丰富珍稀的动植物资源。”向来喜欢研究问题的熊浩搭话回应。

“那还用说，咱们这个地方被誉为亚洲天然植物园和天然动物园，也是城里人盛夏消暑的好去处。”经常在外奔忙的黄志刚这时也加入话题。

“这么美的自然景观和条件，让人怡然自得，摆脱工作压力，忘却都市的喧哗。但施工确实遭罪了，光现在的这个便道就很费神。大家可要小心脚下，安全第一。”王敏处长一向乐观积极，此时虽然几个年轻人在交流，他却不失时机融进来，提醒大家注意安全。

“对啊，走在这里，真想张开双臂，全身心投入大山的怀抱，感受大山的厚重，感觉生命仿佛重启。”孔令伟这个始终严谨的工程师也一时不由得感慨起来。

“指挥部年轻人都成诗人了。”陪同的镇雄县政协副主席兼交运局局长鲁绍延，显然被这群年轻人的言谈所感染。

许定伦副指挥长向领导汇报道：“二合同段施工便道、大型临时设施建设整体推进情况较好；一合同段目前进展情况较为滞后，进场便道、大型临时设施的建设动工不理想。”

鲁绍延副主席在查看了控制性工程、拌和站、驻地、立交区等施工点之后总结说：“现在总体情况比之前明显好多了。二次招标后，新的公司进场，人生地不熟，各项工作开展多有不畅，特别是沿线乡镇党委、政府要积极支持配合工作，及时解决问题，创造良好的施工环境。”

彝良县征迁协调办副主任丁和对黄阳说：“镇雄段不比我们彝良早，1标进场施工的企业也是刚入场不久，对控制性工程尚未提供土地及料场问题，我们会在第一时间做好协调，我保证两天之内排除一切干扰，充分保障施工企业进场。”

领导们的表态和支持对昭泸项目建设指挥部来说是最大的支持。黄阳随即对各级政府的鼎力支持表示感谢，对昭泸高速指挥部的同仁提出要求：“现在1标刚入场不久，整体进度滞后，应尽快加强工作推进，2标、3标各项工作稳步推进，指挥部各部门要积极服务一线，加强精细化管理，指挥部各部门要加强与施工单位沟通配合，有针对性地解决问题，推进工程建设。”

在昭泸高速指挥部和各级政府机构的大力支持下，各单位如虎添翼，各显身手，一时间

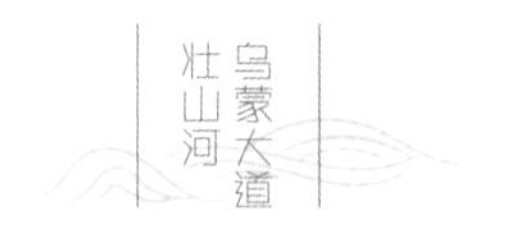

施工一线捷报频传。

喜讯一：中铁十七局集团传捷报，连续三个控制性工程都有重大进展。

首先，由中铁十七局承建的昭泸高速公路土建2标石门坎2号隧道右洞顺利贯通，成为昭泸高速公路全线首座贯通的隧道。

该隧道位于坪上镇大地村，于2017年12月10日破土动工，隧道右洞全长220米，最大埋深39米。隧道横穿斜坡山脊，总体走势西南高、东北低。在隧顶西北侧有村民居住，并有乡道横穿通过。

其次，另一个工段控制性工程坪上隧道的1号斜井顺利进入正洞，这不仅是向建党97周年献礼，也为正洞施工提供了更多的工作面，施工进度将大幅提升，为正洞的早日贯通打下了坚实的基础。

第三，昭泸高速彝良至镇雄段老院子1号桥第1片梁板成功架设，第1块梁板长29.5米，重80吨。老院子1号大桥全长336.08米，共有桩基46根，重达80吨、长约30米的梁片共计110片。

喜讯二：由云南建投负责的三合同段一分部首片T梁成功浇筑，为昭泸高速整个工程的顺利推进和按期完工创造了良好的条件。

昭泸高速公路首片试验梁各项指标通过试验检测，为后期预制梁的大规模生产提供了有力保障。该片试验梁为土建3标1号梁场生产，昭泸高速全线共规划梁板预制场8个，预制梁板共计4743片。其中，土建3标1号梁场位于桩桩营停车区，长430米，占地面积2.66万平方米（39.9亩），施工范围内6座大桥的T梁预制，该梁场计划预制T梁677片，其中20米T梁50片、30米T梁435片、40米T梁192片。梁场内设有T梁预制区、存梁区、钢筋加工场及仓储区，其中制梁区共设置预制台座30个。

喜讯三：中铁十八局二公司承建的特长隧道大河隧道出口正式进洞施工。

刚刚入场的中铁十八局二公司十分重视昭泸高速中标项目，上下同心，很快交出1标段施工第一份出色答卷。

公司执行董事、总经理陈善富率专家组成员到昭泸高速项目，召开工程进场部署会。陈善富一行冒雨直奔昭泸高速彝良至镇雄段1–2标施工现场，实地踏勘工程建设现场情况。在随后召开的工程推进会上，专家组成员与项目各部室进行对接，对前期工程进场交流了意见

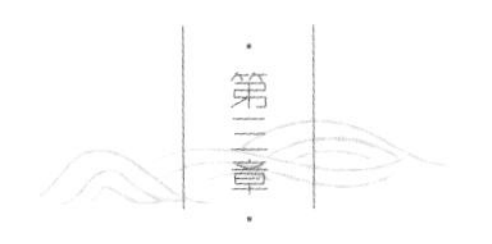

和建议。

昭泸高速 1 标段之前迟迟不能开工的被动状况迅速得到改观，中铁十八局二公司承建的大河隧道是昭泸高速公路的控制性工程之一，左右洞合计长 9511 米，隧道区喀斯特地质地貌显著，地形陡峻，地质条件差。隧址岩围以风化白云岩为主，结构松散碎裂，岩土体富水性强，施工难度大，技术要求极高。

❻ 人才贵长远　队伍在建设

资源优势、重点产业、经济发展都离不开人才，人才还是达到高水准发展的不可或缺的要素。昭泸高速指挥部领导班子创新发展理念，优化人才发展环境，不断释放人才创造动能，勉励人才勇于担当、勇于创新、潜心工作。昭泸高速领导班子不断促进人才在实际工作中的分工与合作，在人才引进、培养、使用、激励等方面花心思、下功夫，以积极、开放、有效的人才理念，聚精英而用之，为昭通高速缔造了一支久经考验、能征善战的干部员工队伍。

• 领导垂范 树牢发展根基引领育才用才聚才

在历史的长河中，美国本来是欧洲的“学生”，长期面临整个欧洲大陆的“人才抽离”，但只因其信奉“激励制度是将利益的燃料添加到天才之火上”，才使得美国一举超过了所有“老师”，成为当今世界上最发达的国家和世界人才的聚集地。

黄阳及昭泸高速的班子成员，常常聚集在会议室、工地上，多则几十人，少则十几人，大家围在一起。每每这时黄阳等人肯定是不吝啬技术问题的研究心得，随时把发现的各类问题的解决之道与员工分享，培养他们现场发现问题和处理问题的能力。因此，众多员工发自肺腑地称他们为自己职场成长的师傅。

要使所有员工自觉自愿为项目公司的事业奉献热情和干劲，昭泸高速领导团队认为以身作则十分必要。领导者要系统思考、着眼全局、身体力行，把对全局的系统思考、处理方法及模式传递给更多人，垂范引领、顺势而为，才能够引导员工朝着正确的方向前进。

昭泸高速项目指挥部既发挥好领头雁作用，也身体力行，争当单位作风革命、效能革命的组织者、推进者、监督者；又发挥好风向标作用，做作风革命、效能革命的参与者、实践者、示范者。凡是要求干部职工做到的，自己首先做到；凡是规定不能做的，自己带头坚决不做。通过层层示范、层层带动，用“关键少数”引领“绝大多数”。昭泸高速的领导干部干在实处、走在前列，典范引领在企业蔚然成风，成为工作常态。

昭泸高速项目指挥部始终牢固树立人才发展理念，通过科学配置和整合人才资源，让最合适的人做恰当的事，最大限度地发挥人才作用。在这一过程中，昭泸高速坚持慢工出细活，坚持在日常工作中大胆使用人才，立足长远，在项目实践中锻炼和培养人才，从而为公司凝聚越来越多的人才。

在这一理念的指导下，昭泸高速坚持用活人才：

第一，将人才作为第一资源，只有用好用活才能真正发挥作用。

在选人用人上，知人善任，用得其所，树立重实干、重实绩的用人导向，确保干部选准用好，才尽其用，实现人与岗的完美结合。指挥部挑选业务精干、经验丰富、作风优良的人员担任处室负责人。同时，信任青年、积极引导青年进步成长，敢于压担子，有效促进各项工作有计划、有进展、有落实，从组织上保证了项目建设各项工作有序开展。

第二，坚持在工作过程中发现和激励人才。

激励是促使人才充分发挥作用的催化剂。首先是物质激励，做到待遇留人。优先保证人才投入，实施人才培养战略，鼓励学历、职称等方面的提升，为人才提供力所能及的物质保障。其次是事业激励，做到事业留人。提供良好的工作条件和职业空间帮助其实现个人目标，让他们洒下汗水的同时，开创新事业，获得成就感。再次，精神激励，做到感情留人。最后，尊重信任和关怀各类人才。走进他们的内心世界，激发和谐的心理气氛，兼顾工作需要和个人志向，尽量满足人才的精神需求。通过激励关怀，员工职级提升 23 人，本科学历及以上人数从 15 人提高至 33 人，占总人数的 53.2%。

昭泸高速通过科学配置和整合人才资源，全力打造了一支“素质强、业务精、能管理、会服务”的项目建设管理队伍。

• 人才培养 撒什么种子结什么果

在昭泸高速，他们奋战酷暑、勇斗寒冬，与日月星辰相伴；他们抓生产、控质量，以钢筋水泥为朋；他们守安全、抢工期，将图纸仪器作友。也正是这样一群人，他们从五湖四海汇聚在一起，成为建设昭泸的战斗团队，他们用自己的付出修筑了天堑变通途的高速路；在昭泸的企业熔炉里，走出来一个又一个稳健豪迈不惧艰辛的筑路建设者，更有不少专业的经营管理人才由此走向更宽广的世界。这一切正如他们离别所言："是昭泸高速培养了我，给了我翱翔蓝天的本领和力量。""是昭泸的蓝天厚土给了我滋养，没有昭泸的锻炼就没有我今日之成绩。"

曾忆昔，改变源于发现典型。

从当初的懵懂无知，到如今胸有成竹的职场中坚；从最初的个人主义、英雄主义，到现在的系统思维和全局战略眼光。这一切的改变都源于昭泸高速一直推行的典型培养引路法。该办法就是发现典型、培育典型、总结宣传典型、宣传推广典型，在昭泸高速的日常运行中鼓励各部门，及时把安全生产、工期进度、检查督办、改革创新、技术攻关、党的建设等基层管理的好经验、好做法、好人物挖掘出来。典型引路、先锋开路，把"一枝独秀"变为"百花齐放"，把"盆景"打造成"风景"，推动工作水平整体提升。在这一过程中，不少出类拔萃的人才源于基层一线，最终脱颖而出，成为公司的技术骨干，直至进入公司决策高层。

在日常的工作中，昭泸高速领导班子大胆发现人才，给人才机会和平台，用先进的人才理念构建昭泸公司和谐向上的人才成长环境，为人才搭建一个能够充分施展拳脚的练武场，让人才奉献于昭泸、服务于昭泸。正如指挥长黄阳所说："人才是昭泸项目推动的平衡器，支撑了项目的有序推进，也是昭泸高速高效运行的发动机，昭泸项目的进展速度大小取决于这些人才发挥的力度和能量。"

在昭泸高速，唐侃副指挥长的不断进步就是一个例子。他原是基层一线的工程技术处处长，一路走来，成为公司副总工程师、工会主席、副指挥长直至项目公司总经理。为何他能不断取得进步？因为他勤恳务实，工作出类拔萃，既有全局视野又有专业技术优势。他所带领的团队，潜心技术攻关和技术优化，遇到问题当仁不让、呕心沥血，多项技术成果都成为项目建设开源节流之法，成效显著。

党群工作部王丽琼，在公司党群服务等关键岗位，不断开创工作新局面，把各项工作做得有声有色，提升了队伍的向心力和社会影响力。她被评为优秀党务工作者，被公司擢升为党群工作处处长，成为年轻的管理干部之一。

忆往昔，成果来源于坚持不断地培训。

昭泸高速加大培训资金的投入，广泛培育人才队伍建设载体，推进实施人才工程，切实发挥师带徒、培训讲师等作用，突出培训的针对性和实用性，使各类人才都能跟上知识更新的速度，从而更好地开展项目建设工作。另一方面，采用岗位轮换、顶岗学习等手段，下大力气培养人才创新活力和创造智慧，挖掘潜力，为项目建设输送各类人才。

管理干部陈颖安、熊浩、陈铅、马江等，都是30岁左右的年轻人，他们都是起步于一线基层，在昭泸的大平台上悉心学习，不断钻研业务，很快从众多年轻人中脱颖而出，进入后备干部人才行列。

陈铅被不定期抽调到昭通高投公司各部室或外单位支援工作，受到昭通高投相关部门首肯。因为工作成绩突出，陈铅很快被任命为昭泸公司综合办公室主任。

世界属于年轻人，创造精彩人生的大门永远向年轻有为的人敞开。陈颖安作为财务处负责人，分管财务、投融资板块，短期内便风生水起，即见成效，并在投融资领域过关斩将、连获大捷，成为昭泸财务总监，进入昭泸公司高层行列，之后又连获擢升，出任昭通高投旗下昭通投资总经理。陈颖安持之以恒，不断走向成熟，离不开领导们的重视培养和提携，同时他勇于实践、敢闯敢为、舍弃小我、志向高远，把自己的发展完全融入公司事业进步中，自然而然就能在每一次的勉力工作中收获更多、成长更多。

这些都是昭泸公司年轻人成长成才的鲜活例证。昭泸高速树立人才发展理念，充分发挥人才作用，让人才有热情有干劲，让企业人才工作呈现蓬勃气象。

吸引人才、培育人才，昭泸高速积极吸纳本土人才，用各种办法把他们聚合起来，并在实际工作中充分挖掘他们的潜能，发挥蝶变效应，使他们逐步成长为昭泸项目建设的生力军。昭泸高速为不同层次的人才都提供了培养和发展机会，激发他们的潜能，使这些普普通通的人，经过培养历练，最后成为对公司、对社会可堪大用的栋梁之才。这也是昭泸高速走向成功的经验之一。

- **桃李芬芳 人才呈现强大外溢效应**

黄阳虽然是土生土长的昭通人，但大学毕业后一直在外地工作，于 2019 年 5 月作为昭通市高层次急需紧缺专业技术人才引进之后，成为昭通市第三批“凤凰计划”人选之一。黄阳告别大城市的职场生涯，回归故土，投身家乡道路交通建设事业，并果敢而坚定地站立潮头，挑起昭通市高速公路投资发展有限责任公司总工程师，昭通市昭泸高速公路投资开发有限公司党支部书记、董事长，昭通市威彝高速公路投资开发有限公司董事长，昭泸、威彝建设项目指挥长等重任，成为昭泸高速发展的领航人之一。

许定伦、邓海明、唐侃等昭泸高层决策团队的核心领导者，也都是以专业技术专长和管理者的身份先后通过招聘或委派进入昭泸高速。这几位高层领导个个“身怀绝技”，均以深厚的技术根基和综合管理见长。他们进入领导班子后各显其能，为昭泸高速项目推进出谋划策，恪尽职守，与同样在专业技术方面卓越突出的黄阳属同道中人。大家一起做事，五年来包容团结，一门心思扑在昭泸高速事业发展和推进上。

没有完美的个人，只有完美的团队。黄阳作为昭泸高速建设项目指挥长，他认为“会干活的前提是会思考，能干成活的前提是会组织和管控”。

黄阳提醒班子成员和中层管理干部，如果想克服自身固有缺陷，就必须在实践中学习和提升系统思考能力，要学会对复杂问题和挑战进行系统思考，同时要善于发动团队的力量，实现事半功倍的效果，取得最佳结果。这是黄阳始终坚持的一个方法论。

多年来，昭泸高速指挥部班子积极发挥引才、用才、育才、聚才的纽带作用，加强同高层次人才的交流与合作，为行业发展注入内生力量，逐步形成“一名高层次人才，激活一个团队，带动一个行业发展壮大”的聚集效应，全面提高高速公路建设者的理论、管理、实务能力与水平，培育更多的专业优秀人才。

在昭泸高速领导班子中，黄阳、许定伦获评正高级工程师职称，其他几位领导也都是副高级职称，共同组成一个高知高职领导层。也正因为这样，无论黄阳、许定伦、邓海明还是唐侃，在公路建设技术环节、管理环节都有相当的权威和影响。他们发挥自身优势，利用一切机会“传、帮、带”，把自己的智慧和经验传授给他人。

比如，黄阳依托昭泸高速公路项目，带领团队提出多项研究课题，并得到云南省交通运输厅科技创新及示范项目可行性研究立项批复。黄阳还同宁夏公路建设管理局合作完成“隧道围岩地质隐患三维诊断技术与隧道施工质量精细化检测技术研究”，该研究作为创新性科学技术成果，在昭泸高速建设过程中得到充分应用。

“发现问题在一线，解决问题到一线，全心全意为一线”，这是黄阳始终坚持和倡导的工作原则。在他的要求之下，许定伦、邓海明和唐侃等也都积极响应，充分发挥率先垂范的作用，对项目建设工作、技术及监理等方面高标准严要求，经常组织班子成员及技术专家就项目控制性工程、施工难点召开现场办公会，交流解决施工中遇到的困难和问题，在确保施工安全、质量达标的前提下，提出对项目进行优化和有效科学管理，加快和推进了昭泸项目建设。

据不完全统计，昭泸公司共有 24 名专业技术人员通过培训教育，占总人数的 38.7%，其中正高级工程师 2 名、高级工程师 3 人、中级工程师 6 人、初级工程师 13 人。自项目开工建设至今，共输出 10 余人到昭通高投及其他项目公司，其中，4 人担任公司中层正职，1 人担任公司中层副职，他们经过昭泸项目的历练后不断擢升，有了更大更广阔的发展舞台。例如，原昭泸征地拆迁处处长唐茂超，成为昭通高投旗下子公司党支部书记，进入公司高层；有两位管理干部，一位升任昭通高速旗下分公司董事长，一位年轻的管理干部升任投资公司总经理。

昭泸高速这支队伍不断成长，现已成为昭通市交通建设中一支崛起的新军，具有超强的适应能力，是一支听指挥、能战斗、敢亮剑的建设铁军。在昭泸高速行将完工时，他们又肩负新的重任，重整旗鼓，进军另一片交通建设的主战场。

❼ 党建聚合力　品牌促发展

米兰·昆德拉曾说：“永远不要认为我们可以逃避，我们的每一步都决定着最后的结局，我们的脚步正走向我们选择的终点。”昭泸高速指挥部多年坚持的工作生活就印证了这句话。指挥部一班人无论遇到什么样的困境和难题，都不逃避、不抱怨、不气馁，加油实干，坚毅前行。

昭泸高速班子强调物质和精神的结合与相互作用，也强调企业使命、愿景和个人目标的

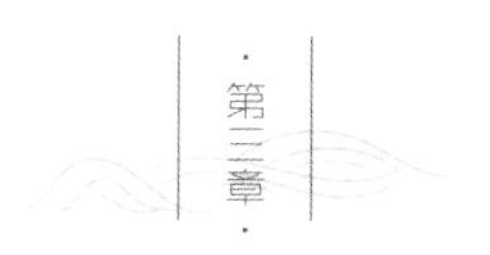

相互作用，执行反思及最终结果和出发点的相互作用，让昭泸高速团队产生始终如一的信仰和团结一致的合力，有力地推动企业迈入做强、做大、做优的进程。

树立“党旗红，昭泸强”的企业党建品牌

昭泸高速项目公司党支部领导班子在日常工作中，时时处处以党建为指引，团结和带领全体党员、员工以习近平新时代中国特色社会主义思想为指导，坚决贯彻落实习近平总书记在全国国有企业党建工作会议上的重要讲话精神，通过打造“党旗红、昭泸强”的党建品牌，创建昭泸党建工作模式，持续强化政治引领，以企业建设成果检验党组织的工作和战斗力，并以此作为国有企业党组织工作的出发点和落脚点，提高企业效益，增强企业竞争力，促进项目建设又快又好地推进。

公司党支部书记、董事长黄阳说：“党建是企业重要的核心竞争力，公司将党组织的领导力融入企业最小的经营单元，充分激发党组织的战斗堡垒作用和党员的模范带头作用，让红色动力贯通上下，推动公司的各项建设任务上台阶。党组织是企业发展的根和魂，是旗帜，是方向。”

生命的意义因人而异，也因时而异，发现生命意义的途径有：创造、工作、体认价值。回望历史，今日幸福生活是无数革命先烈用热血和生命换回来的。

这一天，昭泸高速党支部全体党员在邓海明、王胜的带领下前往威信，开展“走进红色扎西，传承红军精神”主题活动，接受革命传统教育。支部全体党员依次参观了“扎西会议会址”“扎西会议纪念馆”和“红军烈士陵园”，深切缅怀毛泽东、周恩来等老一辈革命家及无数为革命献身的先烈们，对红军从江西一路走来的艰辛历程深为感动。

“扎西会议”是长征路上的一次重要会议，也是对“遵义会议”的完善和补充，面对馆内陈列着红军当年用过的件件实物、张张照片，大家深切感受到革命胜利和今天幸福生活的来之不易。参观结束后，邓海明带领全体党员重温入党誓词，再一次承诺坚守初心，用行动牢记使命。在重温入党誓词、重走长征路活动中，在追忆历史足迹、缅怀革命先烈的过程中，党员干部传承优秀品质、弘扬光荣传统的思想自觉和行动自觉被充分激发。

昭泸党支部经常开展主题党日活动，丰富了党员干部的组织生活，使党员干部接受了思想洗礼，激发了爱国主义情怀，进一步增强了大家的担当意识、责任意识，更加坚定了“不

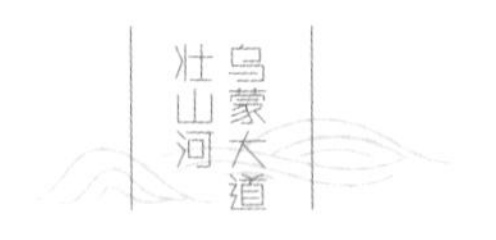

忘初心跟党走”的信念。

昭泸公司党员干部带头学理论、强信念，增强思想自觉，锤炼坚强党性，统一思想和认识，牢固树立广大党员及管理干部在追赶超越中的政治担当意识。

昭泸指挥部坚持一手抓工程建设，一手抓廉政建设。以制度建设为核心，健全拒腐防变制度体系；以预防腐败为重点，健全拒腐防变教育长效机制；以强化监督为手段，健全权力运行监控机制；着力打造昭泸高速廉政阳光工程，实现昭泸高速公路“工程优质，干部优秀”的目标。

从工程开工建设至今，昭泸高速公司从未出现以权谋私、索贿受贿等违法违纪行为。

- **基层党建 为公司高质量发展奠定政治基础**

为认真贯彻落实中央、省、市及昭通高投“不忘初心、牢记使命”的主题教育安排部署，昭泸公司党支部召开“对照党章党规找差距”专题会议，以正视问题的自觉和刀刃向内的勇气，重点对照“十八个是否”全面查找问题。领导班子及全体党员集中学习，进行检视查摆，对照“十八个是否”逐条查找问题，党支部书记、董事长黄阳带头学、带头查，真正把自身摆进去，把职责摆进去，把工作摆进去，实事求是地逐条自我检视，深刻剖析。

对照党章党规找差距是主题教育学习和检视问题的重要内容，昭泸公司通过认真学习领会，深入找差距，增强了党员同志党的意识、党员意识、纪律意识，真正发挥好党员的先锋模范作用，聚焦和破解了制约公司发展的难题，树立了大家坚毅执着、顽强拼搏的意志品质，立足本职岗位，攻坚克难，善作善成，为昭泸、镇赫项目顺利通车增强信心和力量。

昭泸公司党支部还积极开展党史学习教育专题组织生活会，聚焦“学党史、悟思想、办实事、开新局”主题，精心组织会前集中学习交流，坚持把功夫下在会前，对全体党员进行谈心谈话，征求干部职工意见 20 份，为高质量开展组织生活会奠定了扎实的思想政治基础。

党组织生活会上，支部宣传委员王丽琼总结了党史学习教育取得的成绩、存在的问题，并对问题提出整改措施及工作思路；支部书记黄阳代表支部进行了对照检查，从开展党史学习教育、严格党员教育管理、联系服务群众、转变工作作风四个方面查找差距和不足，紧密联系思想和工作实际，查摆问题 6 个，并深刻剖析问题根源，明确了整改提升的方向和举措。

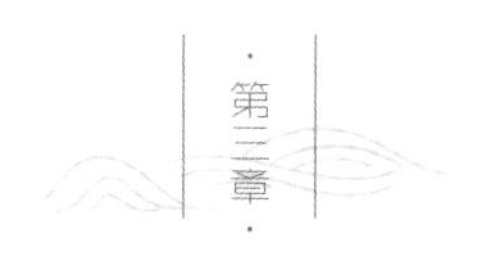

参会党员及管理干部从思想上挖根源、学习上找差距、工作上找短板，开诚布公、直言不讳、深刻剖析、相互批评。每位党员对提出的问题坦诚相见、虚心接受，共自查问题62个，互提建议38条，达到了团结进取、共同提高的效果。

党支部书记、董事长黄阳提出并坚持倡导把支部建在一线，他说："在战争年代，红军能够艰难奋战而不溃散，支部建在连上就是一个重要原因，实现了党的绝对领导。进入新时代，把支部建在标段上，加强国有企业党建，依然具有巨大的现实意义。"

昭泸高速的建设历程表明，把支部建在一线，就能够发挥基层党组织战斗堡垒作用，实现领导班子成员党建工作联系一线工作的想法，通过调查指导、谈心谈话，大家的心连在一起，思想融在一起，力量汇在一起。支部以问题为导向，深入开展交流，集思广益，探讨破题之策、激励机制等，广大基层员工的积极性被调动了起来。

"党建做实了就是生产力，做细了是凝聚力，做强了是竞争力"，在这一理念的推动下，公司高度重视基层党建工作，坚决扛起主责，抓好主业，深化理论武装，夯实基层党建基础，推进正风肃纪，为推进公司高质量发展提供坚强的政治保证。在不断提高党组织凝聚力、战斗力、创造力，创建和培育党建品牌实践中，创新民主生活会方式，在民主生活会上紧密结合经营生产和业务工作，查找企业经营管理、服务的突出问题，推动各项业务问题的高效解决。

- **党员责任区 青年突击队成为引领和典范**

在昭泸事业发展壮大的过程中，党支部不断强化责任意识、担当意识，号召广大党员干部心往一处想、劲朝一处使，拧成一股绳，向着同一个目标奋进。公司上下创新思路，发扬"敢于担当、勇于争先、甘于奉献"的精神，迈着大发展大跨越的奋进脚步。

在工程建设过程中，各级党员干部，时时处处发挥模范带头作用，他们敢闯敢干，咬定目标，矢志不移；在建设昭泸高速的一线战役中，项目指挥部、参建公司各项目部的党员、团员就是一道铜墙铁壁，他们敢打冲锋，敢当突击队。

在工程建设现场，党旗、"党员先锋队""青年突击队"等旗帜高高飘扬。众多参建单位将这些作为工地党建示范点，把抓工地党建与项目建设标准化有机结合起来，与工地难点关口进度突击结合起来，有困难找党员，有艰难险阻找突击队，提升一线基层党组织组织力，突

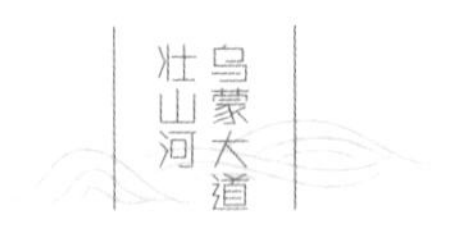

出政治功能，充分发挥基层党组织建设坚强战斗堡垒作用。

“我是党员我带头，严细管理保安全，精心施工保安全，精心施工保质量，立足岗位当先锋……”，这是突击队队员的工地誓词。

昭泸高速项目指挥部因势利导，落实基层党建行动，并与参建单位党组织联手，经常组织丰富多样的活动，让党旗在工地一线高高飘扬。各项目部组建“党员突击队”“党员先锋队”，在“硬骨头”区域设置“党员责任区”，扎根一线的党员们亮明身份做先锋，充分发挥党组织战斗堡垒作用和党员先锋模范作用，为工程建设顺利推进和规范化、标准化提升提供组织保障。

在关键时刻，活跃在基层一线的党员和青年先锋队扛起攻坚克难、冲锋陷阵的责任和担当，用实际行动诠释共产党员“平常时候看得出来、关键时刻站得出来、危急关头豁得出来”的旗帜风采，他们不仅成为项目如期建成通车的引领者、推动者，更为昭泸公司打造了一支听指挥、拉得出、冲得上、打得赢的队伍。

昭泸高速的年轻人，他们当中有党员，也有共青团员。他们说修建昭泸高速公路是他们人生履历中最难忘的经历，昭泸项目是他们经历大干次数最多的一个项目，全线胜利通车之时所有参建者都深感自豪与荣幸。每当有人问起他们修建高速的施工经历，他们总是津津乐道，其间的艰辛、苦痛、快乐、欣慰早已凝结成永恒的勋章，成了他们最大的收获和最宝贵的精神财富。

是的，昭泸是一帮年轻人成长的地方。千寻沟壑相交错，百尺山峰互纵横。山路崎岖，踏勘工地时，放眼望去，一片荒凉，冬日的寒风如刀割一般，夏日的炎阳晒得他们皮肤皲裂。虽然也有人产生过逃离的想法，但他们最终都留了下来，挺过了那些难熬的日子，既然来了，就把心一横，咬牙也必须把任务完成。

这是一批年轻的党员，年轻的共青团员。五年来，他们始终和大家奋战在一起。抢工期，他们和大家一起抢；夜里加班，他们和大家一起干；抬钢筋笼，他们和大家一起抬；搬石头，他们和大家一起搬。辛勤的汗水换来了信任和支持，看到自己参建的大道筑成，那种发自心底的自豪是任何东西都取代不了的。那是面对困难的无所畏惧，更是一种人生的挑战。

他们这些年轻的共产党员、共青团员，在昭泸战线迈出了人生的第一步。而在昭泸高速各个项目部，也有很多党员干部在这里工作生活了多个春秋。工地磨炼了他们的意志，锤炼了他们的品格。他们对这里的一草一木、一沟一岔、一卯一梁饱含深情，时常牵挂。有些人虽然

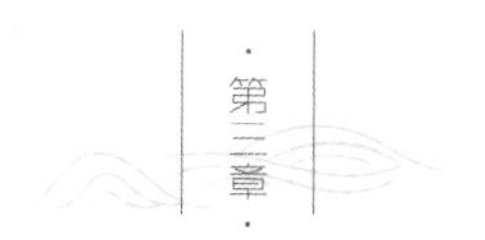

随着项目的竣工离开了昭泸，但往日的生活依然历历在目，昭泸高速终归是他们生活和战斗过的地方。五年来的建设，成就了他们，也是他们滋养初心、淬炼灵魂、汲取力量的精神之源。

正如党支部书记黄阳所言："作为国企的一员，要做政治上的明白人，对党绝对忠诚，始终同党中央在思想上、政治上、行动上保持高度一致，坚定理想信念，坚守共产党人的精神家园，自觉践行社会主义核心价值观，自觉执行党的纪律和规矩，真正做到头脑始终清醒，立场始终坚定。我们首先就要有担当和使命，那种得过且过、无所作为的行为，不是昭泸党员干部的思想；项目的所有党员干部既要有辩证思维能力、系统思维能力，也要有善于透过现象看本质，提高把握问题实质、把握矛盾规律的能力，更要有解决问题的综合能力。在这里，坚决杜绝哗众取宠、装点门面的假大空做法。"

黄阳的话道出了昭泸人的心声。广大党员及管理干部以此为准绳，比照追赶，在日常的实际工作中，践行"讲实话、办实事、求实效"的要求，踏踏实实，推动各项工作走上新台阶。

在昭泸高速建设的全过程中，党建工作时时刻刻与干部职工的工作和生活密切相连。党建是昭泸项目建设的力量之源。

一位年轻人说："在昭泸高速建设大会战之后，这辈子把最难最火爆的事都干过了，最苦的日子都过了，之后什么苦、什么难事都不怕了。"

在昭泸高速，党员和管理干部的责任感被激发起来，他们忠心耿耿爱国家，用行动为党分忧，为民奉献，彰显了国企的责任和担当。他们提高政治站位，强化政治担当，坚决把自己摆进去，发挥表率作用，以严肃认真的工作态度开展工作，接受党性洗礼，寻找初心，为通车目标加足马力。

"虽然我们远离家乡，很少与父母和家人团聚，可是在我们的努力下，昭泸高速公路贯通后昭通全市规划构建'一环两横四纵六联络'的交通网络就要完成，形成'全市 2 小时交通圈'，一个世纪梦想即将实现，作为其中的参与者、见证者，我感到无比幸福。"这是昭泸高速一位年轻党员发自肺腑的话，这种自豪将激励他、感召他不断走向新的征程，取得更好的业绩。

正如这几个年轻人所言，在以后的人生道路上，无论遇到什么困难，他们都不再畏惧。

人们总是期待明天，实际上正如希腊著名导演西奥·安哲罗普洛斯所言："告诉我明天

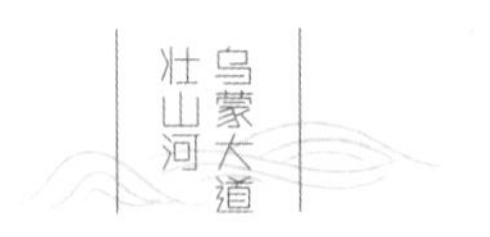

会有多远，永远或只是一天，明天会持续多久，比永恒多一天。”因此，人们必须珍视今天，并在今天就规划好明天的事情，因为明天马上就来。

在昭泸建设的岁月里，领导班子坚持把党员培养成业务骨干，把业务骨干吸收到党组织中，并在日常工作实践中树立一个党员一面旗帜，发挥好党员先锋模范作用。每一个党小组就是一个战斗堡垒，力做先锋，积极应对挑战，啃下来一个个硬骨头，为企业提供新的发展势能。回望过去，在那些重大困难任务中，党员先锋队冲锋在一线，党员的旗帜飘扬在第一线，成为引领，成为典范，并取得了一个又一个显著的成绩。

- **抗击疫情 大爱义举送出真情**

为进一步加强新型冠状病毒感染疫情防控，阻断疫情传播蔓延，坚决打赢疫情防控阻击战，按照云南省启动重大突发公共卫生事件一级响应的有关要求，镇雄县新型冠状病毒感染的疫情防控指挥部研究决定，从 2020 年 2 月 2 日中午 12 时起至疫情解除时，对全县交通和人员流动进行管控。

镇雄地区一下子进入管控防御时期，面对疫情，肩负 2020 年第一阶段开通重任的昭泸高速指挥部班子居家隔离，心急如焚，打破了昭泸高速指挥部的既定施工推进规划，昭泸高速项目指挥部第一时间组织开启线上视频会议。

在镇雄疫情封控期间，2020 年 2 月 11 日，昭泸建设指挥部召开视频会议，指挥部领导班子成员、各处室负责人及各施工单位项目经理、各驻地办总监参会，会议由昭泸常务副指挥长兼总监理工程师许定伦主持，指挥长、董事长黄阳作了讲话，共 36 人参加了视频会议。会议主要就疫情突发情况下的防范举措进行了通报和交流，并对各个施工点及各相关单位的防疫防控措施进行统筹部署，并对未来的复工复产工作进行了提前筹划和准备。

有人说：成长和舒适是不能共存的，如果你想成为一个合格和成功的领导者，就要习惯性跳出自己的舒适圈，迎接挑战和风险，只有经历了挑战和风险，才能成为更好的自己，带出更强的团队。

党支部书记黄阳历来就是一个特立独行的人，他总是把事情考虑、计划在别人都还没有想到的时候。

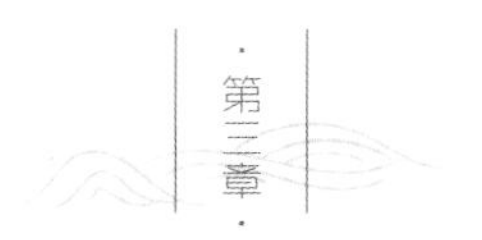

在他的果敢决策下，疫情期间昭泸高速的各项工作依然在迅速推进，目标直指决胜2020，完成第一阶段年度通车任务。在他的带领下，昭泸高速项目指挥部根据第一阶段建设任务做到早计划、早部署、早安排，并在视频会议中进行了疫情过后复工复产的提前准备，计划复工后第一时间倒排节点，周密部署强力推进。

这才是一个项目公司的决策人，临危不惧，心无旁骛，指挥若定，身先士卒，靠前指挥。昭泸高速班子高度重视疫情防控工作，始终绷紧防控这根弦，把防控措施落实到位，项目各主管率先垂范、超前谋划、保持状态，保证广大职工的生命安全，重视维稳工作的同时，积极筹谋工作计划。

当了解到部分工点出现口罩紧缺的情况，黄阳指挥长找到负责办公室的王川燕。

“小王，一线口罩缺乏，你有什么办法？”黄阳开门见山地问道。

“最近社会上都在抢口罩，非常紧缺。领导放心，我一定想尽办法去解决。”王川燕办事历来风风火火，干练爽快。她二话没说，一口答应下来。

接下任务，做事缜密的王川燕的确有点窘迫，但在这位曾经叱咤商场的“女汉子”面前，从来就没有什么难办的事。王川燕随即打开自己的手机通讯录，不放过任何一个有希望的号码。她之前在商海搏击时积累了许多商业渠道，很快就有朋友提供了一条有价值的信息，在越南口岸可以组织到一批质优价廉的口罩。

王川燕闻讯当即行动，虽然社会面封控，严禁车辆及人员流动出入。这些情况，在一些人面前可能就是一座大山，难以逾越，但对于社会资源丰富的王川燕来说，可谓小事一桩，她多方协调办理了合规合法的疫情期间车辆出入证件，并第一时间向黄阳指挥长主动请缨，出征组织购买口罩。

作为一位共产党员和公司管理干部，王川燕没有丝毫的顾虑和胆怯。

考虑到一位女同志驱车七八百里前往中越边境口岸的诸多不便，昭泸高速领导班子决定让王敏处长受命出征，带车赴越南口岸办理此事。王敏是一个能啃硬骨头的铮铮铁汉，领命出发，风雨兼程一个星期，日夜奔袭七八百里，顺利采购回两大车口罩。

不辱使命的王敏，敢想敢干，疫情期间主动请缨、冲锋在前，用行动诠释责任与担当。王敏顺利买回大量口罩，打了一个胜仗，一时成为昭泸高速项目最美、最勇敢的逆行人。

人不率则不从，身不先则不信。昭泸高速项目指挥部敢做表率、敢打头阵，总是奋勇当先、冲锋在前、实干担当，充分发挥了党员干部的模范带头作用。党员干部勇于奉献，俯下身子，迈开步子，撸起袖子，以实干书写担当，在党和人民需要的地方铸就不凡！

昭泸高速项目指挥部各个部门的同事，按照指挥部的安排，把艰苦寻觅到的 35 万个口罩第一时间捐赠分发，支援给镇雄、彝良两县最需要的单位，其大爱义举受到两县人民的交口称赞。

之后，昭泸高速积极响应和推动驻地镇雄的疫情防控工作，先后以昭泸高速项目党支部的名义，由项目指挥部副指挥长王胜带队向镇雄县捐赠一批防疫物资和生活物资，包括消毒液 6 桶、医用口罩 4000 个、大米 30 袋、食用油 30 桶、竹炭 20 箱、方便面 40 箱、猪 1 头，总价值 42000 余元。后来又组织了第二次捐赠，将筹措到的口罩交予昭通高投公司进行调配，并再次向镇雄县捐出医用口罩 10000 个及其他抗疫物资，价值约 62000 元。

上善若水，大爱无疆。在县域百姓特别需要的时候，昭泸高速雪中送炭，为镇雄县抗疫工作助力，为缓解当地防疫物资和生活物资紧张情况提供了重要支持，与当地人民携手共抗疫情，在紧急关头无私奉献，充分体现了昭泸高速国有企业强烈的社会责任感和深厚的家国情怀。

04

·第四章·

征地拆迁 迎难而上得民心

1 路地携手强 协调力度大

2 班子统全局 责任显担当

3 上下有目标 集思出对策

4 雷霆早出击 霹雳手段多

5 走村抓落实 入户心相印

6 临电问题急 合力解决快

怀揣着幸福和期待

对世界向往

拼搏在他乡

那时日夜奔忙在大街小巷

而今身在沸腾的工地现场

奋飞中追逐梦想

不知疲倦奋力飞翔

血汗和泪水

凝结成信念的翅膀

永远相信这世界上

总有一盏灯为自己点亮

2018年元旦，昭泸高速公路建设指挥部召开施工用电工程推进会，会上就临电施工现阶段存在的问题进行了梳理，并根据节点工期提出了应对方案及措施。指挥长黄阳、副总工唐侃出席会议，土建、电力设计及施工单位相关负责人共20余人参加会议。

会上，各单位就电力设计、施工进度及面临的主要困难及问题进行了汇报。昭泸高速电力设计已完成施工图、材料清单及预算的编制，进行了现场设计交底工作。现场施工完成10千伏线路通道复测及杆塔定位工作，电力1标已完成杆坑开挖500余个，立杆180余基，电力2标计划2018年1月4日正式开始开挖立杆。

但昭泸高速项目推进过程中确实遭遇到了瓶颈，看似临电建设的设计、施工图、材料编制等各项准备工作均已到位，实施过程却遭遇到了阻力，特别是昭泸高速沿线征地拆迁受到阻扰，使整个项目的施工进展受到极大影响。

2018年1月4日，时任镇雄县委副书记、县长郑维江到昭泸高速公路施工现场调研指导工作，副县长兼县公安局局长白孝东及县直部门相关领导随行，昭泸指挥部总监许定伦全程陪同。

郑维江一行先后到昭泸高速第三合同段乌峰隧道和上寨隧道施工现场进行了实地查看，听取相关负责人介绍各个施工点进展情况，并仔细了解建设过程中遇到的困难和问题。

县长对昭泸高速建设工作给予充分肯定。他指出，昭泸高速公路作为镇雄县综合交通建设重点在建项目，启动晚，推进快，指挥部积极与地方政府协调，精心组织，科学管理，各项工作高效有序推进。

针对调研情况，郑维江要求，全力支持征地拆迁工作，对上报的问题及时予以处理解决，严厉打击非法阻工现象，为高速公路建设创造一个良好的施工环境；指挥部要加强监管，确保安全，高标准严要求抓好工程建设；施工单位要科学合理地制定施工方案，确保圆满完成各项施工任务。

可以看出，开局进行沿线施工建设，所面临的问题和难关何其多，已经引起昭泸高速上下和政府层面的高度重视。

❶

路地携手强　协调力度大

黄阳有一段最激励人的话：搞管理并不复杂，咱没当过业主，可以请教人家是怎么当的。咱没有征过地，可以找国土部门咨询，自己慢慢摸索。管理不是让领导告诉下属现成答案是什么，而是如何让每个人自己开动脑筋去寻找答案，让每一个员工都进入自知自觉的状态。

昭泸高速指挥部用心打造组织活力，特别是从一开始就树规矩、定方圆，让大家都有一个共同的价值观。黄阳用最通俗的语言把价值观落地成了管理目标：倡导进门都是客，要求所有昭泸高速指挥部人员，不论职位高低都要把昭泸高速当成自己的家园；对待所有客户，不论参建单位、普通老百姓或者政府官员都要一视同仁，热情相待；竭尽全力把昭泸高速打造成安全优质线、绿色生态线、惠民扶贫线和创誉创效线。这样的价值观一旦萌芽，必定随着时间根植员工内心，让他们深知作为参与者的光荣使命，作为管理者的使命担当，欣然尊崇，自觉行动。

也正是因为有平等待人的服务意识，昭泸高速自上而下才会把每一个人的倾诉都当成自己家人的倾诉，任何时候出现的难事、烦心事，都当成自己的事。无论是政府机构、乡村干部、当地群众，都对昭泸高速称赞有加，使他们的路地共建之路越走越宽。

在推进外联工作中，昭泸高速指挥部十分注重内部的统一步调和协调一致。这一点，昭泸指挥部无论哪个阶段，都结合总公司对各项工作的安排部署，研究制定昭泸高速下一步重点工作方案，并及时准确地对下属各处室工作作出具体要求。昭通高投公司陈富华董事长、王国从副总工程师在昭通市高速公路建设推进会上的讲话，就是昭泸高速必须遵循的纲领性要求，指挥部班子对此高度重视，一以贯之，逐一对照落地实施。这样一来，昭泸高速建设的工作主线一直很明确，也真正做到了统一思想、提高认识、明确任务、把握重点。

在建立内部科学规范的运行机制的基础上，昭泸高速班子对外就更加游刃有余，以完成年度目标投资任务为准绳，全力抓好工作，推动工程建设顺利开展。

认识清晰，方法自然就得当有力；方向明确，工作才会有的放矢。昭泸高速指挥部上下找准角色定位，工作重点鲜明突出。这既是黄阳多年参与管理的经验之谈，也是昭泸高速班子成员的一致认知。

2018 年 7 月 20 日，昭泸高速项目指挥部在镇雄召开第一次见面座谈会。天津市政工程设计研究院、云南省交通规划设计研究院、中交第一航务工程局有限公司（以下简称“中交一航局”）、中铁十七局、云南省建投集团、国家林业局昆明考察设计院、昆明麦普房产土地评估咨询有限公司等八家参建单位参加会议。会议由指挥长黄阳主持。

会上，施工单位就机械、人员到场，控制性工程施工准备等进展，大型临时设施等方面碰到的困难及下一步安排作了汇报，并对做好昭泸高速项目建设工作作了表态发言。

各单位表示坚决服从指挥部的安排，统一思想，树立大局意识，把质量和安全放在首位，做到设施到位，监管到位。林业、土地单位也就建设用地报件的流程和注意事项进行了宣贯，并承诺全力配合施工方尽快完成临时用地的林地、土地报批手续，促进工程早日开始施工建设。

2018 年 7 月 24 日，云南省交通运输厅召开昭泸高速设计方案审查会。在省厅总工程师吴华金的主持下，评审专家对昭泸高速施工图阶段路线设计方案进行了全面审查，并予以确定。当日，省厅总工程师吴华金、省咨询公司总工程师彭绍勇、审查项目负责人汪绍康、时任镇雄县政协副主席兼交通局局长鲁绍延出席会议，指挥长黄阳、副指挥长兼总监许定伦，以及相关设计单位各专业负责人，就设计方面情况向评审组作了详细汇报。评审组对方案给予了肯定，认为设计合理，工作扎实，并对顶拉立交互通方案提出了优化调整建议，对铜厂沟大桥绕开滑坡体及减少房屋拆迁方案进行了比选确定。会后，设计单位按照评审组意见与思路修订，方案最终于 2018 年 7 月 27 日全部确定。

2018 年 8 月 1 日，昭泸高速指挥部在镇雄召开第一次技术工作会议，天津市政工程设计研究院、云南省交通规划设计院、中铁二院、中交一航局、中铁十七局、云南建投集团六家单位参加会议，并以幻灯片的形式作了详细工作汇报。副指挥长兼总监许定伦要求设计单位详细汇报设计进度和图纸预计完成日期；施工单位分别就工程便道及控制性工程施工进度、弃土场、拌和站、火工品库选址、大型临时设施规划、目前存在问题及下一步工作计划作了详细汇报。

听完工作汇报，工程处长唐侃就汇报中提出的问题一一作了解答，并指出设计滞后仍然是目前制约整个工程进度的最主要因素，分别就设计和施工提出了具体工作要求。

会议要求设计监理单位必须加强跟进，设计进度做到每天一报。施工单位的驻地、拌和站、

钢筋加工厂、中心实验室必须于2018年8月31日前全部验收完成，逾期每个点每天罚款一万元。

三次会议强化了工作推进力度，并对设计单位、施工单位提出了严格的目标和时间进度要求，针对性很强。之后昭泸高速按照既定要求逐一进行跟踪检查，真正做到了有工作目标和时间节点要求，有跟踪检查和结果反馈，有对比评价，有深入发现问题解决问题。

工作环环相扣，有始有终，无论规划设计勘察单位，还是参建单位、监理单位、施工单位等都有了一个共同目标，大家拧成一股绳，把昭泸高速的项目尽快启动和推进向前。

针对《昭通市交通运输局关于将解决拖欠农民工工资纳入长效动态管理工作的通知》相关要求，指挥部各级机构包括各项目部设立绿色意见箱，并成立领导小组和农民工工资统筹管理办公室，办公室设在征迁协调保通处，研究出台农民工工资管理办法，确保各参建单位按时发放农民工工资。这样的综合职能兼顾的专项办公室的成立，对外形成了有效的监管机制，保障了指挥部监管监督权行之有效。

针对昭泸高速项目阶段性重点工作重点问题，指挥部班子适时积极主动出击，积极协调项目驻地各级政府。在他们的积极斡旋和推动下，昭通市、镇雄县、彝良县各级关联的政府机构和部门都形成了良好互动协作关系。

昭通市综合交通重点项目建设调度会、昭通市环境保障办专项沟通协调会，镇雄县、彝良县与昭泸高速项目建设指挥部联手举行的综合交通重点项目建设推进调度会，镇雄县、彝良县安全生产大检查专题会，工程地质勘察专题推进会、昭泸高速征地拆迁工作专题会议等等，都从不同方面积极推动了昭泸高速项目的进展。

特别是地方政府对昭泸高速给予了非常大的支持，时任镇雄县县长郑维江要求全力加快综合交通重点项目建设步伐，要求各级部门列出问题清单，落实责任人，限时解决问题，层层压实责任，千方百计把昭泸高速建设工作落到实处。

最能显示路地协同效应的，应该是昭泸高速控制性工程的征地工作。2018年8月5日，昭泸高速启动首批征地工作。昭泸高速项目指挥部、参建单位、相关沿线各级政府部门、乡镇村组干部与群众，积极配合，工作启动3天，到8月8日，共征地105亩。其中，2标坪上隧道进口红线用地9亩，坪上乡老场村河坝组拌和站31亩，坪上村4号拌和站17亩；3标乌峰隧道进口红线用地8亩，大寨隧道出口的进场便道征地8亩，钢筋加工厂和预制厂共16亩，赤

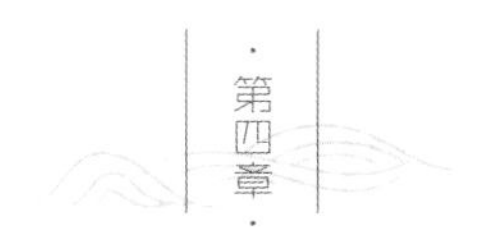

水源镇洗白村、仗沟村民组征用两个驻地共16亩。加上2标8月之前已征临时用地168亩，用于拌和站、炸药库、碎石场及项目驻地建设；3标8月之前已征临时用地36亩，用于赤水源拌和站和项目三分部驻地建设，同时土地和林地报批手续单位已进驻并进行实地查勘。征地拆迁，在各级部门和群众的支持下，组件报批工作得以全面展开，其后顺利进入控制性工程和第一批临时用地的相关林地报批手续工作。

昭泸高速第一阶段征地工作成功完成，总结了以下经验：其一，县委县政府高度重视，主要领导亲自过问，定期检查，集中排忧解难，指导有力，工作务实，分析解决问题能力强；其二，工作思路清晰，工作作风有力，凡事未雨绸缪，结合镇雄县的实际情况，以超前思维进行有效指导；其三，敢于担当，配合默契，及时沟通协调，为交通建设项目的顺利开展提供了有力保障；其四，县"三办"（县交通局、县国土资源局和县乡抽调干部为项目服务所成立的工作专班）对交通建设支持配合到位，在征地拆迁工作中作出了充分的努力，综合协调有序有力。

指挥部乘胜追击，于2018年8月22日，又分别与镇雄、彝良两县签订了征地拆迁安置及施工环境保障协议书，为下一步奋力攻坚全力推进征迁工作创造良好条件。

万事俱备，只欠东风。各标段正按照既定计划，矢志不移，稳步推进工程建设，各施工单位在上下各方都把施工条件准备妥当的情形之下，更是快马加鞭，你追我赶。

❷

班子统全局　责任显担当

每个时代都需要自己的英雄，征拆工作开好局，也需要有人来担当。但凡经历过征地拆迁的人，都说征地拆迁是"天下第一难"。昭泸高速党支部书记、董事长黄阳运筹帷幄，布局征拆，开会点将，重任落在公司征拆部长王胜和副部长朱德雄肩上。

为尽快打开征迁工作局面，王胜、朱德雄带领部门员工，依靠政府、依靠参建公司项目部征拆人员，主动对接镇雄、彝良两县协调办，前期先行解决了部分重点工程的用地和项目施

工驻地等前期用地工作，实现了征拆工作的“开门红”，受到昭通市征拆保障办的称赞和首肯。

事实上，昭泸高速出现的施工沿线大规模的征地拆迁工作，最大的难点是“两市经济发展相对滞后、征拆补偿标准不同、地形多样、地类复杂、拆迁量大、民风彪悍”等实际问题，这使原本就复杂的征拆工作更是难上加难。如何化难为易，快速推进？

根据昭泸高速的工期要求，2020 年底必须实现 45 公里先期建成通车，2021 年底实现后段 24 公里建成通车。两个阶段，通车任务既是主体责任，又是庄严承诺。群山逶迤，平整的地块在山里本来就是稀缺资源，现在为了施工又必须征用部分可用之地。

而高速公路建设征地拆迁必须先行，只有先保证拿到地，才能为施工单位提供工作场地，任务的艰巨性和紧迫性可想而知。在各级地方政府的大力支持下，昭泸高速项目指挥部班子带领各部门、各标段项目征地拆迁工作人员，以昭泸高速项目征地拆迁大纲为主线，以保工程进度为宗旨，先急后缓，分重点、分批次有序征地。

黄阳多次强调征地拆迁工作的重要性，并将自己多年的经验与大家分享，鼓励所有人员“强化征地拆迁相关政策和专业知识的学习，不要担心不会，要积极主动、边干边学，实践出真知；只要真正把企业的事情当作自己的事情去办，就一定能把事情做好”。面对实际问题，黄阳也是第一时间组织会议或安排班子成员组织处理，毫不含糊。

昭泸高速项目指挥部班子成员时刻关注征地拆迁工作进度，大家都知道征地拆迁这一拳打得好，才会赢得百拳开，征地拆迁牵一发动全身，事关施工各个方面。

2018 年 1 月 11 日，镇雄县“三办”领导在昭泸高速组织召开征地拆迁专题督导会，指挥部总监许定伦、指挥长助理王胜及土建 3 标、临电架设 1 标、临电架设 2 标相关负责人参加会议，镇雄县综合协调办副书记武孔发出席会议。

会议针对征地拆迁工作推进缓慢，严重影响临电施工情况进行研究分析。会议指出，个别征迁工作存在不按时汇报、协调脱节、上报数据误差大、政策执行不到位及擅自抬高赔偿标准等问题。

会上，总监许定伦针对随意承诺老百姓、擅自抬高赔偿标准问题进行通报批评，并按管理办法予以处罚，如再次出现类似问题，将从重处罚。许定伦要求征迁工作责任落实到人，并明确分管领导，以文件形式上报指挥部；若再出现不按要求配合、落实工作的情况，必须更换施工方征地拆迁负责人。许定伦要求要善于发现、反馈及解决问题，做到事事有回应，件件有落实。

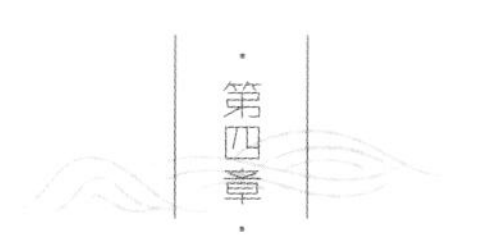

自此，该标段项目加大了对征地拆迁人员的培训，积极主动向进展顺利的兄弟单位学习取经，贯彻指挥部的征地拆迁政策要求和工程推进要求，工作大有起色。

③ 上下有目标　集思出对策

昭泸高速征地拆迁部门得到指挥部班子的强力支持，他们依法合规开展工作；挂图作战，每天罗列征地拆迁任务清单，划分责任，明确专人，限定期限完成任务，有目标、有计划、有落实。

设计图纸是确定项目用地的重要依据。在设计单位提供施工用地图后，昭泸高速征地拆迁部组织测量人员埋桩、放线、勘测定界，挖边沟，确定边线，安排第三方勘察单位，以村为单位对征地面积进行实测。同时，对地上实物进行清点、核实、登记、签认，为征地拆迁补偿工作计量出详实的数据指标。

征地拆迁部工作人员各自按照分工，分头行动，晚上收工汇总当天工作，综合统计当天情况，为次日工作统筹做好准备。每周召开例会，由各参建单位汇总工作进度，周一碰头汇报工作中存在的问题，集思广益出对策，捋清下一周的计划安排。每个人都铆足了劲，使出浑身解数，抢时间，赶进度，以“5+2”“白加黑”的工作方式，确保施工用地。

每一次征地拆迁取得的新的战果，都离不开各级政府的鼎力帮助和支持，其功不可没，贡献突出。

镇雄县副县长成旭经常深入工地现场办公，解决昭泸征迁工作中急需解决的问题，镇雄县协调办主任武孔发、县保障办副主任翁大智、县征迁办副主任胡永记等，也都经常为昭泸高速征地拆迁出谋划策，积极深入一线，帮助昭泸指挥部解决实际问题。

成旭先后到赤水源镇、乌峰街道办、坪上镇，现场了解洗白大桥9幢房屋的拆迁、王家湾大桥所涉及砖厂及石材加工厂搬迁、曾家祖坟剩余坟墓搬迁、老院子1号桥3号和4号桥墩处房屋拆迁情况，了解场坝镇部分住户拒绝拆迁房屋的原因，以及坪上镇、小河村临电架设阻工等情况，要求和协调各级政府机构无条件地积极配合昭泸高速项目指挥部，化解突出矛盾。

2018年4月17日，成旭又亲临昭泸高速项目土建3标段，调研主线征地和房屋拆迁工作情况，现场解决拆迁工作中存在的安置问题，并提出具体要求。场坝镇党委书记陆旭东、副镇长宋伟，赤水源镇土管所所长付庭华，昭泸高速项目指挥部指挥长助理王胜一同现场办公。

2018年5月8日，时任昭通市委政法委副书记、市施工环境保障办主任李怀祥一行到镇雄县坪上镇调研昭泸高速征地拆迁工作，并出席由县政协副主席鲁绍延组织召开的昭泸高速土建2标房屋拆迁工作专题推进会。土建2标项目党支部书记张天龙汇报：坪上镇共需拆迁136栋房屋，其中3号梁场有3栋房屋因地处不良地质，雨季来临时会有较大安全隐患；老院子1、2号桥有7栋房屋急需拆除，方能打通施工断点。指挥长黄阳汇报了全线征拆工作情况：全线已完成90%的征地工作，除困难最大的坪上镇外，其余7个乡镇的征迁工作将在6月底全部完成；指挥部将派专人跟踪落实资料审批情况，全力支持坪上镇的拆迁工作，并恳请坪上党委政府继续给予大力支持，全力推进征迁工作，确保5月底前完成房屋量测工作，6月底前完成急需10栋房屋的拆除，打通运梁通道，10月底前完成全部征拆工作，顺利推进工程建设。

会上，李怀祥强调，做好征拆工作要做到“一动三会，落实四项措施，实现一个目标”。同时，李怀祥对如何做好征地拆迁工作给出了经验之谈，从政府各级机构的协调、群众工作的落地、帮扶教育的引导等多个角度，给出了很有见地的建议，在昭泸高速指挥部引起很大反响，让大家提升了认知，形成了共识。

此后，昭泸高速项目指挥部趁热打铁，积极协调乡政府及施工征地拆迁人员，齐心协力，打了一场漂亮的战役。2018年7月11日，昭泸高速花山段完成48户房屋拆迁，花山乡房屋拆迁工作全部完成，为施工单位一次性提供了施工用地，确保土建1–1、1–2合同段工程建设顺利开展。

④ 雷霆早出击　霹雳手段多

根据拆迁计划，花山乡应征主线用地819亩、临时用地378亩，房屋拆迁48户，占昭泸全线计划拆迁量的7.41%。这次花山乡党委、政府高度重视昭泸高速征地拆迁工作，乡党委一班人敢打头

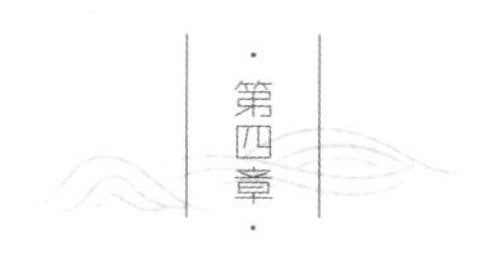

阵，党委书记赵凡带领乡党委班子亲自挂帅、靠前指挥，为征迁工作的高效推进提供了强力支撑。

当时花山地段施工单位尚未进场、人员不足、物资短缺，在这种情况下昭泸高速指挥部、花山乡党委一班人克服重重困难，优先完成昭泸高速花山段前期主线征地工作。在施工单位进场后，乡党委副书记朱绍品、集镇规划办主任罗富海等乡镇干部多次深入群众，挨家挨户反复做思想工作，宣传政策，向老百姓宣讲昭泸高速建设的重要性和必要性，取得了群众的理解和支持。

昭泸高速项目指挥部统一调度安排推进征地拆迁路线，乡党委根据指挥部征迁计划，结合实际，确定了拆迁执行方案。多方协调有力，联动出击配合，集中力量，很快完成了花山段的全部征地拆迁任务。

彝良县花山段的征地拆迁工作快捷顺利，镇雄县的大多地方也是顺风顺水，但有几处规模性征地拆迁工作连连受阻，问题迭出。事情惊动了昭通市相关部门，为此，时任昭通市政法委副书记、施工环境保障办主任李怀祥在镇雄县施工环境保障办主持召开重点交通建设综合保障座谈会，昭泸高速指挥长助理兼征迁处处长王胜及各施工单位负责人分别就昭泸高速项目推进情况及目前征迁工作中存在的困难和急需解决的问题在会上进行了详细汇报。

征迁处处长王胜汇报了两个方面的突出问题：一是一线协调人员不足、政策宣传不到位、思想认识有偏差，导致群众工作难以推进；二是第三方测量工作人员较少、工作标准低、人员流动性大，导致征迁数据统计滞后，甚至出现房屋测量数据与实际不符的情况，严重影响了征迁工作进度。

在镇雄县部分涉路乡镇，少数人员在征地拆迁工作中以各种借口，强行提出不合理要求，非法阻工。

这一天，坪上镇坪上村高家院子村高仁德等村民堵在施工便道，纠集一些不明事理的群众阻碍施工车辆通行。昭泸高速征地拆迁处副处长朱德雄得知情况后，急忙奔赴现场。

高仁德站在村道路的道沿高处，大声喊着：“哎，把老百姓当傻子，这么大的事也不见动静一下。轰隆隆，就知道把那机械开进场，问一声，这可给我们谁说好了？我村村民谁同意了？大伙们，今天就给他们瞧瞧我们高家院子人不是好惹的！”

一位同村群众响应道：“对，这地方是高家院子，这地盘姓高，谁要从这里通过，得我们说了算！”

“这都不是说过好几次了，前几天到你家都给你说了的，大家认为补偿不足可以谈嘛，可不要阻工呀。”征地拆迁处副处长朱德雄劝说道。

“对啊，我们司机也是挣的钱。你阻工，耽搁我的事，我挣不到钱，你给？”有施工方拉货司机附和着。

“我们施工队要赶进度，完不成任务交不了差，还会被处罚呢。”有施工工人接过话茬说。

“那也不行，你是谁？我可不管！”高仁德不听劝，边说边指挥同村人设置更多路障。

“你看，你闹也不济事。请先放行，让施工队进场，不耽搁大家商讨补偿的事。”朱德雄放缓口气，劝说道。

“放行，没门！不多给补偿，谁说也不起作用。”高仁德厉声说。

“我们是按政策执行的，同一个乡镇的，大家都按照标准赔付，全镇 85% 的人都按这个执行，不可能一家子做两档事。”朱德雄不紧不慢回应道。

“他们都是傻子，给一点就感恩戴德。我可是见过世面的人，不闹谁会舒舒服服多给钱呢？”

“伙计们，大家说是不是？”

阻工的人一应一合，不把征地拆迁的人放在眼里。

朱德雄苦口婆心劝说：“大家都支持国家交通建设，修路也是为老百姓自己好呀，出门方便不说，对大家搞运输、搞农副业都是天大的好事。”

“说得好听，没那么高大上，我就认钱。给那三瓜两枣的补偿款，还不够塞牙缝。”高某气焰更加嚣张。

“你是老几，好比拿石磨盘打月亮，你他娘的掂不来轻重，还看不出远近吗？我高某谁的话都不想听，这事，不按我的心思走，甭想好好过。我可不是吃素的。”

十多天，就这么僵持不下，负责征地拆迁的干部、施工单位人员多次晓之以理、动之以情，依然无济于事。高仁德一伙认死理，不通融不让步，不让工人进场，运送物资的大货车都停在路边，窝工受气。有胆大的司机发动车辆，想变道硬闯关卡，被高仁德的人强行拉下车，一阵推攘拉扯，几乎要动起手来。现场干部及时平息双方怒火，才没有让事态恶化。

王湾的几个村民看到这种情况，也很快在他们那里聚众组织阻工，不让施工车辆和人员进入沿线施工作业、运送物资。一时间昭泸高速沿线多个施工点情况告急，停工待产。

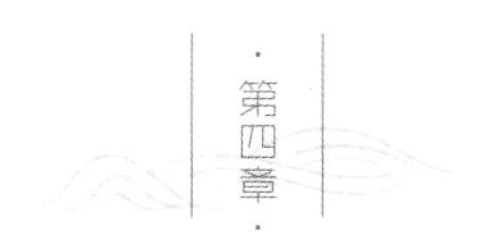

指挥部随同征地拆迁三办人员以不同渠道上报县市政法、公安等执法机构，县政法委接案后调查取证，也做了一些规劝缓解工作，征地拆迁工作人员夜以继日说服和动员，入户听取群众反馈，给出了行之有效的解决途径和办法，部分群众做出听从政府安排响应解决的决定。

但牵头的高仁德等人依然死硬到底，拒绝接受条件，挖苦讽刺现场做群众思想工作的人员，继续煽动群众闹事，企图扩大事态，让非法阻工长期化。

经公安机关取证调查，初步查清了高某等人的违法事实。2018 年 8 月 12 日，公安机关对高某等人进行了强制传唤拘捕。这一下子就打掉了不法分子的嚣张气焰，正本清源重塑了征地拆迁为民惠民的良好运行秩序。指挥部马不停蹄，开展润物细无声的繁复琐碎的群众思想工作，直到一切都风平浪静。

⑤ 走村抓落实　入户心相印

对昭泸高速指挥部而言由于征地拆迁不断出现的诸多难事就是那个阶段的头等大事和要事。为了尽快解决，早日突破，黄阳多次召开会议，根据大家反馈的实际问题，组织昭泸班子及时研讨，第一时间拿出应对之策。在这个与时间赛跑的节骨眼上，征地拆迁的每一个现实问题都是一只拦路虎，这道关口过不了，其他三头六臂的本领都没有用武之地。

黄阳要求各施工单位既要依靠政府，又要主动作为，积极配合市县督导组和“三办”开展工作，各个施工单位不能等不能靠，而是要想尽一切办法强力推进。他强调，昭泸高速各级征拆部门要统筹兼顾，以保证施工生产不受制约为前提，让征拆中的现场问题力争在现场外提早解决。

在昭泸项目公司征拆部的统一组织协调下，征拆工作人员从加大宣传昭泸高速公路通车后对当地经济将产生的深远影响入手，会同乡镇及村组干部挨家挨户与村民面对面做工作。

王胜、朱德雄带着征地拆迁的同志们经常驻扎在施工前线，深入农户家里讲形势、讲政策、讲人情、讲法律；同时，在企业能够承受的范围内，动员施工企业抽出设备、拨出资金，整修乡村道路，美化乡村环境，为群众办好事、办实事，开展路地共建活动。

昭泸高速一心一意帮助村民解决实际困难，赢得了村民的理解和支持，有效化解了村民对征拆工作的对立情绪，消除了各种阻力，加快了征拆工作步伐。面对征地拆迁这一交通建设的难点工作，指挥长黄阳一直坚持“以诚感人、以情动人”的处事原则。

昭泸高速要穿过镇雄县乌峰镇毡帽营村一冢千年曾氏祖坟，经过多次思想沟通，曾家拒不迁移，并要以死相抗。黄阳与县乡领导一道，从历史讲到脱贫攻坚，再讲到乡村振兴战略，诠释路的重要性，在他们的感化下，上百户曾家人转变了观念，表示支持建设，同意将坟墓迁移。

各级领导重视，为昭泸高速征地拆迁带了个好头，他们亲自过问主抓不放松，起到了典范引领作用。为快速有效推进征地拆迁工作，项目建设指挥部和县、乡两级党委政府建立了无缝对接的联动协调机制，及时研究、分析、解决问题，化解矛盾；工作人员深入一线，站在群众的角度考虑问题，既坚持政策办事，又兼顾群众利益，最大限度地获取群众的理解和支持。前期表现好的乌峰街道和赤水源镇先后在 7 月初就全面完成了房屋拆迁工作，比市效能监察组要求的时间分别提前了 28 天和 25 天。

“昭泸高速公路征地拆迁工作推进得比较顺利、比较快，是因为地方村民对项目建设的支持、配合，地方党委政府对项目建设的重视、关心，工作做得很细、很到位。”昭泸高速公路建设指挥部征迁协调保通处副处长朱德雄说。

每一条高速公路建设的背后，都藏着人们看不见的困难，而征地拆迁，更是难上加难。然而，昭泸高速项目镇雄境内 66.5 公里的征迁工作自启动到全面清零，仅用了 12 个月，在全市重点在建项目中，成为突破征迁“瓶颈”的典范。这一成绩的取得，离不开地方党委、政府的积极配合与大力支持，更离不开一线征地拆迁工作人员的竭诚工作。

❻

临电问题急　合力解决快

筑路架桥，造福于民，功在当代，利在千秋，类似于这样的大道理，讲给大多数人都能

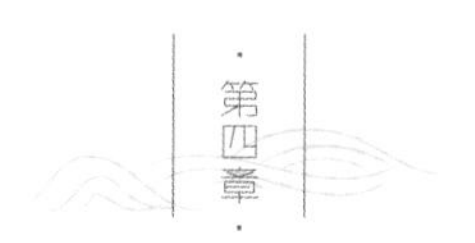

听懂，而且能获得行动支持。但是同样在一个村，群众的思想觉悟有高有低，“钉子户”难以避免。例如镇雄坪上村，早在2017年12月2日就全面启动施工用电专线架设工作，供电线路涉及坪上镇坪上村、大地村等村组，所经区域百姓聚居密集，地形复杂，施工协调难度大。经过多方努力，截至2018年1月底，主线基本架通，但坪上变电站通往坪上半坡隧道10千伏专线的8根电杆必须穿过坪上村的7户村民空地，期间多次出现农户阻工，经多次协调一直未能解决。

因临电架设工作影响整个施工建设的开展，昭泸高速指挥部高度重视，指挥长黄阳及时与县“三办”协调，土建2标也同坪上镇村干部保持积极沟通，县委、县政府给予了大力支持。

2018年3月10日，镇雄县举行昭泸高速临电架设现场推进行动，对坪上村临电施工阻工段依法依规施工。此次行动共调集县“三办”、公安机关、坪上镇政府、指挥部及项目部相关人员100余人。行动之前，时任镇雄县政法委常务副书记张晓鹰现场召开工作部署会，周密部署工作，确保此次行动顺利。县公安局副局长吴雄、协调办副主任武孔发、征迁办副主任胡永记及指挥部指挥长助理王胜到现场指挥，指挥部、土建2标及坪上镇政府多方工作人员，认真做好群众工作，讲解国家征地拆迁补偿标准和法律法规，强调工程建设的重要性和必要性，积极争取群众的理解和配合。经过一天的努力，8根电杆的专线架设任务顺利完成，确保了临电施工的顺利开展，为昭泸高速公路建设提供了有力保障。当晚土建2标10千伏主线架设全部完成。

土建2标所属牛场隧道出口位于镇雄县牛场镇牛场村杉树块组，涉及多处拆迁房屋，已于2017年9月完成房屋测量，但所属户主拒绝拆迁。指挥部与县综合协调办、征地拆迁办及牛场镇政府相关领导多次对接，并深入到户宣传相关政策，对户主进行思想动员。

2018年3月31日，征迁处副处长唐茂超、牛场镇党委书记成忠兰、副镇长杨彬及镇雄县征地拆迁办工作人员在现场保障中铁十七局进行房屋拆除工作，并由副镇长杨彬同房屋户主现场签订征迁协议，自此完成“钉子户”的拆迁，开启了镇雄房屋拆迁的集中战役。

指挥部积极同镇雄县委县政府、县“三办”、沿线乡镇（街道办）党委政府对接协调，得到了镇雄县各级政府的关心和支持。

为此，昭泸高速沿线地方政府先后组织召开专题会议20余次，指挥部征拆办每天总结交流，分析总结拆迁进展情况、重点难点，以目标倒逼任务、以时间倒逼进度。采取“先拆迁、先安置”的方式，全面推进拆迁工作，同时积极开展土地丈量、房屋测量等基础工作，做好拆迁户和土地占用费用补偿，切实维护农户的正当权益，逐渐得到了沿线群众的理解和支持。

在镇雄县委、县政府的高位推进，沿线乡镇主要领导的靠前指挥，施工单位的积极配合下，指挥部充分发挥纽带作用，形成无缝对接的有效协调机制。各乡镇书记、镇长亲自挂帅，亲临一线进行协调，确保矛盾纠纷解决在一线。

在高效联动的工作机制下，镇雄境内沿线 8 个乡镇形成了“比学赶超”的良好态势。2018 年 7 月 3 日，乌峰街道办传来捷报，率先完成房屋拆迁工作；7 月 11 日，花山段更是显示出路地建设的新成果高效率，一日内完成 48 户房屋拆迁。征迁工作顺利有序开展，“征拆战役”启动不到 3 个月，征地工作就完成了 90%，8 个月时间完成合同段征地 6800 余亩，占公路主线征地的 80%，坟墓迁移完成了 627 冢。截至 2018 年 10 月 13 日，镇雄境内房屋拆迁全面清零，基础保障工作取得又一重要突破。

针对前段时间有部分合同段临电工作推进缓慢问题，黄阳立即要求成立临电协调工作领导组，建起微信群，明确责任人，每日在群里汇报工作进度、存在问题、解决措施及处理结果。这使得临电工作在短短一个月内取得了突破性进展，有效保障了控制性工程施工的顺利开展。

不到现场，感受不到征地拆迁工作的难。这么多的“疑难杂症”摆在征地拆迁工作人员的面前，他们丝毫没有退缩和畏惧，他们坚信：只要工作做得细致，以理服人、以情感人、和谐征迁，没有做不成的事。千难万阻，雕琢出一支充满自信、业务能力过硬的征地拆迁队伍，为项目顺利推进保驾护航，并积累了在复杂条件中征地拆迁工作的宝贵经验。

跨不过，它是一座大山；跨过去，它就是一道土坎。回望征程，豪情满怀，从征地小白到专业大咖，征拆人员凭的就是一股不服输的劲。踏平坎坷成大道，征拆团队每位工作人员，无论是项目公司、施工单位的，还是政府专门机构的，大家拧成一股绳，攻坚克难，迎来了一场又一场征地拆迁战役的胜利。那一张张迎着阳光的黝黑脸庞笑容绽露，他们始终自信、自觉、自豪，整装待发，勇往直前。

05

·第五章·

全程管控 统筹指挥勇担当

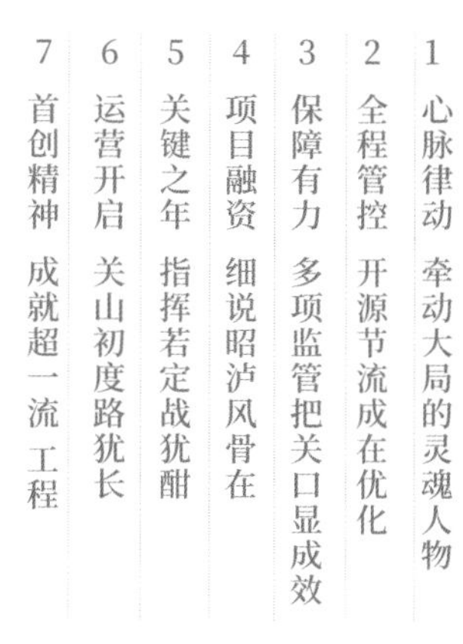

走过春秋冬夏

记得每一场花开花谢

还有那年初雪的独家喜讯

施展技术智慧展示自我

肩挑职责讲奉献

敢做敢为出决策

理念传递指挥引领筹谋划

用科技找寻工程最优解

待到山花烂漫

枚枚奖章快意人生

从砥砺前行到扬帆起航

豪迈走向新征程

激情满怀勾勒昭泸明日愿景

同甘共苦架起汗水凝聚桥隧坦途

座座桥梁沉雄屹立通江达海

宏图筹谋恒久事业

心相连情相系志相同

同一样的旗帜下

你我是同一样的战队

同一样的初心底色

你我拥有同一样的事业天空

昭泸高速公路建设按照既定计划在2020年实现第一阶段首段开通目标，指挥部充分发挥建设主体职能，与各参加单位协调配合，力促各项目工程进入快速建设阶段。在各标段施工现场，机器轰鸣，施工车辆穿梭于群山之间，一派繁忙景象。

之后迅速开启第二阶段全面开通目标，保障2021年底昭泸高速全线贯通，向省市递交满意答卷，为老百姓交付放心满意工程。在指挥部的统一指挥下，各参建单位按照指挥部安排部署抢工期、抓进度、控安全，再次掀起建设高潮。

❶ 心脉律动　牵动大局的灵魂人物

在只争朝夕完成全线贯通的大干热潮中，前沿的指挥部无疑如心脏般重要，既是昭泸高速的将军，又是昭泸高速的灵魂人物。他们必须具有对单位和组织敏锐深刻的洞察能力、超强的规划能力及管理执行能力。

他们明白昭泸应该怎样才能获得更长远的发展，怎样才能获得更有效的资源配置，他们有能力去引导大家实现这些发展目标和规划预设。其中的“灵魂人物”是如何发挥所长，引领项目推进和建设，在这里一一道来。

- **黄阳的技术绝活**

黄阳，昭泸高速的首席指挥官，身兼数职，他原本就是昭通高投公司总工程师，这次兼任昭泸高速项目公司党支部书记、董事长和项目建设指挥部指挥长。

作为昭泸项目指挥长，黄阳在抓好管理工作和当好职业导师的同时，带领团队攻坚克难，全力推进项目建设进度，切实解决项目技术难题。

在昭泸高速项目中，黄阳无疑是单位和组织的代表。对内他有绝对的威望，对外执掌项目全盘，统领“三军”。

作为地方公司少有的正高级总工程师，他执着于技术研究至纯至真，那种热爱和痴情是无与伦比的。他走过的人生路，远看是技术的探索和研究，近看是强化技术攻坚，应用于建设实践，远近都是为了公路交通的建设发展。

爱因斯坦说："人的差异在于业余时间，业余时间生产人才，也生产着懒汉、酒鬼、牌迷、赌徒。由此不仅使工作成绩有别，也区分出高低优劣的人生境界。"而黄阳数十年如一日，对专业知识和技术执着学习从未间断，并且随着实践的磨砺知识越发丰富、深厚。

常言说实践出真知。黄阳总是从实际工作开始，将知识通过实践不断验证和深化，把经验与各种工程项目的场景化知识对应，总结出其中的规律，领悟出真知灼见。这种感悟，是黄阳整个学习提升循环的核心，也正是由于他在实践中积累了越来越多的经验，通过思考和感悟，最后获得了属于他自己的理论应用和体系化的知识与技能，这些对他的工作实践具有重要的指导意义。

对基层项目的指导，黄阳可谓热情似火，积极率性投入。他始终认为，自己是一个心系基层的技术草根，任何时候、任何单位和个人只要需要技术帮助，他都会激情满怀地给予帮助。他也总是心怀感恩，感激给予他技术应用和实战的平台和机会。

在他的生命里，母亲的影响随处可见，他总是学习母亲宽厚平等待人，尊敬无差别、教诲无年长，无论职位高低，在他的眼里都是平等的，一样对待。

说到技术成长和积累，黄阳很是感慨："云南特殊的地质条件和地形地貌，决定了云南高速公路设计建设的难度，也才有了攻坚克难的机会和条件，所以说是云南的建设环境给了我发展的蓝天绿地。"

是的，云南地质条件复杂、地形地貌多变，在一些特殊路段和控制性工程建设中，黄阳与同事们大胆创新，注重新材料、新设备、新工艺、新技术的应用，注重管理创新，助推高速公路建设突破一道道难关，特别是在桥梁、隧道建设方面，实现了一次次的跨越和突破。这些创新，成为云南高速公路设计建设的一个个闪光点。

黄阳说，在昭泸高速公路建设过程中，各施工单位扎实开展科技攻关，一批处于国际、国内领先水平的科技成果应运而生。这些技术的进步为交通基础设施建设提供了强有力的科技支撑。

昭泸高速全线采用新工艺、新工法、新技术，体现当地文化特色，是工程建设中最为突出的亮点。针对气候条件差、材料运输困难的难题，昭泸高速成立了专职材料运输保通队伍；针对隧道围岩岩性多样的难点，昭泸高速采取短进尺、弱爆破的方式开挖，同时委托第三方调查，并采用三维地质图分析数据，有效遏制和降低了施工人员的安全风险及施工成本；隧道洞门及部分特长隧道，结合当地历史和人文风情，打造红色旅游路域文化景观，展现交通振兴、城市振兴的辉煌成就。

黄阳依托昭泸项目，带领团队提出“含有毒有害气体长隧道施工多维度智能通风技术研究”“复杂地质隧道结构优化与安全管控技术研究”“巨厚复杂堆积层边坡失稳机理及支护体系研究与应用”等多个课题研究，并通过云南省交通运输厅科技创新及示范项目可行性研究立项批复，取得了可喜的科研成果。

黄阳一再强调领导班子里几位左膀右臂的支持，他说：“许定伦、邓海明、唐侃等都是一等一的工程技术行家里手，大家在一起，劲往一处使，很容易找到很好的技术解决方案。”

也正是这样一批昭泸高速指挥部的决策者，无数次优化项目方案，都能做到科学精准。

昭泸高速中的项目技术方案优化、项目设计改迁、项目专项技术实施方案等，黄阳大都亲力亲为，而一些关键性的解决方案，有不少还是黄阳最先提出来，再经过技术团队踏勘论证或经过行业专家研讨论证后确定下来的。

在安全质量问题上，黄阳有他始终如一的信条：宁做恶人，不做罪人。不合格的施工，不管是花费数十万元的桥墩还是涵洞通道，都必须拆掉返工，安全质量隐患零容忍。在昭泸高速动工之初，黄阳根据自己对云南地形地貌的了解，提过一个高要求：23个隧道的所有入口尽量零开挖。最后结果证明了黄阳最初的科学决策，零开挖规避了公路建设对绿水青山的毁坏，对昭泸高速来说是最好最大的环保，整条昭泸高速很自然地融入沿线生态环境，赢得了行业内外的好评和老百姓的赞许。

在控制性工程5隧1桥中，乌峰、南天门两个隧道工程可谓难上加难，不仅有不同程度的瓦斯存在，还有大量的涌水出现。对此，黄阳要求各级管理部门和施工单位，要不断强化安全教育，不断进行技术攻关和卓有成效的施工，除了各个单位的安全教育和培训之外，指挥部还不时召集行业专家组织各类安全及管理方面的培训。

对于技术方案，黄阳更是集思广益，一方面吸纳大量专家的意见和建议，另一方面广泛组织有现场施工经验的科技人员、管理者等商议研究，最后综合研判确定施工方案。在检测方面，昭泸高速采取人工加智能检测相结合的办法，在最关键的入口处，投资建设 VR 体验中心，让每一个工人进场前都亲身“体验”发生不安全事故的惨痛教训，安全质量警钟长鸣，起到了很好的警示防范效果。

牛场互通立交地处山高谷深之处，地质地形非常复杂。在施工过程中，工作人员发现立交下方有采空区——那是当地老百姓世世代代挖煤的地方，还是个断裂带，有的地方深度达到 80 米。黄阳组织工程技术调研之后，没有按照设计来施工，而是根据地质实际情况，分夯边坡及三排抗滑桩，规避了山体位移所带来的危害，极大保证了路基安全，得到了专家的首肯和赞扬。

对于昭泸高速的路面，黄阳要求路面强度、平整度要达到高品质的要求。而对于昭泸高速的绿化美化，黄阳把它形象地比喻为一个人的穿衣打扮。在这方面他也给昭泸高速定了一个很高的标准——建成之后，要有多层次的植被和灌木乔木树种的丰富搭配，使得昭泸高速实现一树一景、一段一景区，成为最美高速路，成为昭通高速的一张靓丽名片。

清水久三子认为，一个人的终身学习有四个阶段：概念的理解，具体的理解，体系的理解，本质的理解。而能够创造价值的水准，是要达到阶段三和阶段四的程度才有可能。黄阳有二十余年的管理实践历练，可以说他已经度过这四个阶段，因此能够游刃有余地指导昭泸高速各个方面的技术应用和现场管理。

尽管黄阳是昭泸公司建设和企业运营的一把手，但他本就是昭通高投公司的总工程师，昭泸高速也是他魂牵梦萦的战场。他一直把科学研究的初心写在云贵大地上，把科技成果寄情于云南的山水莽原。交通工程与国民经济和社会发展息息相关，他干过的省市重大工程给了他成长与磨砺，也使得他面对项目决策时更有胆识和远见。

决策拍板时黄阳总是谦虚谨慎，精益求精。比如在项目的技术方案论证上，很多方案他都会与同事们反复论证研究，综合考量后才确定最优方案。也正因为如此，指挥部做了大量的方案优化工作，桥梁建设数量也因此减少很多。而昭泸高速上有的停车区改成了服务区，有的服务区改成停车区，这些也都是在大量调查研究的基础上因地制宜，综合经济数据分析考量，统筹兼顾，科学比对，最后才形成的结果。

特别是应对建设项目中的重大科学问题，他总是集合众多专家资源，联合协同攻坚，踏踏实实地做好螺丝钉。但在综合考量各类不同技术和方案的经济价值和综合优势的关键时刻，他总是敢于拍板，最终制定具有引领性的决策方案。在追寻科学和实践应用有机结合的过程中，黄阳秉持“大胆假设、小心求证”的态度，孜孜不倦、谨慎稳妥地研究探索。

- **许定伦的愚人节**

许定伦，他是昭泸高速实实在在的“二号人物”。作为昭泸高速常务副指挥长、总监理工程师，并兼任安全总监，他分管昭泸高速建设项目的安全质量、工程进度、环水保、安全技术等。建设伊始，公司率先成立了安全总监办公室，全权负责整个项目的安全质量工作。

立足精品工程和品质工程建设，许定伦从质量上一开始就严格要求，制定了详尽的施工安全质量保证制度和方案，每一道工序、每一个环节都必须按照标准化的模块实施，保障质量安全。从单项工程的前期示范性引导，到指挥部、随同相关实施单位共同审定标准，推而广之。许定伦在工程建设的全过程中，实行定期或不定期的巡场检查，检查从来不走过场，而是实打实地现场查看、现场分析，适时提出完善举措，不断完善质量，提升管理效能。

安全防护及巡查机制的制度化管理，将检查和平常的教育培训结合起来，将演练和应急方案的完善结合起来，一切围绕平安工程建设展开工作。将近 4 年的建设过程，昭泸高速从未发生一起安全事故。有人说，许定伦在质量问题上是铁面无私的。的确，在他的眼里，不合格的工程都要被推倒重来，比如墩柱钢筋层保护不够必须推倒重做，哪怕只是边坡防护上的线形不顺，也要重新做等等，不一而足。这些举措，许定伦敢于下狠手，现场通报，以儆效尤。这使得那些心存侥幸的人胆战心惊，谁也不敢以身试法。

有件事几年过去了，到现在有人一提起许定伦还心有余悸……

2019 年 4 月 1 日晚上，许定伦接到一个急促的电话：“老许，瓦斯爆炸了，瓦斯爆炸了！”打电话的是许定伦以前的同事，现在在昭通市交通运输局工作。

“今天是愚人节，可不能开这样的玩笑啊！”

“老许呀，真是瓦斯爆炸了，还死了人！”

许定伦一下子被震惊到了。他一个彪形大汉轰然瘫坐在沙发上，一时头脑像炸了一般。

“完了，完了。”他一边自言自语，一边努力地想站起身，但身子瘫软，半天竟起不来，头上也大汗淋漓，半天才缓过神。

许定伦心想：“不对呀，若有危急情况，按照安全制度要求，项目部会有专人第一时间给我汇报，也没见谁汇报这个事件呢！”

他马上打电话，经过不断询问，才得知是他们附近其他项目的一座在建隧道发生了瓦斯爆炸，有人员伤亡。

但许定伦紧绷的神经没有松下来，他马上打电话给南天门隧道工地，让他们马上停工，第二天检查所有防控环节，确保没有任何一星半点的问题后再开工。

这次事件之后，作为项目总监，许定伦把隧道瓦斯问题当成自己随时随地关注的重中之重。只要路过隧道施工现场，他总是按照规定要求穿好防静电服，与专业安全员一起巡查隧道各个地方。他细细查看每一处，特别是有瓦斯渗出的地方，他看着从水中不断冒出的瓦斯气泡，闻到一股淡淡的苹果味……。每当这时，他都会很仔细地询问当时的压力、瓦斯浓度、采取的疏导防范措施以及设备报警器等，强调要严格执行安全生产规范。

昭泸高速乌峰隧道虽然被地质勘探初定为低瓦斯隧道，但许定伦依然高度重视，严格要求施工单位上报施工方案，并经指挥部总监办审批合格之后才可进行施工。同时，要求防控瓦斯的从业人员，必须持证上岗，并且要有相关从业经验。乌峰隧道施工单位的现场持证瓦检员，是从张基屯高瓦斯隧道项目调来的，具有十多年煤矿和瓦斯隧道施工经验。

许定伦还要求便携式瓦斯检测设备提前进场，虽然当时瓦斯检测值基本为零。在场地硬化、明洞洞口和仰拱施工的同时，许定伦责成安检人员查验智能化弱电系统的预埋管线，并随着工程进度完善门禁系统、有害气体检测到位、报警及逃生系统、通信联络系统、人员识别定位系统和视频监控系统……，点点滴滴，事无巨细，许定伦一一落实，绝不留下任何死角和盲区。同时，他制定出极为严厉的安全惩处制度，只要与瓦斯隧道沾边的防控区，一旦发现违禁品和违规人员，一次处罚施工单位 10 万元——该制度要求上墙明示，以儆效尤。

在工程进度管控方面，许定伦从建设开始就指导施工单位制订了长远的施工进度计划，每个时期的工程进度都会按规划一步步推进。每次遇到受地质形态等客观因素影响工程进度时，许定伦往往一马当先，及时率领相关人员与施工单位一起探讨解决方案，根据人力物力及现实情况及时调整。为了保证质量的同时保障计划进度，按照指挥部的大会战要求，总监办所有管理人员全部下沉到一线，及时地指导和监督施工单位的进度质量与安全。

许定伦严格按照指挥部的要求，现场督导全线23个隧道的开挖，确保指挥部制定的隧道“零开挖”方案落地，做到了环保举措和制度的强力执行，极大保护了沿线的生态环境。

许定伦讲道，由于工程概算在工程施工之前，所以在实际工程建设过程中，由于人员和材料涨价问题，费用有可能增加。为控制成本，作为指挥部班子的决策者，就必须优化设计方案及施工方案，从中寻求费用的科学有效控制。指挥部为此进行了多项卓有成效的工作。许定伦记忆深刻的是新场互通，曾经过多次的技术修正和施工方案改进，令投资费用降低了将近2亿元。最大的原因和切入点就是之前的方案牵涉一个村落200户人家的征地拆迁问题，通过方案优化，避免了大规模征拆，一下就省出来一大笔费用。

许定伦历来对管理工作要求极其严厉，有人形容他是一位静水深流、云水禅心之人，也有人说他像牛一样埋头耕耘，从不懈怠，是一个有追求、有很强上进心的管理者。

许定伦虽然是昭通市交通系统少有的正高级工程师，但他依然努力提升，积极攻读博士学位。他认为，要成为一名工程项目的管理者和运营者，还需要花费更多时间磨炼自己，读万卷书、行万里路，慢慢在不同项目中学习施工、管理背后蕴含的科学知识体系，才能不断提升自己的学识、加深自己的见解，处理问题才会变得游刃有余。

许定伦认真做好“传帮带”工作，帮助提升分管部门管理人员的业务水平、技术水平和管理思维。许定伦认为自己最大的成长就是完成了从技术思维到管理思维的转变，看问题不仅能够透过现象看本质，还能够找到解决问题的办法和出路。攻读博士学位，更是一个把最深切的实践提升为理论认知，再回馈到工程中，从而更好地服务工程建设的过程。

正如荀子所言：“吾尝跂而望矣，不如登高之博见。”许定伦从不同角度和高度看问题。其中有技术应用的问题，更有实践应用、经济价值优化问题，虽然专事安全管理，但作为工程管理专家级人才，许定伦往往能看到项目深蕴其中的不同内涵。

有人讲述了许定伦督察工序模具时的一件小事。一次，他在工地看见一名工人正在做一项预制切割，切割后准备预留钢绞线。许定伦现场细细观察后发现有一处很小的划痕，这么小的划痕一般人很难看出来。许定伦现场给工人做指导，指出他操作的锚具工具码尺寸有偏差，从

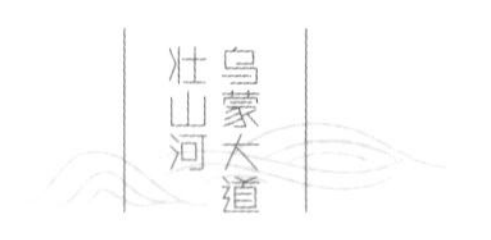

而导致了划痕的出现。后来经过专业校验，确实存在这样的问题。

这样一条对角线的划痕损伤，可能会带来施工中的安全隐患和质量隐患。一旦钢绞线断裂，后果是十分严重的。施工单位对此深表敬佩和感谢，并立即优化调整。

作为一名有学者气质的项目管理者和决策人，许定伦最大的特点是经常深入基层，通过每一项工作流程，指导帮扶基层技术人员和特种岗位从业者。许定伦积极主动，躬身与一线的工程管理人员一同深入研究，查问题，找差距，不断优化业务管理流程，统筹调配资源，细化工作管理，完善管理机制，实现了管理的精细化，确保责任到人。

许多人盛赞许指挥是一个在工作上追求完美的人。作为昭泸高速的第二个灵魂人物，许定伦能够准确把握个人与集体的关系，懂得如何充分发挥个人的优点与集体的力量，认识到单位是员工的集体化，员工是单位的个人化。许定伦从本源上与昭泸高速融为了一体，不能分割，共同进步发展。

- **邓海明的技术革新**

邓海明之前曾经在昭通奋战过，没想到20多年后又在昭通这方天地重新开始战斗。这次投身昭泸高速主战场，邓海明身兼数职，责任和担子都很重，是昭泸高速项目公司总经理，还兼任副指挥长和项目总工程师。因此每一个事项和工程进展，都需要他上下沟通，统筹管理。特别是在工程技术这一块，他作为总工程师，是直接责任人，来不得半点马虎。

邓海明工作十分认真，孜孜不倦，踏踏实实。他认真对待每一个工段的每一个问题，上下奔波，不辍工作是他的常态。他总是带着问题和期待，一个工段、一个项目部地奔走，与大家一起发现问题，寻找答案，在这个孜孜以求的过程中，不断找到指挥部工作部署的落脚点。

从昆明理工大学采矿专业本科毕业后，邓海明没有选择本专业，而是把筑路当成自己工作的起点，18年的施工、多个交通运输行业项目的一线历练，求真务实的邓海明逐渐成熟起来。云南省的桥隧建设难度大，特别锻炼人。专业道路、桥隧知识的吸纳，加上本身具有地质采矿专业背景的优势，使得他实现了跨专业的知识融合，他比别人也多了解决地质等问题的角度与深度。而在行事作风上，多年的摸爬滚打让这位工程师也越发沉稳内敛。

记得那年元宵节，邓海明召集搭档副总工程师唐侃等研究南天门隧道斜井异常问题。一大早，施工单位土建2标总工程师何晋也赶到镇雄指挥部会议室。那天的会议由邓海明主持，指挥部领导班子及相关处室负责人、设计、监理、施工及特邀专家共计13人参加会议。

会上何晋汇报了2号斜井工区地质异常情况及该段施工具体情况。邓海明、唐侃听取了更多专家的现场分析，现场工程师和与会人员都参与了细致讨论，最后得出一致结论，认为根据对该段地质情况及仰拱填充表面中线附近纵向贯通裂缝的分析，初支变形、下沉、开裂，仰拱填充表面中线附近纵向裂缝主要为应力过大造成，与施工过程中产生的局部小空腔关系不大。邓海明最后专门就综合性处置意见与施工单位总工程师何晋达成一致，根据之前提出的处置意见重新布置，节省了时间和工期。

针对南天门隧道属高瓦斯隧道这一特殊情况，邓海明经常在现场督导，强化安全生产各项制度，确保设备和管理环节的健全和充分保障，要求务必做到万无一失。邓海明还经常亲自带领指挥部的相关管理人员或外请专家，为施工单位提供必要的培训。

在技术方案处理过程中，邓海明总是以更专业、更科学的方式来化解问题，确保处理方案落地。比如，一项由瓦斯隧道施工方提出的过度升级瓦斯防突方案，就被他否决了。因为这项方案不仅增加了工程量，还增加了投入，邓海明十分慎重，认为不该花的钱一分也不该多花。最后，经过他与第三方中煤科工集团重庆研究院有限公司（以下简称“重庆煤科院”）专家多次现场调查论证，否定了升级防瓦突的方案，主张强化瓦斯精准科学管控，依然保持低瓦斯防突方案。仅此一项，就为项目节省数千万元，同时也避免了不必要的工期投入。

有人当面说：“邓总，都是花公家的钱，‘公事公办’，你自己却要冒那么大的风险，得不偿失。”邓海明回应道：“这是一个责任心的问题，作为总工放任松手，是最大的渎职。为国家省钱，科学精准优化和管控，是一个总工最基本的义务和素养。”

通过增加更多设备投入防瓦斯的举措，在当时严峻的安全形势下，是不违反原则的，但邓海明坚持从实际出发，科学精准管控。做出这一决策，是要承担巨大风险的。但邓海明想的不是他自己，而是项目背后的国家利益，他以科学的态度精准研判，最终也得到黄阳指挥长的鼎力支持。

作为总工，基本每段工程路径邓海明和唐侃都要比别人多走几遍，通过反复细致地踏勘，切实发现问题、解决问题，最大发挥总工的作用。昭泸高速有一处连接线，按照设计规划有7座桥梁和1座隧道。邓海明及其团队通过多次现场踏勘，最后改迁线路，以3座桥梁替代了隧道设计，这样一下子又节省了数千万元。

有时候，改迁不单单可以节省费用，还可以使高速公路的便捷性得到很大提升。桥隧比过高往往会增加工程建设工期，因为施工难度大、工序更复杂。昭泸高速项目指挥部通过对桥隧改路的研究探讨，成功实现了多起桥隧改路的案例，大大缩短了施工工期。另一方面，桥隧改路后还有一个益处，就是可以就近处理隧道挖掘的弃土，用于路基填筑，因为根据综合环保要求，对弃土场的选择要求很高。

中场互通立交，原设计匝道有十几处填方。在施工过程中，邓海明发现坡角是一个陡坎，填方根本不够，且坡角又是一个匝道，会影响到桥梁的施工。邓海明来到现场，召集人员测量，发现设计比例及护角设计有问题，坡体还存在渗水问题，这对工程质量和安全造成极大隐患，一旦出现塌方，会直接影响一个主线桥。

邓海明通过仔细观察和验算，发现两边都有峡谷，岸坡也很稳定，底下的地基也很好，可利用填方的方式，把主线桥改成路基，最后形成中场互通的结构，省事省时，还可提升安全性，用料也科学合理，施工可事半功倍，行车视线也会得到强化美化。为了达到最好的施工效果，邓海明要求采取强夯的方式，消除匝道沉陷的安全隐患。如果按部就班，就是一个12级的填方，整个路基的安全性就会受到影响。

在边坡施工过程中，为更好地体现边坡对路基的防护作用，经过实地考察与研究，他带领工作人员重新设计几处边坡，强化了对路基的保护作用，增加了边坡美感，很难治理的边坡在这里反而成为了最美的风景之一。

在乌峰隧道进口处，地勘时设计了一个320米的斜井并配套施工。指挥部组织工程部及相关部门技术人员，经过现场查勘及不断探讨，发现右洞地质资源相对较好，可在完成右洞建设的同时，采取穿插及其他手段对左洞反向施工。这样一来，取消了建设斜井的必要，巧妙地解决了施工进度和工期问题，节省建设斜井的费用近400万元，工期还提早了6个月。

这样的事在邓海明担纲昭泸公司总经理和总工程师期间，有好几次，都取得了良好的收益。邓海明回忆起来就会一脸兴奋，仿佛又回到了那热火朝天的战斗岁月。

邓海明是逐渐成长起来的企业高级管理人才，在服务国家重大战略使命中实现了自我价值。邓海明认为，能为昭泸高速建设的资源开发利用和项目建设提供理论上的创新，以及实践中可行的新模式、新途径、新方法，他感到十分荣幸。

通用电气前总裁杰克·韦尔奇说："要想企业能赢，没有比找到合适的人更要紧的事了。除非你有优秀的人来实践它，否则世界上所有高明的战略和先进的技术都将毫无意义。"邓海明作为项目的灵魂人物之一，无疑是一个技术向导，开创并推动了昭泸高速公路建设项目技术路线的科学执行和推广。

- **像唐侃那样去工作**

40多岁的唐侃，有着一张憨厚矜持的脸，多数人对他的第一印象都是安静沉稳、温文尔雅的。很难想象，他能够在高强度的工作环境下游刃有余。

唐侃工作出色，获得了大家的好评，并且在短时间内，从担纲项目副总工程师兼工程技术处处长，不断进步擢升为公司工会主席、公司副指挥长、项目公司总经理，成为昭泸高速项目的核心决策管理者之一。

列夫·托尔斯泰曾说过："与人交谈一次，往往比多年闭门劳作更能启发心智。思想必定是在与人交往中产生，而在孤独中进行加工和表达。"这段话映照在唐侃身上，倒是十分恰当贴切。

唐侃虽寡言少语，却虚怀若谷。他觉得自己并不聪明，因此要求自己做任何事都必须专注。面对生活或工作中的压力，唐侃总是喜欢做一些考验耐性和专注力的事情来化解。他总是独自沉静地思考，在各种利弊得失的权衡中，别出心裁，提出让人刮目相看的独到见解。

一个人的时候，唐侃喜欢散步，享受散步过程中的短暂放空和愉悦，感受身体步伐的节奏和怦怦心跳。走马上任之初，唐侃就在项目最核心最关键的工程技术部工作，且肩负起项目报建这样的专业外联性管理工作，领导看中的正是他能静下心、扎实做事的沉稳。

面对纷至沓来的报建事务，各级环评环保、土地林地、文物评估、矿产评估，纷繁复杂，政府的核心关键部门几乎都要走个遍。于是有人质疑："执掌报建这档内外联络的事，性格绵软的老唐能胜任吗？"

现实是最好的证据，唐侃做事严谨细致，公路交通筑路各种技术及专业知识非常扎实。

而报建最基础的是提供与专业知识相关的、具有技术含量的各类报告，比如各类专业技术要求的报告等，这方面，唐侃的技术优势就发挥了作用。在他的悉心指导下，工程管理处的报建材料，严谨翔实，递交给对应单位个个称赞，次次顺利过关。加上其手下能言善断，机灵勤快，那些在别的单位看似登天的报建环节，在昭泸唐侃当家的工程管理处却轻车熟路，桩桩件件办理得顺顺利利，妥妥当当。

看似不搭界的报建事务被唐侃做得有声有色，出彩不断，而他心心念念的工程技术也做得风生水起，毫不含糊。

先从日常工作的小处看起，比如边坡防护一坡一图，其团队首先明确地质地形，逐一对照施工图，细致实施边坡防护绿化……几年下来，唐侃团队经手管控的边坡防护工程没有一处出现塌陷或被冲毁。为了落实指挥部隧道施工“零开挖”的环保要求，唐侃总是率众在施工单位的隧道洞口事先放下明暗交接桩，确定位置，落实植被完整才启动施工。

工程管理处最多的工作就是专项方案的编制，为此唐侃制定了专项方案管理办法，虽然整个过程非常繁琐复杂，天天加班才能如期完工，但唐侃依然会按照制度要求来做，从不马虎。这样一来，4 个标段将近 400 多个专项方案，专项方案细化到每一座桥梁的每一个桥梁支架，还包括施工过程的高挖深填工作作业面等。之后，唐侃会在部门及指挥部组织内审，然后邀请外部专家评审。评审环节，唐侃经常会带上图纸与报告去昭通、去昆明，来回奔波听取专家意见。

有一次，加班加点地做完设计，作为部门领导的唐侃连夜开车赶赴昆明，找专家进行评审。不巧的是，行至宝山镇突遇大雪封路，不得不半途滞留，直到第二天一大早才赶到高速路口，等待除冰之后他率先驶上高速路。那一次行程唐侃忍饥挨饿，平日里镇雄到昆明需要 6 个小时，那次却耗时七八个小时。

唐侃说，能一直沉浸在昭泸指挥部这种求真求实的氛围中实现自我价值，是幸福而自豪的。他感动于黄阳指挥长的无私指导和帮助，也感动于同事们的大力支持和外部专家们给予的科研指导、学术灵感和启发。

多少次去昆明评审，却不能中途探家，这是唐侃这个铁血汉子心中最大的隐痛。每每谈及家人，沉稳内敛的唐侃却总是泪眼盈盈。

唐侃的严于律己和在工作上的精益求精、力求完美，使他成为团队中耀眼的新星，被指

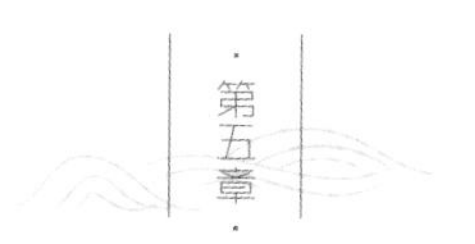

挥部接连擢升，迎来了他在昭泸发展的高光时刻。他在工作中不断提高自身管理能力，在技术方案的优化过程中不断发挥自己的技术特长，带领部门取得了更多创新性成果，受到指挥部和上级公司的表彰。

唐侃说过，“我的进步归功于昭泸这个平台给予的机会，归功于像黄阳指挥长这样的师长帮扶。为此我必须竭尽全力，更加积极地做出我的贡献。”

如今的唐侃依然怀揣初心，在担当中历练、在尽责中成长、在奋斗中立身，用专业为公司事业高质量发展竭尽全力。在昭泸这样鼓励创新的宽松科研环境中历练、成长，已成为唐侃最宝贵的收获。

唐侃，一个沉默寡言人，却在昭泸这方天地，自由驰骋，得到成长，得到发展。他勇于担负责任和使命，不驰于空想，不骛于虚声，立足工作实践，解决实际问题，敦厚勤恳，一如既往，不断创造出骄人业绩。

昭泸高速的这些典型人物，虽然性格各异，却都在昭泸这个集体里发挥了不同的重要作用。在他们的领导和带动下，昭泸高速极具凝聚力，有着明确的奋斗目标，各部门各机构协调高效，每个人、每个部门都清楚自己的职责，他们令人称道的言行举止保证了昭泸高速的发展一直生机盎然、蓬勃向上。

❷ 全程管控　开源节流成在优化

- 多快好省　指挥部成本优化三步棋

几位指挥长各有所长，对待成本控制也都能够发挥所长，用更多的办法和渠道实现工程的高效推进和开源节流。

黄阳，多年从事一线工程工作，身为指挥长，是掌管127亿元大项目的当家人。他要求班子所有领导都要对项目资源的利用、进度和消耗等做到心中有数。这个“数”就是要端盘子知家底，利用好现有资源，因地制宜实施科学化精细化管理。

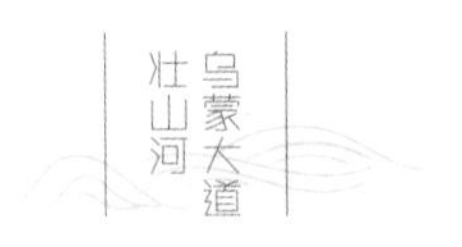

项目管理的核心是对人、财、物的科学管理，如果顾此失彼，放松了其中的任何一项，“木桶效应”就会出现，项目效益就会流失。

在指挥部的倡导之下，参建各项目部从上到下，形成了人人讲成本的良好氛围，大家积极参与，献计献策，降本增效成为各标段各项目部上上下下尊崇执行的主旋律。

指挥部以此为据，有条不紊地下好成本优化三步棋。

其一，从征地拆迁上开源节流。

指挥部把征地拆迁比作战场，从前期的征地拆迁起步，紧紧依靠当地政府协调，通过聘请第三方评估和测量机构介入，依靠市场，实时评估，同时控制费用，让产权单位、被拆迁群众满意，彻底破除拆迁“瓶颈”。以王胜、朱德雄领班的征地拆迁处认真学习和掌握了征拆标准，在源头上严格控制土地面积和附着物数量，做好过程管控、过程监督关键环节，精打细算，严控成本，从项目起步之日起实现了“开源节流”。

其二，以优化设计及施工方案节省成本。

昭泸高速作为昭通市“十三五”重点在建项目之一，肩负了政府和人民的厚望。项目地处云贵高原斜坡地带，气候条件恶劣，地质情况复杂，投资比例高，桥隧占比高，施工难度大，但指挥部坚持多措并举，始终不忘建成一个多快好省、经得起历史和人民检验的精品工程。为此，指挥部多次组织现场踏勘、召开设计专题推进会，黄阳、许定伦、邓海明、唐侃等领导积极发挥自身业务专长，亲临一线，考察取证，从科学角度出发充分优化设计方案，做到方案最优、投资最省，确保其设计优化的最佳唯一性，减少了施工不必要的难度，科学精准施工。同时，实施设计变更专家会审制度，完美而高效地实现了多项科技优化、技术优化、方案优化的举措，取得了科学有效降低数亿元成本的巨大成就。

其三，从各个项目部施工过程注重节省。

工程类项目要想实施精细化管理，项目经理对项目情况必须做到心中有数，要利用好现有资源，因地制宜进行项目施工的科学化、精细化管理。在昭泸高速各项目经理的办公桌上，都摆放着厚厚一摞数据统计分析表和合格工程进度单，这些数据分析就是经理们的“参谋账本”。管理者需要在运营过程中，通过计划组织控制等方面的不断改善和提高，来达成自己的最佳管理目标。

有领导赞同昭泸项目班子的判断和成本控制举措，并指出："过去在某些工程项目上，由于主管领导成本意识淡薄，项目经理不知道合同内容、不知道节点工期、不知道优化资源配置、不知道成本如何卡控、不知道各个阶段的工作重点、不知道谋划为先、不知道抓精细化管理、不知道安全质量管理重点、不知道岗位职责清单、不知道劳务队伍如何管理、不知道二次经营工作要点，只知道向业主要钱，管理毫无章法，致使现场打乱仗、乱打仗。此类问题不同程度存在于我们的身边，这是万万不行的，必须彻底改变。"

任何一个组织都面临一个同样的问题，即构成组织的各个部分往往是优劣不齐的，而劣势部分往往决定整个组织的水平。认真对待经济数据分析的部门除了财务部、工程部、计划部、物资设备部等成本核算重点部门外，还包括安质部、征拆办、测量班、试验室等项目部所有部门，大家开诚布公，齐心协力，做到了运行数据分析、项目管理各个层面的全覆盖。昭泸高速指挥部班子要求各部门通力合作，联动出击，不断强化施工组织抓落实，督促项目整体执行情况，坚持效益至尊，算好经济账，持续加大过程成本管控，确保项目成本可控，实现项目收益。

各项目部进一步加大过程施工组织，做好现场"人、财、物"整体保障，集中力量快速完成各施工段的目标任务，避免拉长战线影响进度。昭泸指挥部发动职能部门加大服务力度，帮助一线项目提高项目管控能力，以规范化的合同管理促进生产，严格规范合同履行工作，严禁以包代管，确保项目安全、质量稳定，工作不出问题。

- **物资保障 统购招采流程重监管**

在项目推进伊始，黄阳要求指挥部统领各工程单位，要自始至终认真执行昭通高投集团关于昭通高速物资统购的管理办法，该管理制度主要对高速公路建设过程当中的大宗材料，比如钢材、水泥、钢绞线、沥青等四大类物资，实行统一招标采购管理。

昭通高速公路建设的统一采购模式，是由昭通高投集团委托昭通高速物资贸易有限公司统一招标采购、统一供应。昭泸高速指挥部班子据此定位指挥部物资处的主要工作职责，即在统一招标采购的供应过程中，协调施工单位、物资公司与供货商之间的关系，处理解决供应过程中可能出现的矛盾和问题；另一方面还要负责审核施工单位上报的物资计划是否合理，是

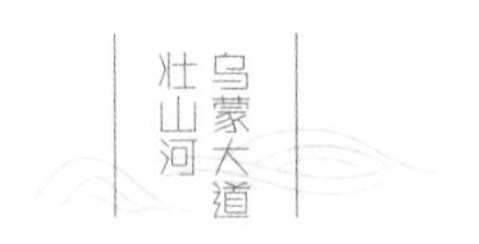

否能够满足工程进度要求，全程监管项目推进过程的物资购销使用。

黄阳、许定伦、邓海明、唐侃等指挥部领导下工地检查时，除了对自身业务范围的工作进行必要的督查，还会及时查看工地上存在的其他问题，一旦发现，现场解决。领导带着各处室负责人下工地，大都是早上六七点就出门，系统踏勘巡查从标头至标尾的每一个工点，细细查看工程进度、质量、安全、物资供应等方面。这种巡查，一般会持续到傍晚时分，因为道路大都是刚整修的初级路面和施工便道，再加上还需要到各个工点巡查调研，所以是一项费时费力的工作。

特别是指挥长黄阳，总是从严从快处理现场问题，并且能够放大这些问题的草蛇灰线，使得随行的各部门负责人豁然明了。如果碰到工地上哪个工点物资供应跟不上，工程进度拖下来，影响了施工进度，黄阳第一个批评的就是指挥部的物资处或合同管理处，一针见血、毫不留情。虽然几近苛刻的方式常常让人难以一下子接受，但是却总能使出现问题的部门获益颇多。

2018 年 5 月 12 日，昭泸高速公路建设指挥部组织召开了土建 3 标水泥供应专题会议。会议由物资供应及运营管理处处长黄应东主持，会议指出，当前昭泸土建 3 标各拌和站大方 PO52.5 水泥存储量已经饱和，但由于自 5 月 6 日以来所供应的大方水泥出厂温度较高，加之降温速度慢，导致库存的 PO52.5 水泥因温度过高而不能正常使用；同时，大方 PO42.5 水泥也出现了温度较高的现象。以上情况对昭泸土建 3 标的施工进度造成了严重影响，特别是梁板预制及现浇箱梁施工已处于停工状态。

物资管理处处长杨永丞针对工地巡查中发现实验中水泥浆体使用出现的问题，经过多次实验和分析，最终发现是水泥在使用过程中温度过高导致的。杨永丞迅速行动，及时组织昭通高速物资贸易有限公司一起赴水泥厂通报情况。水泥厂因此增加了相关降温设备，并积极协调工地施工单位，增加一个水泥储存罐，这样的方法很快解决了工地现场发现的问题，有力地保障了一线施工的质量。

除去统购统采的大宗材料之外，昭泸高速这么大的工程量，也存在一些非统采材料的供应问题。黄阳坚持一切按市场化原则行事，并在多次会议和事项的推进过程中反复强调，非统采物资的机制和制度建设。不仅要有行之有效经得起市场检验的公正公平的运行机制，还要有坚强的制度规范约束，坚决从源头上杜绝任何贪腐和不公正的徇私舞弊行为。这是昭泸高速指挥部班子成员达成共识的工作原则和底线。

昭泸高速建设伊始，指挥部召开了彝良至镇雄段35千伏及以下施工用电PC（采购及施工）承包工程竞争性谈判，6家竞标单位、指挥部招标领导小组及监督小组的全体成员参加会议，指挥长黄阳出席会议，市纪工委书记肖建昭、副书记曾孝银、副书记王德春及镇雄县监察局局长郑绍武对整个竞争性谈判进行了全过程监督。

昭泸高速PC（采购及施工）承包工程分两个标段，昭泸指挥部从各处室随机抽取5名成员组成评标专家组，专家组严格按照招标管理办法评标。根据谈判和综合评分结果，从每个标段推选出得分最高的单位为第一中标候选人，随后经过公示等程序后，向第一中标候选人单位发出中标通知书，办理相关手续并签订正式合同。

当时在场全程监督的昭通市纪委书记肖建昭对这次竞争性谈判表示了充分肯定，认为这次谈判程序清楚、规范合法。

也正是因为昭泸高速班子坚定地按照既定的规章制度和流程机制面对实际工作中的物资采购可能出现的任何事情，4年来，昭泸高速的物资保障工作有条不紊，没有发生一件质量事故。坚守的各项制度，极大地保证了各个工地供应材料的质量。

然而，个别工地也有出现倒卖建设材料的行为。2018年3月11日，指挥部组织召开"昭泸、镇赫项目统供物资管理专题会议"，指挥部领导班子、各处室负责人，昭泸、镇赫项目各土建项目经理、物资部长、驻地办及各专业监理工程师等共40余人参加会议。会议指出，昭泸土建1-1标中铁建大桥局花山隧道出口倒卖钢材事件情节严重、性质恶劣、影响巨大，严重违反了昭通市昭泸高速公路工程建设项目《物资供应管理办法》等相关规定。为此，相关项目部在第一时间对相关责任人进行了问责处理，对相关涉事员工给予了严厉惩处。

指挥部不定期组织召开昭泸高速公路季度物资供应协调会，指挥部、物资供应及运营管理处、物资公司、各土建单位物资部、建投物流公司，以及钢筋供应与水泥供应单位的负责人参加会议。会议听取了各施工单位近期水泥、钢筋供应情况，物资供应存在的问题及解决措施，并对物资供应工作做出安排部署。除对会议协调部署之外，指挥部相关部门还把保障物资的统筹管理当作重要事项常抓不懈，极大地保障了高速公路建设的顺畅推进。

指挥部还进一步强化日常检查巡查，实时准确对基层项目部的工程用料进行巡查和考核，经常性地由工作人员对接核算项目部每个月的材料用量、进货量等，计划物资与实际应用科学合理匹配，形成了一套很好的管理监督体系，有力地支持了基层各项目部的物资管理配置工作。

指挥部在物资供应方面的制度和机制，强化了对一线的服务效能，在一线基层的项目部施工进程中发挥奇效。

中铁大桥局是较晚进入昭泸施工的队伍，尽管起步较晚，但丝毫不影响其推进项目的速度和效率。他们率先开工的清河隧道为昭泸高速控制性工程之一，其进口位于彝良县海子镇新场村，左幅 6185 米，右幅 6130 米，进口端地质情况复杂，施工难度大。

在指挥部的鼎力支持下，特别是在物资保障充分的条件下，隧道顺利进洞。中铁大桥局昭泸高速项目部强化组织保障，细化施工方案，完善物资供应，采用 24 小时轮岗制度，克服各种不利因素，大力推进工程进度，清河隧道进口右幅顺利实现及早进洞开挖，在工期紧、任务重的情况下，为确保全线按时顺利贯通提供了坚强有力的保障。

❸

保障有力　多项监管把关口显成效

想要向上生长，必先向下扎根；成功不是一蹴而就，有的只是厚积薄发，沉稳精进。

- **责任担当 监管机构同协力**

黄阳指挥长多次在相关会议上要求，建议各项目部全方位开展责任成本分析，每月由工程、物资、设备、安质、征拆、测量、试验室等部门提供准确的对上计量、对下支付的物资采购、消耗、库存、节超等经济数据，在项目部统一汇总的基础上，对工、料、机、运、管等流程各项费用进行细化，适时编制财务分析报表，既作为项目当月成本分析的第一手资料，也为项目部及上级单位对项目实施绩效考核提供了翔实的依据。

指挥部的要求在各施工单位得到了积极落实，很快使昭泸各参建单位的责任成本管理走上了流程化、制度化和规范化的轨道。

有人感慨地说："开展责任成本管理很有必要，通过经济数据分析，让大家对自己当月所经手的业务进行认真梳理，项目赚了还是赔了，必须心中有数。"

多项检测配合监管，落实责任成本观念，一直是昭泸指挥部领导所强调的要求和理念，在各标段推进如火如荼之际，成本责任理念的一以贯之，见诸于整个项目建设的全过程。

多项监管举措和责任观念的落实，不仅仅带来意料之中的收获，更重要的是，通过对项目材料节超情况、间接费使用情况、机械设备使用情况、施工组织方案等层层分解、分析和考核，使项目管理有了很大的提升。他们可以针对每月材料领用、发放、使用、回收等全过程，对各施工工班当月的成本消耗情况与工程量完成情况了如指掌。

通过多项检测管理，最大的好处在于执行过程根据施工图纸及工程实际施工情况计算出材料精确用量、人力配置等，自然而然地加强了成本管控的过程控制，分析出节超的原因，杜绝了浪费，严控消耗，节约了成本，收效满满。

标段项目经理通过昭泸指挥部倡导的多项检测及责任意识再造了团队行动，统一了认识，明确了项目经理在项目管理中的作用。大家统一思想，认同指挥部强调的项目管理的三个主要目标：质量、费用、进度，以较低费用和最短工期完成高质量的项目，成为所有项目管理者的核心目标和重要共识。

现在从更宏观的角度看，成本责任能够真正调动指挥部发挥职能优势；从监督和管控角度看，深入细节，倡导投入与生产过程的责任分析管理，通过改善管理过程促进管理任务的优化，狠抓责任成本控制，把精细化管理全套流程贯穿设计、施工、安全和质量各个管控环节，提振了全员提质增效的自觉性和自信心，取得了事半功倍的效果，为打赢"项目开通"战役奠定了良好基础。

与此同时，大宗物资由昭通高投旗下的昭通物资公司统一组织集采公开招标，单项工程完工后先计量支付，预留质量保证金和农民工工资保证金，规避了昭泸项目各项费用超预算风险、农民工工资兑付风险和企业效益流失风险，缓解了资金压力。

2019 年年末，昭泸高速公路建设指挥部组织召开昭泸、镇赫高速公路 2019 年冬季物资供应协调会，会议由时任物资供应及运营管理处处长黄应东主持，指挥部、物资公司、各土建单位物

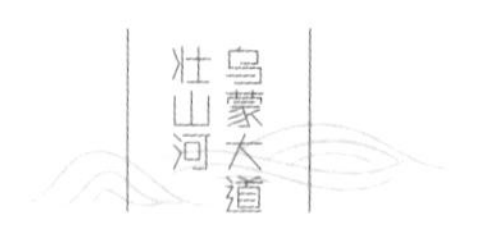

资部相关负责人，建投物流公司钢筋供应负责人及土建 3 标水泥供应负责人等 15 人参加会议。

会议听取了各施工单位近期水泥、钢筋供应情况，物资供应存在的问题及解决措施，并对 2019 年冬季物资供应工作作出安排部署。像这样的会议，杨永丞不知开过多少次，接下来杨永丞的工作就是在漫长的日常执行过程中发现问题、解决问题，保障物资供应体系不折不扣地良好运行。

另外，天气环境因素必须考虑，特别是冬季低温面临材料运输困难的问题。这时，昭泸高速指挥部统筹各处室，与各施工单位一起，想尽一切方法确保物资按时按量运送到工地。这不但需要各部门通力协作，还需要在物资运输路段安排人员进行铲雪除冰工作。同时，工场沿线也需设置相应的材料储备场，昭泸高速像这样的材料储备场地有 66 个。

- **合同管理 一以贯之重过程**

在监管工作中，合同管理往往是最直接的，它与各个单位、各个部门都有着千丝万缕的联系。对外是以工程为线索的各类承包、物资采购、工程计量、务工、结算等合同，对内是与吃住行相关联的内部采购及项目合同，不一而足，复杂多样。

早在 2017 年 12 月 5 日，昭通高投组织召开昭泸高速施工合同谈判，昭泸高速第二合同段中铁十七局、第三合同段云南建投集团、昭泸高速指挥部及昭通高投公司相关部室负责人，昭通市纪委第三纪工委书记肖建昭与昭通高投副总经理王国从、副总经理付宪聪出席会议。

会议就工程量清单、人员设备情况、工程进度、临时用地、资金管理、材料管理、项目信息化、安全生产、文明施工和电力等方面情况进行了讨论。同时，针对有关技术问题和施工中可能出现的困难进行了探讨，并明确了在合同实施过程中的工作任务，对合同相关事项达成共识并签署合同谈判会议纪要。

据合同管理处处长向恩宣介绍，昭泸项目合同多达 218 份。参加施工与服务的单位有 204 家，事情纷繁复杂，而这样巨大的工作重任就落到了向恩宣带领的团队身上，这个团队总共不到 5 人，固定人员只有 3 人。

每一份合同，不仅是简单签署，而是要全程参与。合同订立以后，还要跟踪合同，检查合同履行情况，该计量的必须随时计量，有的还有工期要求……其中包含了对合同工期、质量、

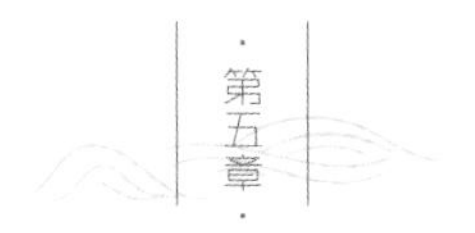

环水保等细致条款的执行。履行和满足合同约定，涉及的不仅有施工单位，还有其他的合作对象和服务机构等，行业千差万别，比如说报建的合同、监理合同、监理检测合同、电力检测合同等，有基建施工类的合同、交通工程类的合同、工程管理类的合同等。

昭泸高速项目以合同为准绳，从招投标管理到合同签订，再到合同履行，全过程严格监管、严格执行。有人说合同管理很单调，但向恩宣及他的团队却乐此不疲，自始至终全程参与，从来没有半点马虎。因为有些关键性的合同，需要他们代表公司去谈判，事关公司核心利益。

要维护公司利益，需要下功夫知己知彼，认真研究所遇到的问题，才会游刃有余。比如谈补偿合同不仅要深知事情表里，还要了解行业信息和规矩。合同管理部每遇到关键合同，都要对相关知识深入了解，他们往往为了一个合同深夜研究，多方搜集信息，最后商议讨论拿出好的方案，只有他们自己才知道其中的酸甜苦辣。另一方面，比如合同工程量清单，涉及施工各方利益，面对每一个单价，他们总是复盘核验，力求更准确一点，直到给出精准编报才递交相关部门做审批。要把好这个关，他们常常付出很多，因为他们知道指挥部有投资规划的底线，一旦突破就会超支。

4 年多光景，向恩宣带领合同管理处的同事们，以项目指向安排日常事务，常常是这边有些进展，那边又开启新的事务；这边计量刚结束，那边又催赶着结算日期。事情一个比一个急，他们就像上了发条，周而复始，奔波于合同的签署和履行监管中。

合同管理部门人手少、事情多，往往一人身兼数职，针对此种情况，指挥部适时引入了在行业内声名卓著的招标代理机构——云南正邦招标咨询有限公司。第三方招投标机构的引入，使得昭泸高速在各种合同履约招标过程中，做得既规范有序，又专业高效。

昭泸高速严格按照相关规定招投标，委托第三方公司进行专业领域的社会化、市场化招标，充分体现了公开、公平、公正和诚实信用的原则，这种借助外力化解关键问题的方式化繁为简，起到了一定的社会监督作用，使得昭泸高速在 4 年的建设过程中，合同招投标没有出现过任何问题。

- **检验检测 好坏优劣显成色**

在昭泸高速 4 年多的建设历程中，项目副指挥长兼总监理工程师许定伦带领总监办主任孔令伟，副主任、中心实验室主任柴建勋和安全质量管理处部王敏，协调指挥部各部门和第三方机构，统筹监理单位，对接上级建设部门，协调昭通市及各县“三办”，联系各项目部，有序推进检验检测工作的顺利高效开展，为工程建设顺利完工打下了良好基础。

在许定伦主管的工作中，总监理工程师的职责就是确保工程质量和安全，尤其质量的保障必须在日常施工质检安检的各个环节严加要求，常抓不懈。

在昭泸高速，安全方面由国家安全注册师王敏担纲安全管理处的工作，而在质检及各类检测方面，有总监办主任孔令伟和副主任、中心实验室主任柴建勋负责日常管理运行。

孔令伟和柴建勋二位，就像是天然配搭的哼哈二将，缺了谁也不行，让人惊奇的是他俩是一所学校的同门，柴建勋长孔令伟几岁，两人的职场经历也大同小异，学生时代都以优异成绩考上中专之后，又都不坠青云之志，继续提升，先后拿下本科自考文凭，成为积极上进的有为青年。

孔令伟，快人快语，工作行动迅速，反应快捷，工作积极主动，激情似火，敢于猛打猛冲，日常下基层工地检查也是雷厉风行，眼光敏锐，能够及时发现问题，并立竿见影拿出解决办法，效率很高。

柴建勋，稳健踏实，做事一板一眼，遇事不慌不忙，沉着冷静，作为总监办的副主任兼中心实验室主任，工作严谨细致，精益求精，勤勉认真，经常沉浸在严谨的实验检测当中，与一线员工一起分析数据，对于任何个人或单位，他都会不折不扣地按照既定原则，客观认真地检测并公正细致地审验。

孔令伟和柴建勋干得最多的试验检测工作，表面上自由轻松，似乎坐在办公室就能完成，但深入了解就会发现这项工作的繁复琐碎，不仅要有丰富的检验检测专业知识，还要有丰富的应对各种实际情况的经验，两者缺一不可，否则就不能发现问题、解决问题。

昭泸高速建设过程中，水泥、钢材比较紧缺，这为看上去简单的试验检测带来了比较繁重的工作。仅仅换水泥标号这一件事，就要经过多道既定程序，仅仅是先行试验，就必须采取不同批次、不同等级的水泥品种，选择不同厂家、不同规格型号、不同的样本，分门别类反复实验、反复检测，除此之外还要留意水泥配比中的基料调配，反复地检测，反复地试验，这样才能使得混凝土的配合比达到最佳状态，实现最理想的使用效果。如果敷衍应付，最后肯

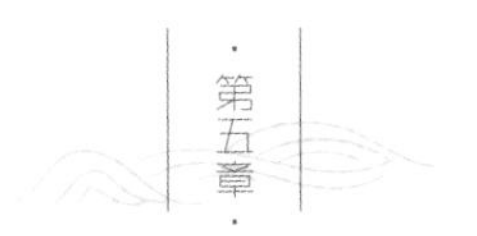

定会出大问题，水泥的使用质量就不能得到很好的保障。可见检测试验的工序是如何的繁复，要求是如何的细致入微。

试验检测作为施工技术管理，是一项很重要的工作，不论是施工准备前的指导、施工过程的质量控制，还是竣工后的验收等工作，都需要试验检测提供重要的依据。这些就决定了总监办和各级中心实验室的重要。为了保证质量，指挥部要求所有材料运抵施工现场以后，都要由驻地办中心实验室重新抽检，抽检合格后才能投入使用。孔令伟认为：试验检测是工程质量控制最直接且最关键的手段，也是施工前质量保障的最后一道关口。

在老街大桥的实验检测过程中，总监办发现有两个墩柱的钢筋保护和合格率达不到设计要求，当时就勒令施工单位返工。

2019 年 7 月 22 日，天气由晴转阴，昭泸高速在老街大桥召开桥梁施工质量现场会，指挥部、中心试验室、各驻地办、各项目部相关责任人共 130 余人参加会议。标段总工程师张野对老街大桥右幅 3 号墩钢筋保护层合格率偏低的原因进行分析总结，并提出下一步预控措施。标段对工程质量一直都是高标准、严要求，对这次出现的质量问题同样采取零容忍态度，对不合格的工程坚决返工处理。

当日，所有人眼睁睁地看着两个高高耸立的墩柱在几台挖掘机的轰鸣声中轰然倒塌，数十万元瞬间灰飞烟灭。这时，阴冷的天下起了小雨，虽淅淅沥沥，却似万千闷鼓敲击着大家的内心，那些为此洒下血汗的工人看到如此景象不禁潸然泪下，雨水和着泪水流过他们的脸颊。教训惨痛，却也发人深省。此情此景，也让各个项目部的每一位职工无限感慨，对工程质量的漠视换来的是如此沉重的代价。

常务副指挥长兼总监理工程师许定伦因势利导，适时做了讲话，他首先对前期施工中存在的一些质量、技术问题进行了总结，并提出相应的解决措施。同时，许定伦要求各单位坚持高标准施工，坚持“标准化、规范化、程序化、专业化、精细化”的施工管理原则，严格落实施工规范、操作程序、工艺流程。他还要求，要提高站位，加强管理，从思想上、行动上、组织上高度重视施工质量安全。

这无疑是一次成功的质量分析会，更是一次现场质量教育大课堂。

❹

项目融资 细说昭泸风骨在

俗话说，巧妇难为无米之炊。对于建设工程来说，项目能不能在开工后快马加鞭，施工单位敢不敢在接手后勇往直前、倾力推进，最关键的还是资金能否到位，是否能够及时兑付工程量。

昭泸项目预算投资127亿元，根据最初的工可报告，建设资金主要来源有以下几个渠道：股东资本金，参建公司股份投入，银行贷款，国家、省、市配套补贴等。如何拓宽、管理这些资本投融资的渠道并获得最好的效果，不仅是对项目公司和指挥部执行者、决策者智慧的考验，更是对担纲此事的投融资部门审时度势、利用一切有形和无形的机会、转化资源为我所用的能力的考验。而对于昭泸高速这一项目，担纲投融资的责任人陈颖安自然是当仁不让。

- **侠义壮举 危难之际显本色**

古人说，行百里者半九十。做一件事情，只有持之以恒地坚持下去，才能从中产生对事物的深刻理解和认识，才能获得与众不同的感悟和洞察，最后的成功也只是顺其自然的结果而已。所以，平庸与卓越之间的差别，不在于天赋，而在于长期的坚持、持续的投入，这种投入包括教育提升、素养完善、品德培养等。

对于90后陈颖安而言，广积粮，多蓄力，不管外面如何变动他都满怀信心，尽心竭力把自己当下的工作做得更好，活出人生精彩。

他走出大学校园的那一刻，就比别人略胜一筹，不仅手握全国信息化工程师和全国信息化计算机应用技术资格认证两本技术证书，还手握学院优秀大学生这块金字招牌。到昭泸高速工作之前，陈颖安一直在银行工作。大学毕业后，他在招商银行昆明分行的招聘中过关斩将，凭借过硬的技术学养和精益求精的业务历练，升任分行小企业金融部客户经理，工作期间连获业绩考核第一名，多次获得销售周冠军，并在全国招行招财猫营销排名第十四位，斩获荣誉之后开展转贷基金业务，帮助某公司化解信贷危机，扶持省级龙头企业的发展。后来，他转战内部物资供应链金融业务，在企业供应链金融服务游刃有余，并积极开展苹果供应链金融服务的相关业务，为昭通苹果“走出去”提供强有力的金融保障。他积极开展昭通市国家储备林融资业务，为昭通经济发展不遗余力。

这位年轻有为的90后，由于自身发展的不断进步，先是被昭通高速资本运营有限公司招募麾下，出任普惠金融部项目经理，之后出任昭泸高速财务总监并兼任昭通亮风台信息科技有限公司副总经理、董事，再后来荣升昭通高速资本运营有限公司总经理、董事，成为昭泸高速公司旗下统领一方的战将。这位出类拔萃的企业高管，还是见义勇为的英雄，其舍己救人的大义之举备受社会各界关注。

2017年11月25日7点左右，天蒙蒙亮，天气格外寒冷。陈颖安和平常一样，驾车从鲁甸往昭通赶，他要参加单位举行的部室副职和子公司经营层竞聘上岗演讲。

这时，他发现行驶在他前面的一辆汽车突然不见了。“糟糕，车可能掉进河里了！”陈颖安顿时心里一惊，加大油门赶到前方的出事地点，跑到岸边一看，只见一辆车底朝天地翻进昭鲁大河，大半个车身已被水淹没。

不容多想，他一边大喊一边纵身跳进了河道。冬日河水冰冷刺骨，在1米多深的河水里他艰难前进了2米左右，才赶到了肇事车的旁边。“车里有人吗？”“里面的人听得见吗？”他一边高声向车内喊话，一边试着拉开车门。由于水的压力作用，车门打不开。他在车身上找到一个着力点，用脚蹬着，使尽浑身力气拼命往外拉拽车门，手被划破了，血不断地往外冒，但救人的执着让他不敢松手，1秒，2秒……终于，车门被打开了，几名女子斜倒在车内，蜷缩在一起，身体不停地颤抖，水也不断地往车里灌。

不幸随时可能发生，时间一分一秒地过去，危险越来越近。陈颖安身体前倾拉住车里的人，大声呼喊：“醒醒，醒醒，有没有受伤？”在急促的呼喊声中，车里面的人渐渐清醒过来……10分钟过去了，他终于将车里的4人全部拽出，扶到了相对安全的车顶上。之后，有好心人找来绳子，他用绳子把人捆好，大家一起把她们安全拉上了岸。

当天气温零下2度，陈颖安与被救的4人衣服全部被河水浸透，大家冻得瑟瑟发抖。一名女子被家人接走送往昭通医院，另外3名女子则被陈颖安送往鲁甸县医院。

陈颖安救人的事迹先后被昭通市、云南省多次表彰奖励，他先后荣获昭通市昭阳区和云南省“见义勇为先进个人”称号。

绿水本无忧，因风皱面；青山原不老，为雪白头。水火总无情，唯英雄浩气常在，危机当中，义无反顾，以血肉之躯挽救生命，陈颖安的仁义之举令人敬佩。

- **少帅领命 登场昭泸筹资本**

陈颖安的个人成长就是一个不断选择的过程，面对各种各样的利益和机会，陈颖安总是从国家利益出发，从大众福祉出发，选择最有价值的事情，专心专注地做下去，服务国家、奉献社会。

从职场第一站昆明，锋芒初显、心怀天下的陈颖安看到，只有一条高速公路的昭通迎来了前所未有的交通迅猛发展的历史性机遇，于是毅然决然地离开大都市昆明回归故里昭通。桑梓情怀，热血青年，先是以金融服务为主战场，用智慧和勤勉为家乡父老奉献力量，服务“三农”，佳绩频出。

2018 年 9 月底，昭泸高速项目已启动一年多，因前期投资资本金垫付之故，有些标段迟迟不能动工。当年 5、6 月份，终于实现全线全面开工建设，此时前期资本金对于不断扩充的工程量而言可谓杯水车薪，昭泸高速实际运行所需的建设资金显得尤为紧张。在这种情况下，陈颖安头顶见义勇为英雄光环，卸任普惠金融部项目经理而来。

陈颖安一来就挑起昭泸高速项目公司财务总监之职，之后兼任昭通亮风台信息科技有限公司副总经理、董事，一位 30 岁不到的年轻人，肩负大任，由此开启了与昭泸高速的缘分。

向来以人为本、注重人才队伍建设的昭泸高速指挥部班子，给予陈颖安充分的信任，赋予他投融资及财务统管大权。陈颖安在这里如鱼得水，一门心思扑在昭泸高速项目投融资工作上。

从昭泸高速项目的资金来源看，因为是 BOT 项目，项目的起根发苗就从昭通市的经济实际出发，希望参建单位能够风雨同舟，参与到公路建设中来，以时间换空间，在建成后分享后期运营收益。前前后后，中铁十八局、中铁十七局、中铁大桥局和云南建投 4 家企业成为参股方，并先后入标进场，成为各个标段的施工单位。第二部分资金则来源于云南省规划高速路的每公里 2000 万元定额建设补助，这项资金约为 17.7 亿元，昭通市也在财政上统一按照不同路况给予配套资金 7.3 亿元左右，两项叠加总共约 30 亿元。面对这项巨额补助，陈颖

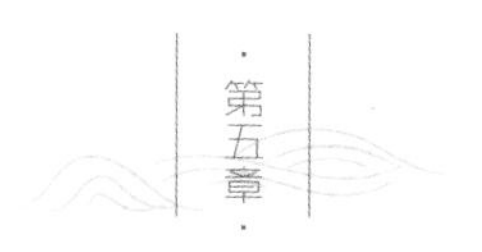

安牵头的昭泸高速财务部，首先将此作为能尽快争取到的投融资资本首选，加班加点整理相关资料并安排专人对接，很快就取得了积极进展。

前两项资本可以有效保障项目前期的各项大的开支，比如大量的征地拆迁，这些都需要给老百姓一家一户立马兑现的真金白银。建设投资后期资本就全部依靠于银行贷款，最少也需要 80 亿元。这么多资金，对于投融资负责人来说可谓是一项艰巨的任务。

“十四五”期间云南要全面实现互联互通工程，全省迎来了交通大发展、大飞跃的时期。昭通所有的高速公路建设项目全部纳入云南省互联互通重大项目库，这也是陈颖安最大的底气和信心所在。

大战略大规划在云南广泛推行，许多大的交通工程风起云涌，相继开工，这也就意味着会有多家项目公司在争取贷款。昭通市上马的公路建设数量和投资规模都很可观，已跃居云南省前四位，因为交通强市的战略是面向社会的，大家一律公平，但谁能够以高效率率先拿到贷款，就是一项潜在的比拼。

更何况，昭泸高速前期遭遇过因部分单位投资力量不足迟迟不能开工的窘况，现在的好局面来之不易，迟延的工期需要抓紧赶上，资金就是血液，来不得半点疏漏。紧急关口，陈颖安的到来对昭泸高速而言无疑是如虎添翼。以他为核心的昭泸高速财务部不断攻坚克难、顽强拼搏，书写了奋发有为、实干担当的投融资答卷。

- **火线受命 拔得头筹建奇功**

那是 2018 年 10 月的一天，陈颖安作为全面负责昭泸高速财务工作的高管，到镇雄上班。从家乡鲁甸茨院乡起步到省城昆明，一路向东，辗转昭通市，再向东就来到了镇雄。一个企业短期融资 80 个亿的重担，落在了 27 岁的陈颖安肩上。正如陈颖安所言，彼时的他遇到了最好的领导和最好的员工，特别是黄阳指挥长给了他无限信赖和支持，时任财务部经理张平，以及同事陈迁、张红梅等也给了他无穷的力量和支撑。

语言在行为面前是晚辈，它是思想的翻译，思想源于学习和思考，用于指导行为，语言更像是秘书，而行为是总经理。昭泸高速财务团队在陈颖安的带领下，依托农业银行昭通分行的倾心助力，顺利获得第一笔 30 亿元的贷款投放。从昭通分行一直报到农业银行云南省分行，最后到农业银行总行，仅用了54个工作日。54个工作日完成30亿元的贷款审批程序，农业银行昭通分行跑出了业内人士惊叹的“昭通速度”。

在农业银行昭通分行跑出加速度的背后，凝结着无数人的辛苦和付出。正所谓：一人拾柴火不旺，众人拾柴火焰高。

资金吃紧是困扰建设的头等大事，指挥长黄阳利用各种机会向上级反映这种紧迫的情况。

这一天，黄阳寻得机会，见到当时蹲点扶贫镇雄的农业银行总行监事长，几句寒暄后，黄阳直奔主题：“‘十三五’以来，为加快昭通经济发展，昭通市实施‘交通先行’战略。”

“这个战略好，可以弥补昭通、镇雄这样的贫困地区的发展短板。”

“是啊，昭泸高速就是连接镇雄、彝良、威信三个革命老区县的主骨架和大动脉。”

“这条公路打通后，与四川、贵州两省的交通枢纽连通，与夏蓉高速公路连通，的确对镇雄经济社会发展至关重要。”

“对，眼下各种渠道筹措的资金捉襟见肘，还得靠银行雪中送炭。”

“是的，这个事郭大进市长也几次提到过，他也建议由我们农业银行作为牵头行。”

“太好了，昭通市自身经济实力底子薄，如果能够从市里总盘子考量投资风控问题，行长可以大胆支持。”

“对，为脱贫攻坚做事，农业银行也在积极作为，我们双方都应该加把劲儿！”

之后，由陈颖安率领昭泸高速投融资团队进驻农业银行昭通分行，联署办公，吃住工作都在一起。大家拧成一股绳，分头以各自优势和信息进行交流对接，整理资料，完善方案。

厚厚的资料包括关联的设计图表、工程施工设计报告等，摞起来1米多高，重量足足有100斤。这些材料和报告，是他们昼夜加班一起打拼的劳动成果。

参加联署办公的大都是二三十岁的年轻人，半夜三更连续加班，肚子也是最容易饿的，每到这时，陈颖安就十分高兴地做东，自掏腰包，请大家吃夜宵。一行人，大快朵颐，快意人生。酒足饭饱之后，又一路笑声赶回办公室，继续挑灯夜战。

他们之间的紧密配合，使得他们撰写的银行贷款方面的相关报告，在历次各级审批程序中顺利过关，为昭泸高速贷款的提速做好了最扎实的准备。

之后，陈颖安及团队积极协助农业银行昭通分行，通过组建银团贷款提供融资支持、进

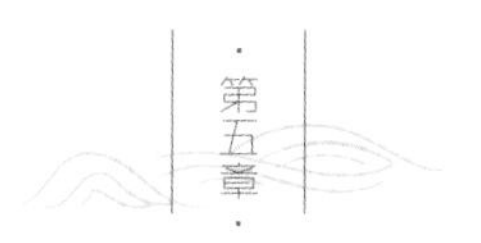

入施工场地提供全方位金融服务等举措，不断助力昭泸高速项目建设。农业银行昭通分行把信贷支持昭通高速公路建设作为重中之重，多措并举提供可靠融资保障。

农业银行昭通分行为此成立项目推进领导小组，由“一把手”担任组长带领相关部门对接项目融资等需求，制定“昭泸高速项目推进作战图”，定期召开推进会，分工明确、上下联动、通力合作。该分行牵头组建80亿元银团贷款，自2019年3月牵头举办银团贷款推进会以来，先后3次召开推进会，畅通多方沟通渠道，确保项目贷款尽快落地。

第一笔30亿元贷款的投放，给建设和施工带来了很强的信心和保障。

在镇雄，有位老领导的一句口头禅成为当时很多单位上墙率最高的工作口号：今天再晚也是早，明天再早也是晚。只争朝夕的工作理念，随即成为陈颖安及其团队日常工作的基本要求。事不过夜的办事风格更加强了他们的工作节奏。整日的忙碌调快了他们的生活节奏，锻炼了他们处理问题的能力，磨平了他们桀骜不驯的棱角，练达了他们生活中的人情世故，培养了他们在困局中寻觅捷径的能力。

继农业银行的30亿元之后，一个又一个融资成功的捷报传来。2019年5月之后的短短几个月内，昭泸高速获批红塔银行3亿元贷款即时到账，获批中国银行2亿元到账，工商银行昭泸高速24亿元贷款获批。更让陈颖安惊喜的是来自工商银行的贷款，从他接电话沟通贷款进展情况到款项到账，仅仅用时17分钟——17分钟后工商银行3亿元如数到账，着实让他和同事们兴奋不已。

17分钟放款3亿元的事一直被陈颖安铭记在心，这次放款是工商银行昭通支行行长卢瑞在获得审批后第一时间，亲自督促指导下，于极短时间内实现的。这笔最快放款也是当时昭泸高速项目面对工地特殊需求，急需到账的款项，解了工地参建单位的燃眉之急。

陈颖安认为，在这一笔又一笔贷款成功的喜讯背后，离不开同事们埋头苦干的辛勤劳动，更离不开指挥部兄弟部门和参建单位的鼎力支持。特别是办公室、环水保处、技术部、总监办等提供的资料和后勤服务，为他们的工作提供了很大的支持。只要是他们所需要的，兄弟部门都在第一时间积极响应，第一时间配合完成。

在多次举行的银行贷款考察论证会上，昭泸高速领导班子黄阳、许定伦、邓海明、唐侃等高度重视，准备好发言材料，从宏观意义、现场工程进度、质量保证、资本风控管理等多方位陈述情况，想方设法增加银行对项目的理解和支持。有一次，总监办两位负责人孔令伟、柴建勋亲自督战，与总监办相关同事奋战到凌晨 2 点，终于把翔实的资料递交给陈颖安。手里握着资料，看着两位老大哥通红的双眼，陈颖安感动不已，心中涌起一阵阵暖意。

同事们的大力支持给了陈颖安团队无穷的力量和信心，干起工作来也是不遗余力。记得有一次，为了一个央企股东会决议盖章的事，陈颖安二话没说，长途跋涉抵达央企总部进行协调，及时对接了相关的资料。

陈颖安经常告诉部门同事："融资工作就像恋爱过程，只有双方相互付出，相互争取之后，才能开花结果。"

- **资本分配 同理心管好钱袋子**

一人踏不倒地上草，众人却能踩出阳关道。在昭泸高速，黄阳指挥长的一句话成为许多部门贯彻"一盘棋"思想最简单最直接的口号：在昭泸，进门都是客。陈颖安也把这句话当成了自己的待客之道，不分内外，接待工作必须做到宾至如归。因此，昭泸高速的财务人员人人夸赞。

陈颖安经常告诫大家："投融资，就像打仗一样，资金就像军火库中的弹药，前锋的战斗力很大一部分取决于后方军火库中的弹药。具体到我们的项目，资金的雄厚程度，决定了高速公路的建设力度和进度。现在，公司把这么重要的事情交付给我们，我们不能让前方的兄弟弹尽粮绝。"

也正是有了这种不懈怠的工作精神，昭泸高速财务团队才能够对自身严格要求，"5+2""白加黑"，一天 24 小时随叫随到，密切配合银行及其他金融机构、非金融机构，把昭泸高速的融资贷款工作不断地推向更高的台阶。

在没有路的地方才需要修路。昭泸高速深入深山，进出不便，陈颖安协调配合农业银行昭通分行主动深入工地一线提供服务。昭通分行成立党员突击队，多次调动金融服务车，深入工地为项目施工总包及分包单位提供上门服务，为施工工人开立工资卡、代发工资，宣传防范电信诈骗、反假币知识等综合金融服务。农业银行昭通分行的移动金融服务车穿梭在昭泸高速沿线工地，上门贴心服务赢得了工人们的好评，被誉为爱心服务车。

有钱了，怎么分配，怎么管好、用好钱袋子？这里可有大学问。陈颖安团队在资金支付方面采用了很多监管手段。财务团队为每个工地都开启了经办复核和总体复核的网银，这样就能实现对总承包商的实时监管，同时还建立了银行和施工方之间的信息沟通交流关系，银行每支付一笔资金，指挥部都要进行流程环节的严格审核。这么做一方面保障了国有资产的安全性，另一方面也能做到支出随时随地，更好地服务项目的推进。更重要的是，通过流程实时监管，能够确保工程款和农民工工资兑付到位，监控农民工工资专款专用。

为避免个别施工单位账面和实际操作不一的问题，陈颖安亲自到工地，与农民工拉家常了解真实情况，并将自己的名片留给农民工，建了好几个工地的农民工微信群，从源头上协助农民工解决好工资及时兑付的问题。

情不论久，重在有求必应，所谓情真，只要你要，只要我有；只要你需，只要我能。所谓义重，是关键时刻伸向你的那只手！陈颖安在农民工管理方面，的确做到了情真意重。

我们看到，尽管国家三令五申不能拖欠农民工工资，但现实中农民工追讨工资的情况还是时有发生。而在昭泸高速，这个问题已被杜绝。5 年来，没有发生一起拖欠农民工工资的情况。陈颖安用自己的办法把国家的要求落到实处，真真切切地实现了制度和机制的良好保障。

在对施工单位的项目资金支付方面，昭泸高速财务部制定了一个科学有效的分配拨付制度。用一个原则性的科学制度，解决了工程款支付这一最棘手、最让领导和财务人员头疼的问题。财务部根据每个工段工程的轻重缓急、工程量、进度、项目的资金缺口等，设计了一个数学模型，以此来分配每一笔到账项目贷款，打破了贷款一到就争相抢要的被动局面。这一制度能及时准确地告知大家款项信息及按分配比例所能拿到的款项数额，做到了公正、公开、透明，效率很高，赢得了各施工单位的交口称赞。

也正是因为有了这样一个对所有施工单位都公开公平的制度，并且实施专款专项专用，分门别类,从根本上解决了项目控制性重点工程的资金保障问题,为顺利推进工程进度创造了良好条件。

❺ 关键之年 指挥若定战犹酣

成大功者不谋于众，谋大事者藏于心，行于事！君所见，成功者在掌握底层逻辑的同时，必须坚持系统思考的整体性，并娴熟地运用这些规律。成功者必打破常规认知，突破常人思维局限，明晰大道，掌控规律，以全新的视角重新审视一切，从而着眼重点，抬手即达成！

没有完美的个人，但有完美的团队！

- **统筹全局 昭泸指挥部是定盘星**

在昭泸高速建设推进过程中，每一步都与指挥部恰当、良好的监管举措相关。这也是一个工程管理严谨运行的过程，在这种动态过程当中，以黄阳为首的昭泸高速领导班子筹谋全局，全面驾驭昭泸高速项目，有着以简驭繁的智慧。

有人说会干活的前提是会思考，如果想克服自己生命中固有的缺陷，学习和提升系统思考的能力，就是一个不错的方法。

学会了这种思考方式就能顺势而为，从而正确地引导，并将这些持续地运用到工作当中，再把系统思考的方法和模式传递给更多人，进而提升整体工作效能。

因此，在昭泸高速领导班子的日常工作中，昭泸高速指挥部首先根据每一个阶段的时令、季节特点和工期进展情况，从年初到年尾统一安排部署工作。这些工作既能够起到必要的监管作用，又能够根据当时的施工情况，重点强调、重点监督、重点检查，做到防患于未然。一般有年初的复工检查、安全教育，中期的工程协调会、指挥长工作调度会、平安公路建设动员会、安全月活动等，其中各标段的教育和培训、安全及消防演练等规定活动也在各施工点相继举办。

作为指挥中枢，在统筹这些工作时，要考虑可能出现哪些人、哪些情况、哪些因素，会干扰正在推进的工作，要在问题发生之前，想办法规避，这样才可以达成“风控”的目的，从而实现组织既定目标和任务。在此过程中，指挥部不仅是监管方，更是组织者和参与者。

2019 年 7 月 16 日，在项目指挥部的统一组织和安排下，昭泸高速公路 2019 年安全生产知识竞赛如期举行。指挥部、云南建投、中铁十八局、中铁大桥局、中铁二十四局集团有限公司（以下简称“中铁二十四局”）、中铁十七局、中交第二公路工程局有限公司（以下简称“中交二工局”）、昭泸高速监理等 9 支代表队参赛。比赛包括两轮个人必答题、一轮小组必答题、一轮抢答题、一轮风险题 4 个环节。经过半个月的准备、两小时紧张激烈的角逐，比赛圆满落下帷幕。业主指挥部代表队折桂，云南建投项目部获得亚军。这次安全知识比赛，在各参建单位引起很大反响，通过比赛，把建设过程的施工安全意识贯彻到了日常工作中。

昭泸高速项目指挥部班子格局大，视野宏阔高远，在昭通高速公路建设管理体系中第一个单独成立了环水保监督处，专门负责项目建设的环水保监督管理工作。日常工作中，环水保监督处定期组织召开环境保护、水土保持工作会，聘请环水保专家进行专业知识及法律法规培训，提高全员环水保意识。

同时，根据昭通高投要求成立了环水保领导小组，由指挥长出任组长，各处室的负责人为成员，进一步完善了环水保管理体系。领导小组要求各施工项目部成立以项目经理为组长、项目部各部室负责人为成员的领导小组机构，建立健全环水保监督责任体制，落实昭通市市容市貌保护相关要求，完善了诸多制度性要求和规范。比如，所有便道与施工建设道路的连接口必须设置 50 米以上的硬化，安排专人配置设备冲洗来往车辆底盘、轮胎及路面，在例如钢筋加工厂、拌和站、取料厂等临时大型建筑污染源里，必须设置三级以上的沉淀池、砂石分离器，派专人 24 小时轮班值守，确保出入车辆轮胎干净。同时，要求敞篷大货车须加盖篷布，发现污染及时清理。从这些要求来看，昭泸高速指挥部从全局、全市的角度对工程建设提出了有针对性的要求，这也是他们严格监管的表现，为指挥部赢得了良好的服务口碑。

昭泸高速项目指挥部对安全常抓不懈，每年都有新举措。针对监管过程中发现的不安全因素和事件，指挥部明确提出整改要求和整改时限；对具有代表性的事件和问题，指挥部以典型案例组织各单位现场剖析，并施以奖惩，起到正面引导和激励鞭策的作用。

2019 年 7 月 9 日，昭泸高速公路建设指挥部组织召开了隧道施工安全质量专题会议，指挥部、各标段相关人员共 50 余人参加了会议，会议由副指挥长兼总监理工程师许定伦主持。会议毫不避讳地直面问题，勒令对涉事标段隧道停工整改，由指挥部副总工程师唐侃带队检查，合格一处复工一处，要求在一个星期内进场两台湿喷机械组或 1 台湿喷机械手；前期施工的隧道进口初期支护暂停计量，对每个涉事洞口处违约金 20 万元，4 个洞口共计 80 万元；对监理单位按施工单位处理金额的 10% 进行违约处罚，共处违约金 8 万元；由驻地办牵头对各施工单位进行拉网式检查，3 天内确保所有干喷机、干粉速凝剂全部清除出场，所有隧道采用湿喷工艺。指挥部带队进场抽查，一旦发现施工现场留有干喷机及干粉速凝剂的，将严格按照文件要求进行惩处。

在这次涉事案例的处理上，指挥部严格信用考核评价，并由总监办拟文在全线通报批评检查中出现的问题，发函约谈该标监理单位法人代表。在之后的施工进程中指挥部狠抓安全这根弦，相关处室人员切实履行自身职责，在日常工作中加强监管，发现问题及时督促整改落实，连续考核各驻地办监理人员，并通报考核不合格的单位。

从这次会议对问题的处理情况来看，仅监管工艺安全这件事，昭泸高速指挥部就一直紧抓不放，力度不断强化。对该问题的跟踪监督处理也持续了近 3 个月，足见其落地生根的举措是多么到位。

昭泸高速公路建设指挥部还不失时机地组织开展“工地开放日”活动。2019 年 6 月的一天，指挥部邀请镇雄县人大代表及政协委员，以及乌峰镇、赤水源镇等沿线乡镇代表、村民代表参观工地。参观团一行 40 多人，大家头戴安全帽，身穿反光背心，在现场工作人员的引导下有序走进施工现场，先后参观了洗白大桥、1 号梁场和乌峰隧道出口施工现场。活动由副指挥长王胜带队，土建 3 标项目经理蒋金成及各分部负责人，镇雄县综协办副主任武孔发及相关领导参加。

“原来 T 梁里面藏着这么多钢筋！”

“在五六十米高的地方施工，怎么保证工人的安全呢？”

“工地竟然可以建设得这么整洁！”

这一天，工地上热闹非凡，由工作人员组成的讲解小组，对沿途无轨爬模、T 梁自动喷淋养护等新工艺新工法及环水保成果等施工亮点，进行了详细讲解。

在工地参观结束后，全体人员在昭泸高速公路建设指挥部召开座谈会。会上，各乡镇代表纷纷表示：此行目睹了现场施工人员的艰辛，也见识了施工过程中环水保、新工艺、新工法等方面的亮点，要把在工地上看到的带回去，做好沿线群众宣传工作，协力创造良好的施工环境，配合好昭泸高速公路的建设。

此次活动，让政府工作人员与广大人民群众走进工地现场，见证了昭泸高速这项重点工程的建设管理和施工过程，极大地推进了路地共建，既有利于增进所有建设者与地方群众的感情，减少后续建设中与地方群众的矛盾纠纷，也能更多地取得地方党委、政府、群众与社会各界人士的参与和支持。

随后，昭泸高速又展开了“平安工地”考核评价工作。考核工作安排得非常细致，考评分为外业考评组、内业考评组。其中，外业考评组检查桥梁、隧道、路基、施工便道、职工驻地、取弃土场、钢筋加工场、预制场及拌和站；内业考评组考核安全管理目标、安全生产管理制度、安全生产管理机构和人员、安全教育培训、安全风险管控、安全技术管理、应急预案、应急演练及落实情况。

各项目部为创建“平安工地”营造良好的安全环境，分别举办了事故案例警示教育、安全生产宣传教育、“平安工地建设”、安全生产隐患排查治理和争创安全生产优秀管理组劳动竞赛等活动。各标段项目部依托这些活动，组织全员全过程、全方位地学习安全知识。

昭泸指挥部组织的这些旗帜鲜明、员工喜闻乐见的活动，成为项目管控的示范和标杆，在这个过程中还系统开展了贯穿全年的安全质量巡查，制定了考评机制。

无论是昭通高投的领导，如李文龙总经理及其他副总经理，还是昭泸高速的黄阳指挥长或其他班子成员，都充分利用时间不间断地走访巡查。走访过程中，深入各工地工点，越是关键的隧道工点，他们越得巡查得细致。

基于昭泸高速领导的身先士卒，持续监管，最终实现了对项目施工的全过程有效管控，强化了“以人为本、安全为天”的安全观念，营造出“关爱生命、关注安全”的浓厚气氛。

上行下效，率先垂范，工作严谨，监管有力。这样一来，昭泸高速指挥部针对日常安全生产工作中的相关要求进行检查，依据部门管理权限进行监管考核，最后根据各施工建设单位的考核指标进行横向评比，及时准确地反馈“平安工地”表现，并在最后的评估反馈会上公示考评结果。这样，以安全质量为主题的专项综合考评贯穿年度始终，起到了有效管控的目的和效果。

- **现场研究 集思广益拿出最优**

企业管理者或决策者在实际工作中会遇到形形色色的问题，要很好地应对和处理这些问题，一定要到问题发生的现场去，多做细致的调研，才能寻找到症结所在。

翻开昭泸高速历史档案，带有全局工作部署和调度性的会议基本每月都在进行；而专题教育安全质量会、超前预报会及综合培训教育活动，每季度也都会不间断、不定期地举行，每

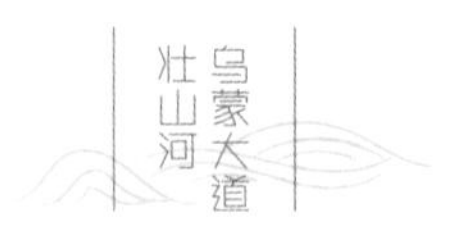

逢工程推进的紧要关头、推进节点也都会有专项专题会跟进部署。

在这些会务和活动中，有两类活动很具新意。

一是外出开展观摩学习。指挥部组织各施工单位、技术服务商和监理单位赴贵州省贵黄高速公路项目观摩学习——昭泸高速与贵黄高速有类似的地质地貌和路况。带着学习取经的目的，现场观摩、现场询问，身临其境地学习，从细节上看别人的优势，特别是重点路段的特殊工艺技术、特殊场景处理，如对不同地质情况的处置，煤层区瓦斯隧道的设备安置及报警系统设置，特殊桥梁的整场布局及建设施工技术等。

二是开展研究类的活动。在昭泸指挥部一盘棋的总体布局下，科研工作责任重大，不仅事关项目施工的可研性，还关系到整个投资结构和施工方案的科学设置，这样就可以做到事半功倍，利于长远发展。

黄阳、许定伦、唐侃、邓海明都是技术干部，所以从一开始昭泸高速项目就特别重视科研工作，并形成了一套自上而下的成体系的、严谨的工程技术科研思路和方法。

工作中他们不仅并肩作战，还邀请行业专家一起针对昭泸高速项目特殊路段进行技术研判。有时也邀请总公司相关技术工程师一起探讨技术问题，昭通公投副总工程师赵相章、工程部经理李文祥就曾先后多次受邀参加相关处置方案的讨论会。

包括昭泸高速项目指挥部指挥长黄阳、总监理工程师许定伦及相关处室负责人在内的设计、监理、施工单位的人员都会一起参加技术讨论或评审会。大家一起研究坡隧道出口端偏压浅埋及边仰坡刷坡问题，隧道出口溶洞处置问题，河隧道弃土场拦沙坝问题；此外，还有服务区位置设计变更方案，互通段路堑滑坡边坡处治设计变更方案，人行天桥变更为车行天桥、停车区变更为服务区等变更评审。

昭泸高速公路建设指挥部的领导班子、总监理工程师办公室、工程技术管理处、安全监管处全体人员，各检测单位主要领导、项目负责人、技术负责人等相关人员，面对不能一下看出利弊优劣的选项，就会积极调动大家的技术专长，集思广益，反复比较权衡找出最优解。这个过程就是昭泸高速技术方案的科学决策过程。

黄阳指挥长说过："没有选项的决策不是科学决策，能够一眼看出优劣的决策也不一定是科学决策。科学决策一定要建立在大量的调查研究基础之上。"在技术问题上精益求精，十

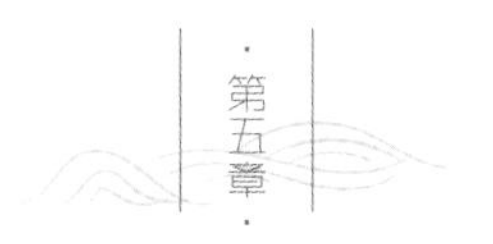

年磨一剑，是黄阳一直所倡导的。他率先垂范、脚踏实地、勤勤恳恳。

高手与新手做决策，最大的区别就是新手只根据现有选项钻牛角尖儿，而高手则会主动出击，利用一切内外资源为自己增加更有价值的选项。

在昭泸高速就有这样行之有效的决策三部曲，这也是昭泸指挥部领导班子的一项技术性规范性解决方案。

第一要多踏勘现场，尽量让更多的技术人员参与其中，提出自己的看法和解决方案。集合不同的认知、不同的逻辑思维，再经过现场不断研究、不断提炼总结，最后才能形成丰富的决策选项，这就迈出了科学决策关键而重要的第一步。

第二要分析决策选项。这就需要做大量的调查研究，调查研究不应只局限于技术资料、网络、行业论文、数据库，还应深入施工现场，到一线工人中去调查，针对现场每一道工序做研究。不断从现场汲取科学智慧和真理力量，这样才能从细枝末节处厘清迷雾、看清本质、掌握规律，才会逐渐具备现实眼光，只有这样才会想得深、看得准、切合实际。

第三要用好科学决策的“金钥匙”。最优的决策有赖于决策者对既有条件及所处环境的综合判断。很多实际情况被可变或不可变的条件制约，科学决策依赖于决策者审时度势，适时调整，事先对一些可能发生的问题有所准备，并反映到决策之中。对决策预期进行深入细致的思考，找到事物的规律、摸清情况的底子、抓住症结的根子，总结经验，找出当下问题的“最优解”。

也正是有了这样的决策三部曲，昭泸高速指挥部的决策才能够事半功倍，成为一个又一个的最优方案，取得一项又一项落地方案的最佳效果；另一方面，也正是在这样的工作要求之下，昭泸高速工程技术各种方案才会受到各施工方的鼎力支持，有不少方案节省了人力物力，为昭泸高速早日开通打下了良好基础。

- **巾帼豪迈 谁说女子不如男**

20 世纪 90 年代，有部电影名叫《战争，让女人走开》。事实上，在任何一场战争中女人都不曾缺席，只不过她们总是被人们定义为弱者或受保护者。在昭泸高速公路的建设大军里，就有许多女性，她们穿上裙装时风姿绰约，换上工装时步履铿锵、英姿飒爽，在日常的工作中更是冲锋在前，巾帼不让须眉。

在昭泸项目公司机关、各项目部、各工区里，有些单位女职工占总人数近一半，她们中的很多人技压群芳，成为企业管理精英、行业岗位能手或业务骨干，有的甚至因为能力超群走上了公司的领导岗位，撑起了企业的“半边天”。

在制梁场，女职工宛如一道靓丽的风景。自项目开工以来，在钢筋混凝土的工地里时常出现她们的身影：钢筋加工设备旁、箱梁绑扎台上、龙门吊操控室内、检测试验室里。她们用女性特有的坚韧、细腻、耐心和勤劳，支撑起梁场的半边天，展示着当代“花木兰”的风采。

虽然女职工的体力不能与男职工相比，但是在昭泸高速公路决战决胜的日日夜夜，在一个个火热的建设工地上，在迅速拔地而起的一座又一座连天接地的雄伟大桥中，也有她们的心血、智慧和汗水。

面对高强度的体力劳动，她们不言苦、不喊累，和施工现场的男同事们一起默默奋战在一线，她们远离故乡、亲人，夜以继日地坚守在施工一线。她们远离繁华都市的安逸，远离父母家人的悉心关怀，但她们对工作的热情却没有消减，用自己勤劳的双手“编织”着钢筋箱梁，“编织”着一日千里的高速公路线路，“编织”着对美好生活的期待。

因为有了她们，工地才变得更加多姿多彩，充满生机与活力。她们用辛勤的劳动让自己的生命之花在这个钢筋混凝土的世界里绚丽绽放，成为昭泸建设工地上一道靓丽风采！

如花的岁月里，在昭泸高速的建设一线，在诸多工点，我们再一次被深深感动……

⑥ 运营开启　关山初度路犹长

说起昭泸高速的运营筹建，还得从前期的人员招聘、培训及基础设施建设说起。

• 筹备运营 历经风雨志弥坚

先说运营人员的组织和招聘，昭泸高速指挥部及早动手部署高速公路建成后的运营队伍组建问题，常务副指挥长许定伦被任命为昭泸高速镇雄管理处处长，负责建成后的昭泸高速运营工作。指挥部事从长远，一方面从内部选派干部分担运营管理工作，另一方面从昭通高速等专业运营公司引进管理人才和运营业务骨干，并以他们为班底搭建起昭泸高速公路运营团队基本骨架。同时，先后分批面向社会公开招聘40多名人才加入昭泸高速运营管理团队，基本上每个站点有10人参加。第一批招聘的16人先是被送到昭通宜毕高速公路培训28天，紧接着又被安排到威信高速实习。经过严格的训练、系统的业务培训和试运营期间的实战锻炼，这些人员已成为运营管理的行家里手。

“凡事预则立，不预则废。”首段45公里建设进入最后冲刺阶段，昭泸项目公司坚持建设和运营“两手抓”，同步筹划，同步安排，同步推进。经过公司上下紧锣密鼓的准备，在首段45公里开通之前的一个月里，收费、监控、路政、维养等各个工种的组建工作已经完成。在各种手续的层层申报和政府部门现场考察调研后，云南省人民政府的收费批复也在极短的时间内下达，与昭通高速交警主管部门的相关手续报批及高速交警进驻执法前的协调对接工作也已完成。

万事俱备，只等开通命令。

2020年12月31日，备受滇北父老关注的昭泸高速公路首段45公里终于开通运营，男女老少无不欢欣鼓舞。尤其是过往司机，他们感到了从未有过的舒心惬意，告别了昔日颠簸惊险的崎岖山路，一路驰骋一路欢歌。然而他们并不知道，为司乘提供运营服务的昭泸高速运营团队却经受着创业初期的各种艰难考验。

虽然道路建设如期完成，但是昭泸高速的房建工程还未完工，以致开通运营之初，收费调度人员办公只能因陋就简，负责收费站调度、值班、票证的工作人员都在刚刚建成的房子里办公。

滇北的腊月，是一年当中最冷的时节，常常雨雪交加，寒风刺骨，湿气逼人。虽然两台空调昼夜运转，但散发出的有限热量很快就被咄咄逼人的巨大寒流所吞噬。这些20岁上下的年轻人尽管裹着厚厚的大棉袄，还是被冻得瑟瑟发抖。

当时，监控中心的工作条件也好不到哪儿去，在监控室坐久了冻脚，监控员只能站起来不停地走动，可眼睛还得死死地盯住监控屏幕。

不经风雨，难见彩虹。即使前期办公条件很差，昭泸项目公司员工的精神状态和工作责任心却丝毫不减。他们历经寒冬暑夏，任凭风吹雨打，日复一日，执着地坚守在自己的工作岗位上，保证了昭泸高速的畅通无阻。

那段艰难的日子很快成为过去，随着房建工程及各种配套设施的到位，以及沿线各收费站、服务区的投入使用，办公、住宿条件逐步得到改善。如今的昭泸高速公路运营条件已经今非昔比，不但硬件设施在高速公路行业达到一流，员工的工作、学习条件也完全达到行业标准，业余生活及文化娱乐活动更是丰富多彩。

当然，在高速公路运营系统内，无论隧管员、监控员、收费员、票证员、路产监管员、养护人员还是各级管理服务人员，他们的岗位都是固定的，每天重复性地工作，略显枯燥乏味，但是他们各自肩负的职责却是明确的，也是重要的。这既考验他们的耐心，也检验他们对司乘、企业、社会的拳拳爱心和工作责任心。保障经济发展生命线的畅通，维护司乘、企业和国家的利益，是他们重要的使命与担当。

昭泸公司对员工的管理坚持高起点、高标准、严要求，从首段公路开通运营之日起，就立足于半军事化管理，着力打造“令行禁止、纪律严明、司乘至上”的一流运营团队。公司从员工的日常训练开始，以队列训练、技能展示、业务考核、纪律教育等科目为主要内容，制订严格的训练大纲和实施办法。冬练三九，夏练三伏，每年进行一次会操比赛。比赛时，各业务单位列队入场，他们做广播操时都能做到动作有力、步调整齐、口号洪亮、精神抖擞、神采飞扬。

同期，他们还进行数次业务技能竞赛，以检验平时的训练成果，激发员工的爱国爱企热情，打造出了服从命令、听从指挥、吃苦耐劳、令行禁止的一流团队。

这些不仅增强了集体的团结友谊，培养了员工们的组织纪律性，也增强了员工们的集体荣誉感，展示了昭泸高速年轻的服务队伍奋发向上的精神风貌。

与此同时，作为昭通高速旗下的高速公路运营单元，他们将昭泸文化理念与高速公路行业文化结合起来，着力打造朝气蓬勃、团结向上、作风顽强的专业化运营管理团队。对内制定全面系统的管理制度和行为规范，不断提高员工的工作效率和整体服务品质，打造科学化、标准化、规范化的服务品牌；对外则通过统一视觉识别系统、行为识别系统，统一员工着装、

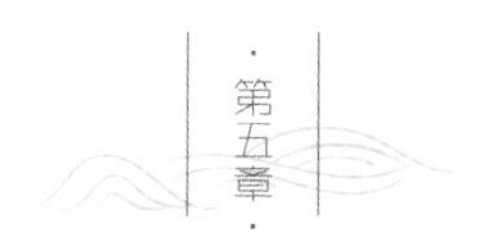

统一仪容仪表、统一队列队形、统一文明服务用语、统一目光手势、统一工作流程，使司乘人员和社会大众全面接受“昭泸高速”传播的品牌信息，以良好的形象提高企业的知名度，增强社会大众对昭泸高速服务品质的认同。

- **疫情之下 看运营守土有责**

疫情反复，作为对外服务的窗口单位，昭泸高速指挥部要求运营管理处全体人员先守住自身安全，确保自己不成为疫情的暴发点。昭泸高速各卡口一直强调纪律，不断强调安全防护意识，特别要抓好对过往车辆人员的管护。

昭泸高速的交警时刻严格、细致地检查，严防过往人员漏检，凸显了昭泸高速沉甸甸的责任和担当。

昭泸高速刚刚开启运营，工作人员在整洁的信息登记室认真地询问登记，不厌其烦地向司乘人员进行讲解和政策宣传，他们个个精神抖擞，热情洋溢，以拳拳之心护佑一方平安。

由于部分司乘人员不便下车，卡点防护人员持续“上门”服务。鉴于女性工作人员更细心，消毒、杀菌等工作大都被运营管理处的女性工作人员承包了。

路途漫漫，这虽然给长途奔波的司乘朋友增加了很多不便，但现场设置的“司乘人员热水供应点”却为来往客商和司乘人员带来了温暖，也让忙碌的卡点防控人员多了一点欣慰！

“疫情早灭，回家打鼾”，这是所有防控人员最大、最奢侈的追求。虽苦犹荣，心系司乘服务最前沿，以实际行动助力祖国昌盛，人民平安！

- **敢当尖刀 运营团队有马江**

当首段公路完成建设、即将投入试运营时，昭泸高速领导班子就确定了要将昭泸高速打造成为“安全优质线、绿色生态线、惠民扶贫线、创誉创效线”的目标。围绕这一目标，昭泸公司提前开展了运营团队的建设，一批精兵强将走进昭泸高速，马江、邓雪梅、陈刚等一批年轻的运营管理人员被委以重任。这些年轻干部不负众望，带领昭泸高速运营团队，取得了一个又一个良好的成绩。

马江，镇雄管理处运营安全处经理。2017 年 10 月，28 岁的马江通过招聘进入昭泸高速

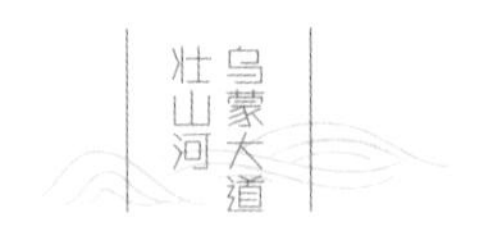

项目公司，他谦逊好学、积极肯干，凡是交给他的任务都能干得出彩。而立之年，马江被推举为安全处副处长，虽年少，亦经常带领人马，担纲专项检查责任，去施工一线行使督察监管职能，深入基层，与一线项目管理者同呼吸共命运，查漏补缺，奖优罚劣，体现了务实干练的工作气度。2020 年 10 月，马江再次受命，进入新组建的昭泸运营部门，正式转入镇雄管理处。

在昭泸高速首段贯通任务期间，由于工期紧促，领导分派马江负责昭泸高速房建事务。事实证明领导对人才的选用是正确的。

那时首段公路即将贯通，诸事繁复，但房建进度堪忧，昭通高投董事长检查工作时提到，房建需要强化加速，可见事态已经十分紧急。马江在黄阳指挥长的带领下，直奔房建单位，约谈领导，提出改进提升加速方案。之后他蹲守现场，昼夜督办，饥一顿饱一顿，心思全放在房建施工进度和质量上，使房建速度有了大幅提升。这当中遇到的资金、电力、资料供应、施工难关等问题，都在马江左挡右护的操持下迎刃而解。马江的手机 24 小时开机，时刻保持与房建施工单位的联系，房建施工单位现场一旦出现问题，他总是本着服务精神第一时间到达现场进行处理。在这个监管督察过程中，马江尽量融入施工方，跟施工方多交流、多沟通，这样办起事来就变得事半功倍。

那时的施工条件非常困难，马江至今仍记得，凌晨一两点的寒夜，他还与黄阳指挥长为房建的资金发愁。经过多方奔走筹措，房建三家参建单位的资金问题才得到解决，一直为此奔波的马江总算能睡个安稳觉了。马江知道，自己负责的房建工程是非常关键的，昭泸高速能不能实现通车，运行配套的房建就是一道坎儿。年轻有为的他不辱使命，成功啃下房建这块硬骨头，从而赢得了“拼命三郎”的美誉。

马江作为镇雄管理处运营安全处经理，能够与员工打成一片，也能够在突发工作中挑头负责，直面艰险难题，做到处置有力，敢打敢拼敢冲锋，成为昭泸高速运营团队中不可或缺的一把“尖刀”。

- **行动维权 一枝一叶总关情**

昭泸高速公路运营管理处队伍建设，大都是通过社会公开招聘组建的。不论是隧管员还是收费员，入职之后都会被派到昭通高速辖区的各个站点跟班学习，系统地学习基本的业务知识，为最后通车运营做准备。

昭泸高速运营管理处要求，监控中心、各收费站加强对征收政策、法律法规的学习及收费业务的培训，严格做到通行费“应征不漏、应免不征”；严格按照疫情防控要求，落实各项疫情防控措施，坚持站区内环境消毒及体温监测，做好外来人员扫码登记、收费站车辆扫码通行。

为进一步规范高速公路交通和收费站收费秩序，预防道路交通事故发生，营造良好的交通安全环境，昭泸高速镇雄管理处联合高速交警、路政开展“一路三方”高速入口超限超载检查行动。

在一次“一路三方”联合治超行动中，镇雄管理处积极与交警、路政协调配合，对20余辆货车进行不间断检查，交警、路政对查获的4辆超载违法车辆进行了行政处罚，发现超载货物共计18吨，同时对车主进行了批评教育及法律法规的宣传教育。

此次“一路三方”联合治超行动的开展，起到了很好的震慑作用，有效地遏制了恶意超载行为，促进了高速公路运输秩序的正常运转，切实维护了路产路权，保障了人民群众的出行安全。

镇雄管理处以此次联合执法检查行动为契机，紧密配合、强化协作，多措并举、形成合力，为超限超载治理工作步入规范化、制度化、长效化打下坚实基础。

一天，收费处陈刚接当地公安局通知，有一毒贩可能于近期出入昭泸高速。他立即进行必要的布控和准备，并时刻保持警戒。一天下午，一辆绿皮小车进入入口时毫不减速，陈刚等人怀疑这辆车有可能就是毒贩驾驶的，于是关闭所有通道，指示该车驶入人工通道接受检查。不承想，毒贩在驶入检查车道后，依然没有减慢速度，反而加速冲卡过检。好在陈刚他们提早做了充分的围堵准备，并第一时间迎着急行冲卡的车辆，快速冲上去，拉开车门，配合公安人员将毒贩成功抓获。

这次配合警方的行动，受到地方公安部门的赞许，也彰显了昭泸高速运营人员的侠肝义胆。

2021年春节前，镇雄地区突发几十年难遇的特大冰雪天气，又加上临近春节，大量返乡人员需要返乡归家。镇雄管理处随即与交警和路政等部门建立了联动机制，并做了各种应急准备。

由运营安全管理处牵头，相关部门参与，各隧管站配合，昭泸高速交警路政部门、公路养护单位全程参与，充分保障每天晚上 12 点到第二天早上 8 点不间断地对高速公路进行巡查；隧管站及养护单位承担起了高速公路的除冰除雪工作，每天凌晨 4 点出动，除雪车驾驶员、隧管人员等每天奋战 6 个小时以上，保障了高速公路的畅通。

针对突发事件及恶劣天气等，隧管站的工作人员每天坚持路巡检查，且每个隧管站都设有视频监控室，能够在监控室里监控路段情况，一旦发现突发事件或者恶劣天气，可及时上报管理处和监控中心，而相应部门也会随时应对并做好调度工作。

不仅限于抗冰保障期间，因昭通属于山区，每到冬天就会有很多路段出现结冰的情况，导致大量货车滞留，很多货车驾驶员因滞留无法保证一日三餐。为此，昭泸高速各收费站点会在路口专门设置救助处，免费提供面条、面包、包子之类的速食食品，还备有矿泉水和热水，无偿地提供给受困司乘人员。这方小小的救助处赢得了过往司乘人员的感谢和赞扬。

监控中心的邓雪梅和收费站站长陈刚都是在 2020 年入职昭泸高速的，也都是从最基层的岗位干起，他们在很短的时间内就得到了历练与晋升。邓雪梅成为昭泸高速监控中心主任，而陈刚也在历任带班班长之后被任命为收费站站长。他们的共同点是，一样的年轻有为，一样的认真踏实。

有人认为邓雪梅的升职是一步登高，其实他们并不了解邓雪梅的真实情况。作为一名积极上进的青年，邓雪梅在大学毕业之后一直坚持在工作之余继续深造，不甘于只有专科文凭，先后拿下本科文凭和研究生文凭，为自己的职场提供了更多可能。在成为某机构的办公室副主任之后，邓雪梅又凭借昭泸高速培训及工作初期出类拔萃的表现，担任了监控中心主任一职。

那时候监控中心还没有完全修建完成，环境比较简陋。天气寒冷、房间潮湿且未安装空调，新装修的味道也没有完全散尽，就连做饭的条件也不具备，饭菜只能从镇雄北收费站送过来。这样的情况持续了一个月，邓雪梅等 13 位负责监控的人员没有一个人叫苦掉队。收费站实行三班倒工作机制，守卫着监控中心这方重地，大家团结友爱，互帮互助，对工作一丝不苟。这段同甘共苦的经历，让大家的心走得更近，彼此的感情也更加深厚。

特别是邓雪梅，作为新工作团队的负责人，遇到棘手问题，她总是请教前任主任。前任

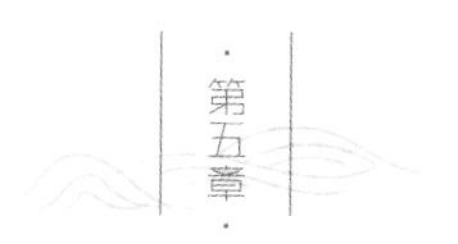

主任虽已离开昭泸高速，在其他路段工作，但依然为邓雪梅提供工作上的指导和帮助。

收费站站长陈刚，高挑的个头，眉清目秀，一表人才，虽然不善言语，但与人交往时，总是带着友善的微笑，能够在最短的时间内缩短与他人的距离，让与他接触的人感到温暖。

陈刚主管收费站，不仅业务娴熟，还有一片细微体谅之心，能够春风化雨般地感染他人。收费站的一名员工有些自闭症状，不愿与人过多交往。由于大家都忙于工作，久而久之，这位员工的自闭症状就更加严重了，工作也不断出现差错和疏漏。陈刚得知后，第一时间主动与他坦诚交流，手把手纠正他工作中的错误，给他温暖和信心，并发动其他员工与这位小伙子打成一片。终于，这位员工感受到了集体的温暖，工作也做得越来越好。

镇雄运营管理处要求各隧管站强化道路安全巡查及应急处置，坚持现场与监控巡查相结合，发现问题及时上报处理；建立健全三大系统管理，定期不定期检查各类设施设备、车辆运行状态，确保车辆及设施设备的正常运行；严格规范管理站内各项工作，站管带头讲规矩，以身作则，加大站容站貌管理力度；强化文明服务工作，维护文明服务窗口形象，及时组织开展优质文明服务培训，发现问题及时纠正；切实做好节能减排工作，无论是上班还是轮休期间，都确保各类电器设备处于安全状态。

⑦ 首创精神　成就超一流工程

超越别人难，超越自己更难。因为超越自己，首先要勇于否定自己，不断走出旧我，成为新我。这种不断超越自我的过程，就是一个破茧成蝶的过程。

一个人的改变、超越如此，一个单位、一个组织也情同此理。一人的梦想只是梦想，很多人的梦想就会成为一种力量、一种信仰。在昭泸高速，领导班子所倡导的“发扬昭泸首创精神，攻坚克难，技术创新，精益求精，成就超一流品质工程”价值观也自觉地成为每位员工的梦想。在日常的会议和重要工作节点，全体领导班子成员都会注重这种企业使命文化的宣导，并在每个部门的工作中谆谆教诲，严格要求，从工作的出发点、工作的动力源、工作的内涵和宏大的外延上，增强员工和管理者的认同，为工作中的齐心协力、攻坚克难，为之后打硬仗、争先锋、保开通打下了基础。

- **大道筑梦 发心始于真行动**

大道筑梦，发于心，始于行。昭泸高速建设伊始，黄阳就提出做发展的开路人，号召领导班子在高速公路的建设过程中勇于担当，奋发有为，不断适应引领经济发展新常态，把握和顺应深化改革新征程，回应群众期待，坚持从实际出发，带领群众一起做好经济社会协同发展工作，特别是打好脱贫攻坚战，让老百姓生活越来越好，真正做到建设一方，造福一方。

面对项目，领导班子以大局为重，明确自身定位，做发展的开路人，责任重大，使命光荣。让昭泸高速早日出精品，早日开通，让沿线百姓早日走上富裕的道路，亦成为数千名昭泸筑路人孜孜以求的梦想和心愿，也是所有昭泸高速建设者以实际行动为脱贫攻坚所贡献的一份力量。

基于此，昭泸高速上下同心，贯彻党的群众路线，心系群众，为民造福，心中始终装着百姓，坚持全心全意为人民服务的根本宗旨，取得了路地共建工作的硕果。

多年的泥泞小道，被昭泸的建设者修成了惠及百姓日常便捷出行的惠民路；不少人迹罕至的山野荒凉之地，被昭泸建设者与当地百姓一起打造成葱郁的果林；村前屋后的土路被修成了水泥路，大山里的农副特产可以翻山越岭抵达天南海北，创造了一段又一段致富奔小康的佳话。

大道筑梦事必功，内外兼修利于成。为了保障施工环境，昭泸高速领导班子高度重视协同发展管理举措，自项目开工建设以来，便积极与沿线各级政府协调，使沿线各级政府都能够以“主人翁”的姿态，真正把昭泸高速公路当成自己的路来修，为项目建设创造了良好的社会氛围。

指挥部协调各级政府领导，坚持高位推动，由政府领导亲自调度指挥，确保协调工作力度大、成效好；同时，指挥部始终秉持和谐宗旨，紧紧依靠各级地方政府，以诚信协调为基础，以感情协调为润滑剂，以大局和百姓利益为重，调动各参建施工单位坚持文明施工、和谐共建，为昭泸高速公路项目建设顺利推进创造了良好条件，确保项目建设平安顺畅。

伴随着组织目标的逐步达成，建设项目推进越来越快速，所有力量汇聚成一个有使命、有信念、有信仰的团队。这样具有生命力的组织，使得建设过程中遇到的诸多问题和难关都得到了圆满解决。

理顺了外部环境，昭泸指挥部领导班子又把注意力放在了内功修炼上，提出“八扬八治”等提升内修之策：扬实干正气，治空喊习气；扬担当正气，治等靠习气；扬公仆正气，治官僚习气；扬拼搏正气，治躺平习气；扬严谨正气，治散漫习气；扬创优正气，治守成习气；扬斗争正气，治老好人习气；扬廉洁正气，治贪奢习气。

“八扬八治”是立足于建设实际提出的公司基本价值取向和行为准则，体现了加快项目建设的思想要求、态度要求、作风要求和精神要求等行为要求细则，具有很强的针对性。八个方面的弘扬，回答了在日常工作中怎么做的问题，而八个方面的治理主要针对工作生活中的歪风邪气和丑恶习性。

“八扬八治”，很好地界定了员工对美与丑、正与邪、善与恶的甄别，让大家理清了是非曲直，了解到什么应该坚持，什么应该修正和杜绝，惩恶扬善，践行了正气向上向善的公司价值观，有利于焕发员工的道德精神，有利于净化公司风气，促进公司的团结、和谐、有序，有利于把正面、积极的力量团结起来。

“八扬八治”将所有员工的智慧和干劲儿凝聚起来，提高了员工的综合素质，从而为项目建设提供强大动力，为项目推动提供可靠保证。这些倡导和治理理念贯穿于日常，不断鞭策员工，不断提高干部队伍和广大员工的创造力、凝聚力和战斗力，促使干部和员工的作风得到大提升，观念大为转变，焕发组织生机和活力，从而推动昭泸各项工作完善和健康发展。

昭泸班子强调，做带头人要行君子之德风，不做小人之德草，不忘初心、牢记使命，领导机关和领导干部必须做好表率、打头阵。

昭泸班子紧紧围绕项目“建管营一体化”发展开展各项工作，加强与地方政府的沟通对接，加强对参建单位的协调与服务，有效保障项目各个时期的有效推进；抓牢红线底线，强化责任、有机统一、共同实施；时刻紧绷安全质量管理链条，以合同履约为准绳，规范各建设主体经济关系；切实强化工期效益统筹观念，提高施组编制质量；强化施组执行管理和监理管理；防范风险，统一思想，优化设计，严控变更，强化成本监控；做好运营工作，持续推动高质量资产运营；加强党的建设，打造经得起检验的廉洁工程，以一流项目管理水平促进一流企业建设。

昭泸高速将士齐奋发，大道筑梦始终成；弦歌不辍竞风流，策马扬鞭再奋蹄。路建与历史相互辉映，自然与人文相得益彰，在滇北的青山绿水之间，昭泸高速像一条纽带将镇雄、彝良连接在一起，昭泸高速人以智慧和汗水，为滇北地区经济社会发展插上了腾飞的翅膀，作出了新的更大贡献。

- **首创精神 示范引领先行者**

从一滴水、一条溪流，到一条江、一片海洋，在昭通交通的大局中，昭泸高速是相对较早启动的大动脉建设项目。昭泸公司从零起步，从落地开工到横跨乌蒙大地，成千上万的建设者肩扛国企使命大旗，在昭通市交通的战略布局中，发挥着“攻坚克难，技术创新，精益求精，缔造一流品质工程”的首创精神，勇于探索，开拓进取，做昭泸高速的先行者、示范者、引领者。

昭泸高速从工程的每一个节点起步，攻坚克难创造出一个又一个高速公路建设的典型案例；在技术创新方面贡献出一项又一项适合云南复杂地貌特征的解决方案；精益求精、不断优化提升技术，以科学的态度解决现实问题，降本增效，不仅节约了投资成本，还加快了项目建设的速度。这些辉煌战果成为昭通交通建设的先行示范，形成了高速公路建设可借鉴、可推广的宝贵经验。

特别是在高速公路的人才培养方面，起步较早的昭泸高速执鞭先行，从无到有，经历了一个新的高速公路公司吸纳、凝聚人才的全过程，同时也为昭泸高速的后续发展提供了人才资源，积淀了发展力量，提供了管理经验。在昭泸高速实施建设过程中逐渐形成的昭泸经验同样独树一帜，经过五年时间的打磨和检验，形成了一套完整的高速公路项目管理经验做法，这些无疑是昭泸首创精神的精神内核所在。

以指挥长黄阳为首的领导班子，是昭泸高速的先行探路者和示范引领者，全体领导班子自始至终以至诚为道，赢得了众多业界同仁和工程参建单位的信赖、配合与支持。

平日里耐心、诚恳的关切，以及厚积了几十年的交通建设经验心得分享、全面而科学的解决对策，一招一式，时时处处彰显出求真务实的专业精神。

不到远山，怎知风景殊胜，强根铸魂彰显国企政治本色。开工后，在最困难的前期勘察阶段，公司上下团结一致，顶烈日、冒严寒，走在荒草丛生、风沙狂飞的荒野，即使在如此艰苦的条件下，每一个踏勘细节都可能存在有待突破的难点，工作人员的每一步都在积淀技术经验，只有精益求精，昭泸高速的诸多技术难关才会迎刃而解，才会有最优方案。昭泸高速人把诚信、质量、安全贯穿项目建设全过程，保证了每一个工点、每一处细节都有过硬的工程品质保障。

指挥部强调物质和精神的结合与相互作用；强调企业使命、愿景和个人目标的相互作用；强调执行、反思、最终结果和最初出发点的相互作用；昭泸高速以团队之力，寻求突破，形成创新发展的机会。

指挥部大力开展多层次对外技术合作，先后与多家知名高等院校深度携手，与优势研发机构合作，通过大力推动合作和技术引进，整合科技能量，进一步提升技术创新能力，不断探索不断创新，获取了诸多优化技术方案，节约投资数亿元，传承精华、守正创新，赋予了昭泸高速发展的新活力。

在这漫长而艰巨的历程中，多少艰辛的日日夜夜，多少寒暑交替的季节，多少栉风沐雨披星戴月的日子，奔波与辛苦相伴，攀登与磨难为邻，领导班子带领团队踏遍了昭泸沿线的每一寸土地、每一个项目部、每一个工区，足迹遍布工棚、搅拌站、预制梁场、各参建标段、乡村集镇、果园、林地……

在施工一线，指挥部人员经常与各施工单位一起，在施工现场细心指导工人施工，用心检查督察工程进展情况，力求精益求精；从标头到标尾，仔细检查桥梁预制、路基填方及通涵施工进度、工程质量等方方面面的问题，生怕有所疏漏。比如班组标准化现场落实情况，各班组的工作习惯培养等，做到了先试先行，示范引领，形成了可以分享给其他兄弟单位的管理经验。在工程推进的过程中，摸索出一整套高速公路建设经验，并在实践过程中制定出诸多行之有效的规章制度，涉及高速公路建设的诸多环节。

如今，一座座桥梁让天堑变通途，一条条高标准的高速公路蜿蜒盘旋在昭通的高山峡谷之间，通向四面八方，通向千家万户。大道通途连接着历史与未来，承载着梦想与希望，那些激励人们的精神和沉淀的经验，必将成为未来昭通交通事业大发展的永恒财富。

究合天人，创造卓越。未来，昭泸高速将继续以宽广的格局和眼光，打造昭泸交通铁军品牌，坚持首创精神和持之以恒、用心进取的奋斗精神，不断布局交通产业发展，与时间一起积累、沉淀、升华，在追梦的征途上不断奋力前行！

06

·第六章·

心怀山河 时不我待争上游

人生很短日子很长

留下肝胆相照慷慨岁月

吝啬时光有过家的温馨

自从秋风泛起

便有了一份悠悠的思念和牵挂

这也许就是深藏在心底的战地情长

感应着季节或阳光灿烂或雨雪阴霾

计算着日子倾听时光回声

和百日会战的喧哗

隆冬之际在昭泸种下灿烂

期望在春暖花开之际收获斑斓

谁能体味战壕痛饮滋味

多少人生衷肠多少冷月当空

谁又能品得深夜稀粥细腻

会战多少日出日落的日子

机械轰鸣天高云淡

鸟能翱翔蓝天，不仅因为拥有翅膀，还因为它拥有利用翅膀在气流中获取升力的能力；鱼能在水中遨游，不仅因为拥有鱼鳃，还因为它拥有利用鱼鳃在水中获取氧气的能力。而那些天高任鸟飞、海阔凭鱼跃的昭泸高速人，其能征善战的本质又是什么？我们可以到昭泸高速施工会战的一线去寻找答案。

总的来说，昭泸高速项目工程施工开展得较为顺利，项目控制性工程都已全面开工，施工现场管控到位，上报数据与实际相符；安全生产工作全员责任制落实到位，做到了“横向到边、纵向到底”；昭泸高速指挥部阶段性考核存在的问题已整改落实到位。

当工作进入一个相对平稳期，指挥长黄阳及时提出自己的看法，他要求施工单位严格按规范施工，抓质量、抓安全、促进度，确保主要产值任务的顺利完成，并要求各处室严格按照考核要求认真整改落实到位，又好又快地推进工程建设，圆满完成年度目标任务。

❶ 工地会战　一线打拼聚心力

事不凑巧，2019 年的黄金施工期刚开始就遇到了少见的阴雨天，但昭泸高速指挥部依然坚持贯彻既定方针，风雨无阻地召集施工一线各方将士一起开会。

11 月 7 日，雨就像断了线的珠子一样不断地往下落，雨水从房檐流下，在街道汇集成一条条小溪。昭泸高速指挥部正是在这天组织召开了“万人千机、百日攻坚”动员大会，来自各个标段的参建单位共计 80 余人参加了此次会议。

会上，土建单位、监理单位分别就“万人千机、百日攻坚”施工计划、保障措施（安全、质量、进度）及监理工作作了相关汇报，指挥部领导班子对工程安全、质量、进度、投资、水环保及信息化等方面的管理和控制作出了具体要求。

窗外，雨水不断。室内，来自昭泸最前沿各标段项目部的工作人员在汇报工作的同时，也在心里暗暗较劲儿，谁也不愿在这次会战中败下阵来。

俗话说得好，两强相遇，勇者胜；两勇相遇，智者胜；两智相遇，先者胜。知人者智，自知者强，也就是说，胜者要有敢于担当、敢于作为的勇气，还要有不抱怨，直面挑战认清自己的优劣势，积极创造条件的格局和智慧。“万人千机、百日攻坚”大会战一开始，昭泸高速各个项目部便各显身手，积极应对。

- **云南建投的正名之战**

在昭泸指挥部的统筹监管之下，2019 年各施工单位顺应指挥部系统安排部署，拉开了年度施工建设各种比拼的大幕。作为云南唯一一家本地企业，云南省建设投资控股集团有限公司（以下简称“云南建投”）的压力可想而知。因为缺乏高速公路施工建设经验，云南建投在高速公路前期建设的施工建设评比中几次落伍。

有人甚至断言：“在高速公路的建设上，无论比什么，云南建投可能都拿不出手。小个子怎能与大个头比高低，云南建投不行，肯定比不过的。”

只有迎难而上才能交出一份满意的答卷，只有拿出成绩才能赢得各方信任。

王阳明所言：“天下无心外之物，万事万物都是人内心的投射。”活在这世间，一定会有人在你生命的废墟上呼啸而过，甚至毫不客气地踩低你，瞧不起你。正如：一块石头，若把它背在背上，它就成为一种负担；若把它垫在脚下，它就成为你进步的阶梯。

云南建投总承包昭泸项目部不认命。他山之石，可以攻玉。他们没有把同台竞技的央企当成竞争对手，而是虚心向他们学习取经，经常组织云南建投人员去对应的央企参观学习；同时，进一步明确细化自己的战略目标，确定自身经营重点和主要方向，这些都为项目部实现转型发展和高质量发展提供了坚实保障。

随着高速公路业务的不断拓展，云南建投昭泸项目部一线管理人员呈现缺口，管理形势依然严峻，他们一方面加大人才招聘力度，一方面积极做好当下每项施工建设工作。

“别家能做成什么样，我们也一定能做成什么样，不管在什么环节我们都要取胜。”项目部经理蒋金城说。凭着一股不服输的精神，云南建投工程施工现场不断掀起施工高潮，在安全方面各种大大小小的专题检查就多达十余次，包括汛期安全管控、危化品安全管理、瓦斯安全管理、“五反一加强”专项活动、大机设备专项整治等各种类型的工作。面对高频度的工作，全标段也以高压态势强势执行，做到专项活动开展措施细节化，监督责任人明确化。

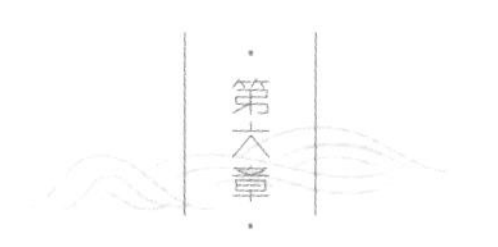

即使是春节、清明、“五一”、中秋、国庆等节假日前后，云南建投昭泸项目部的安全管理工作也丝毫不松懈，各项安全要求贯穿节假日始终，做到节前现场隐患排查，节间值班领导带班管理，节后复工隐患排查和作业人员安全教育培训，确保工地“平安过节”。

“人人都盼着开开心心过节，但安全管理必须严阵以待。”现场安全管理员罗云军表示。

正是在这样严格的安全管控下，云南建投项目部成功包揽了三次业主平安工地考核第一名。

为了不让工人继续窝工，项目经理部灵活安排工序，利用备用发电机开展局部施工，把工人安排到隧道下导开挖、仰拱支护和电缆沟、排水沟的工序中，既规避了安全布局超标的问题，又让总体进度不受延误。

在管理上，云南建投昭泸项目部发现日常施工过程中的一些问题，如：混凝土、钢筋材料供应不到位，会导致安全步距超标、开挖工作面支护不及时；桥面系施工湿接缝和防撞护栏施工滞后，造成临边防护和高处作业大面积防护不到位，给施工作业人员和交叉区域内的社会车辆、人员造成较大安全隐患……

针对这些问题，云南建投昭泸项目部强化管理，在细节方面投入人力、物力，适时实地进行考核和监督，终于有效解决了这些频繁出现的问题。

云南建投承建的昭泸高速项目标段位于镇雄县周边，标段横跨其他高速公路、省道、县道、乡道和施工便道共二十余处，这些都是项目安全保通的重点难点工程。尤其是赤水源特大桥，跨镇雄进城主干道，是安全保通工作的重中之重。

10月份，天气逐渐变冷，在与监理、业主、县路政和交通主管部门多次协调后，云南建投昭泸项目部依然决定在现场采用钢柱支撑加双层钢板的防护装置。这套装置的采用，既能有效防止高空坠物，也能让过往车辆和行人走得放心、过得踏实。

“当桥梁施工作业至墩柱及以上高处时，需要提前做好安全保通防护设施。”昭泸高速项目部安全负责人毛卫振，时刻绷紧安全生产这根弦。

“不到几天时间，防护棚就搭出来了，我们路过这里更安心了。”家住赤水源特大桥附近的杜大爷每次赶集都得经过施工区域下方，防护通道消除了老人一直以来的担忧。

黄阳指挥长曾在昭通市政协调研昭泸高速公路项目时表示：“云南建投集团在施工过程中做得很好，高度重视安全文明施工，极大地保障了施工场地周边的环境卫生和行人安全。”

赤水源特大桥的安全保通防护棚只是昭泸高速公路项目平安工地建设中的一个缩影，它既要靠硬核的策划，也要靠高效的落实。“安全管理和进度、技术、质量、环水保等管理工作的关系环环相扣，牵一发而动全身，无论怎么管、怎么抓都不过分。”项目经理蒋金城总结道。

低温、碎雪、凌冰、浓雾、飞雨……，镇雄乌峰山的冬季长达半年之久。立冬一月有余，云南建投项目乌峰隧道出口工作的五队，在寒冷的天气里却保持着高涨的热情，在施工现场不断地推动着工程进展。

测量放样、征地、拆屋迁坟、驻地、临建、清表、进洞……截至 12 月 5 日，隧道右幅进洞 34 米，左幅进洞 16 米，严格按照循环开挖安全步距要求，已暂停掌子面开挖，开始进行明洞部分和仰拱施工工序。

文件柜旁，安全管理员小张翻看着新整理好的《安全管理体系》回忆说：“高速公路项目安全管理和房建项目很不一样，修订这本《安全管理体系》不仅对我们标段是个大命题，对整个总承包一部来说，也是一个从无到有的大命题。”

第一份完善的管理体系成形于 2019 年初，在总结 2018 年工作开展情况的基础上，迅速出击，重新修编项目的安全管理体系和制度文件，不断完善制度管理，结合工程实际进展和管理中不完善的地方，重新修编了安全管理体系文件，进一步完善了管理制度建设工作。在不到半个月的时间里，多达 47 章的安全管理体系文件就整理成形。

如今，有了这份“本土化”的《安全管理体系》，由云南建投总承包一部总包管理的昆明市经开区安石公路、镇果一级路等项目的开工建设，就有了更加具体的参考标准。云南建投昭泸项目团队不断完善体系内容，对更多项目的安全管控起到了指导作用。

人在这个世界上什么都可以失去，唯独不可以失去希望和信心。在此期间，云南建投昭泸项目部严格按照业主单位的安排，履职尽责、积极作为、攻坚克难，最终凭借顽强拼搏的精神，秉持一心一意服务业主的理念，优质高效地交出了成绩单。验收时，业主代表对云南建投昭泸项目部赞不绝口：“我们对项目部抢工大干的精神和精益求精的优质服务早有耳闻，如今你们再一次用实实在在的业绩证明了自己，真是名副其实的高原铁军。为你们点赞！”

云南建投昭泸项目部一直满怀信心，树立为公司创誉创效的坚定信念。团队的几任领头人都冲锋在前、勇于担当，本着服务好业主、干好工程的宗旨，积极沟通协调，精心组织施工，确保工程的顺利开展。

经过3年多的建设和努力，云南建投昭泸项目部共获得昭泸高速建设11个全线第一：第一个进洞施工、生产了第一片T梁、第一个在疫情期间安全开工、第一个贯通长隧道、第一个贯通特长隧道、第一个全线贯通，以及4次平安工地考核第一、1次劳动竞赛第一。同时，他们还获得了2019年度安全生产优胜单位、2019年度先进单位、昭通市2020年度重点工程劳动竞赛先进集体等奖项。云南建投项目部一改过去的落后局面成为学习的榜样，多次迎接外单位的观摩学习。

- **你追我赶保进度**

2019年1月23日，中铁十七局昭泸项目部先声夺人，由其承建的昭泸高速首条长隧道半坡隧道右洞顺利贯通，为项目部的春节增添了浓厚的喜悦气氛。

半坡隧道位于镇雄县坪上镇，单线全长1004米，全隧位于"S"形曲线上，隧址范围内属于构造剥蚀低中山地貌，地表冲沟发育，山坡基岩多裸露，地下水局部发育，围岩地质复杂，日最大涌水量达900立方米，属微瓦斯隧道，且隧道洞口段偏压，隧道围岩破碎，出口管棚施工困难。

中铁十七局昭泸项目部认真研究、精心组织，采用光面爆破技术和湿喷机械手等措施有效控制混凝土超耗，通过多次变更，解决了围岩破碎等严重不良地质问题。项目全体参建人员奋战了300多个日夜，在施工过程中高标准、严要求，严把安全质量关，坚守质量与安全红线不放松，最终实现半坡隧道安全、零误差贯通，为昭泸高速早日建成通车奠定了坚实基础。

在中铁十七局率先开局大捷之际，云南建投不甘示弱，迅速调集重兵，昭泸高速公路3标段复工人数已达1873人，并很快实现其所有施工点在指挥部规定日期之前全部复工，全面掀起了抢抓2020年"10·30"通车节点的施工高潮。

时值年中，正值施工的黄金季节，昭泸高速各标段施工现场机械轰鸣，施工车辆穿梭于群山之间，各参建单位抢工期、抓进度、控安全，高速公路建设热火朝天。

位于镇雄县牛场镇的中场河特大桥全长975米，是昭泸高速的控制性工程之一。当时，该

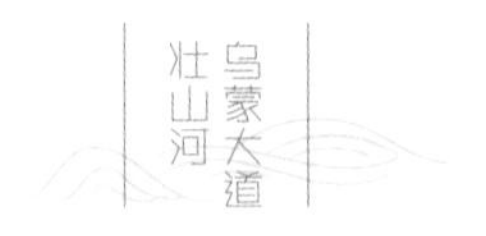

大桥下部墩柱结构已经全部完工，转入上部施工阶段。大桥施工现场，来自中铁十七局的建设者们正按照计划抓紧对桥梁主墩进行零号块的施工，零号块作为桥梁上部结构的“轴心”，将为下一步挂篮施工打下基础。

项目第一管理组经理张相伟分析道：“我们安排的工期时间比较紧，零号块施工总共有22个阶段，每个阶段我们会在10天内拿下。”

由云南建投集团承建的洗白村大桥，全长376.08米，也是全线控制性工程之一。为抢抓有利气候，确保桥梁年底架设完成，该施工段在人力和设备上加大了投入。

该工点二分部杨总阵前喊话：“我们洗白村大桥已经进入墩柱施工阶段，最大的墩高设计是70米，现在进入最后一模的施工阶段，投入了4台塔吊、50余名工人，全面推进墩柱施工，不到年底就能把T梁架设完成。”

这两个工地作为典型，你追我赶，力争上游，其他施工单位，如中铁十八局、中铁大桥局自然不甘落后，纷纷拿出实招应对，或加大人力设备投入，或几个班组轮番昼夜奋战。这片“鸡鸣三省”之地的各个工地人欢马叫，一派大干景象。

2019年，中铁大桥局在昭泸项目部的指导下，紧紧抓住效益核心，围着项目转、盯着指标干，经过全体职工的不懈努力，路基施工、桥梁施工，以及花山隧道、清河特长隧道、新场隧道的年内施工任务全面完成。中铁大桥局于3月获得昭泸高速公路建设指挥部颁发的“先进单位”称号，于10月因花山隧道施工质量控制良好而获得昭泸高速公路建设指挥部通报表彰。

面对征拆难度大、隧道涌水、围岩破碎、高边坡施工、冬季路面结冰（运输条件差）等客观因素和困难，项目部积极梳理原因，认真总结经验，制定相关专项施工方案，采取保通备料、光面爆破、超前地质预报等一系列行之有效的措施，在短时间内迅速地扭转了不利局面，保证了施工生产的正常进行。

为了保障施工进度，中铁大桥局昭泸项目部不断实地勘察，经过多次与业主及设计院沟通，积极优化方案，先后进行了刺竹坪中桥、韭菜坪大桥的桥梁施工优化工程和路基施工，并对清河隧道竖井位置、渣场位置进行了优化，成功降低了施工难度和安全风险，确保工期可控，节约成本近百万元。

昭泸项目部首榀预制T梁于2019年12月26日成功浇筑完成，标志着项目部1号预制梁场开始全面进行预制梁生产工作，为下一步桥梁施工打下了坚实的基础，为顺利完成工期目标提供了有力的保障。

2019 年时间过半，昭泸高速项目指挥部充分发挥建设主体管理职能，与各参加单位协调配合，力促各项工程进入快速建设阶段。截至 2019 年 6 月底，昭泸高速项目征地拆迁、“三线”迁改及临电建设工作已全面完成；已开工的 35 座桥梁中，老院子 1 号桥、贾家坝子 2 号桥、毡帽营大桥已架梁完成，已开工的 22 座隧道中半坡隧道全幅、石门坎 2 号隧道全幅、刘家坪隧道、毡帽营隧道右幅已贯通；路基挖方累计完成 1530 万立方米，占设计数量的 96%；全线累计完成投资 70.31 亿元，占总投资的 55%。

风，毫无预兆地席卷整片旷野，撩动人的思绪。2019 年，注定是承上启下、继往开来的一年，因为在 2020 年和 2021 年要分别实现两个开通目标。新的任务，新的征程，总会给予人们许多向往。

- **中铁十八局率先动员**

为确保昭泸高速公路施工目标顺利完成，加快项目建设步伐，实现创誉创效双丰收，2019 年 11 月 12 日，项目部组织全体职工在项目部会议室举行“百日攻坚”施工劳动竞赛动员大会。

会议由常务副经理李延浩主持。会上，项目总工王石光宣读了项目部《关于开展“百日攻坚”主题劳动竞赛活动的实施方案》，下达了施工计划任务目标，对竞赛要求、保障措施、奖惩办法等做了详细说明，要求全员必须迅速行动起来。为了落实下达的施工生产计划，项目安全总监李宗璜对冬季施工安全提出了具体措施要求，确保现场安全质量可控受控。

项目部党支部书记徐世军在会上作动员讲话，他首先要求统一思想，提高认识，坚定信心，迅速掀起施工竞赛热潮，全体党员和共青团员要发挥模范带头作用；其次要求不能忙中出乱，确保质量安全，严守安全质量底线红线；最后要求发挥宣传职能作用，营造“百日攻坚”竞赛氛围，要在活动中“评先推优”，发掘人才，并号召全体员工团结拼搏、奋勇争先，为“百日攻坚”任务目标的顺利完成做出应有的贡献。

中铁十八局昭泸高速项目公司项目经理张祥炳作动员部署，他强调了开展本次劳动竞赛活动的重要意义，并提出以下要求：首先要强化组织措施，项目部管理人员实行现场值班制，加

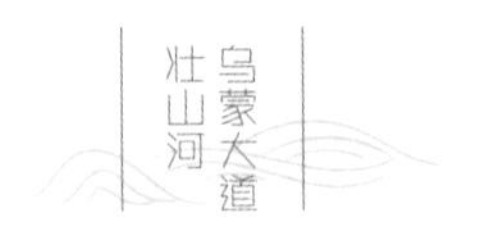

强工程过程中的协调，同时用严肃的劳动纪律来保证施工的高效率；其次要加强施工现场管理，严把安全质量关，加大各方协调力度，项目部各级管理人员各负其责，确保政令畅通；最后要做好技术、物资等各项保障工作，完善所有技术方案，对所有施工图纸进行详细审核，用最顺畅的物资保障来确保施工计划的顺利实施。

从项目高层的快速反应和组织要求上，足见中铁十八局的势头和决心，虽然起步晚，但冲劲十足，快马加鞭，奋力追赶。

“祝你生日快乐……”，伴随着欢快的歌声，两个闪着烛光的生日蛋糕呈现在大家面前，7位寿星悉数出场。这是中铁十八局昭泸项目部在2018年11月18日晚为11月份出生的员工过的集体生日，其中3位为2018年的毕业生。

生日会上，项目经理张祥炳说：“咱们公司进场较晚，但工作不能落后，大家能在工地相遇也是缘分。”

党支部书记徐世军表示：“感谢大家进场以来的努力工作和辛勤付出，你们中有不少是今年的毕业生，选择在云南昭通这片交通迅猛发展的热土开启事业也是一种幸运。”

一位寿星动情地说：“十分感谢领导和公司的悉心关照，让我们在热火朝天的大会战之后，能够享受别样的生日。我们年轻人一定会好好表现，不负公司期望，在昭泸工地扎根，用汗水为工程建设贡献力量。”

夜深了，银色的月亮点缀着深蓝的夜空，夜幕笼罩四野，工地周边蜿蜒着的静静群山，夜里山间的一草一木，都有着梦幻的色彩。在这深沉的夜里，万籁俱寂，只有这间工房，灯火通明，欢声笑语。此时此刻，奋战一天、忙碌一天的人们正在为寿星们送上最诚挚的祝福。寿星们围着生日蛋糕许下愿望，畅谈自己的人生经历与感悟，大家一起吹蜡烛、切蛋糕、玩游戏、拍照留念，每个人脸上都洋溢着灿烂温馨的笑容。

中铁十八局项目部进场以来，秉承人性化管理理念，为员工举办集体生日会，从细节出发提高员工幸福指数，提高队伍的凝聚力、向心力和战斗力。特别是那些今年新入职的年轻员工，他们刚刚踏入社会，远离家人和朋友，在生日收到这样的祝福感到特别温暖。

在这人人争先的“百日攻坚”劳动竞赛阶段，这样的活动无疑会为建设施工注入动力，极大地调动员工的工作积极性和热情，为完成年度生产目标凝聚了人心与力量。

- **众志成城 指挥部全力促保障**

中铁十七局二公司昭泸项目部和中铁大桥局昭泸项目部先后启动“万人千机、百日攻坚”竞赛活动，在施工前线上足机械和人马，整个昭泸高速施工一线呈现你追我赶、大干快上的劳动竞赛场景。

以黄阳为首的昭泸高速项目指挥部班子上下思路高度一致，工作紧锣密鼓，毫不松懈，他们心系一线，管理监督到位，贴心服务及时。

从昭通高速驰援而来的总工程师兼副指挥长邓海明被委以重任，兼任昭泸高速公司总经理。大会战之际，邓海明发挥技术专长，开设讲堂，为指挥部全体党员、各部门业务骨干及兄弟单位技术人员答疑解惑，他以桥梁工程质量控制要点为主题，讲解了桥梁的基础知识，随后从施工前的准备工作、首件认可制、原材料模板准入制、现场质量控制等方面详细讲解桥梁工程质量控制要点。培训主题鲜明、案例丰富、内容深入浅出，大家表示学有所得、获益匪浅。

昭泸指挥部领导班子不断创新举措，积极构建人才培训教育的常态化、长效化机制，逐步形成规范有效的干部职工学习培训考核评价机制，确保教育培训取得实效，为公司储备优秀人才。

一大批党员干部、优秀业务骨干走向施工第一线，深入各标段施工最前沿，发挥党员模范作用和党组织战斗堡垒作用，敢打冲锋，敢下硬茬，及时搞好服务。

一线施工单位以党建为抓手，借势“三重一大”执行情况、“三会一课”制度执行及廉洁教育等党建工作，不断强化“万人千机、百日攻坚”工作力度，在风险内控、成本管控、设备物资配置、人才培养管理、施组优化、进度控制、安全质量管控等方面，全力推动项目部各业务部门工作。

各标段施工单位、电力及通信保障单位从自身业务出发，提高政治站位，充分认识到干好昭泸项目的重要意义，科学合理规划好项目，完成项目各项指标；严管善待，组织施工队伍相互学习，强化管理，确保安全质量有序可循、超前谋划，确保实现预期经济效益，落实责任，全面提升岗位工作水平；力争通过“万人千机，百日攻坚”活动，落实好工作要求，按照标准化、精细化管理理念，切实掀起大干高潮，确保安全、优质、高效地完成昭泸施工生产任务。

这天早晨，赤水河依然静静地流过，朝霞在山间弥散，早起的工人披着霞光开始了一天的工作，工地车辆川流不息、机械轰鸣，过去荒无人烟的地方喧闹了起来，一派繁忙。

一大早，邓海明急匆匆找到黄阳，“黄指挥，我刚刚在饭厅找你，他们说你出去了。”邓海明追得急促，边说边喘着粗气。

“对，准备去电力局协调变电站的事情。”黄阳应道。

“是啊，这事很着急，几个工地搅拌站正等电开工，但咱们又不认识人，一时三刻，就是求人也难吧。”邓海明说。

“没有啥，为公家事求人不丢人，何况县长亲自点将，要电力局领导配合支持呢！”

“很感谢郑维江县长多次调研踏勘昭泸高速，支持项目建设。”

这一天，黄阳和邓海明都十分高兴，昭泸高速百日攻坚时期，施工用电工程包含的4座变电站增容改造及1座电站的新建工程都得到了镇雄县电力领导的鼎力支持。

在余下的几个月里，建设任务一一上马，但正值镇雄县雨夹雪的低温天气，他们只能覆冰作业，施工难度极大。

为保证临电施工工作顺利开展，指挥长黄阳及时同镇雄县委、县政府和县“三办”协调，多次组织召开专题推进会，并安排成立临电协调小组，明确责任人，对建设工程用电设施配套工作进行一日一报，第一时间处理问题。王胜、唐茂超每天及时到现场解决临电施工中遭遇的阻工、征地等问题，使施工用电问题得以顺利解决，为昭泸高速公路建设所需用电提供了有效保障，特别是对土建2标段和3标段急需用电点申请的20座配电变压器台给予批准，通过农网线路进行供电。

对于昭泸高速公路建设者来说，最心酸的就是没有节假日，不能常回家看看。对此，黄阳用“一打狗，二拜年”来形容回家心境。他说他和“昭泸战役”的所有人一样都是一两个月才能回一次家，一次最多待两三天，大多是选择到省城或者昭通开会的时间，顺便回家看看家人。之前有一件事就让指挥长黄阳愧疚不已，他的两名得力助手——唐侃、王敏家住曲靖市，而他俩到昆明开完评审会后顺道回家探亲，刚回到家，就因工作要事急匆匆返回了指挥部。

冬日的斜阳西下，昭泸高速沿线万籁俱寂，白天喧闹的机械暂时安静了下来，叫不上名字的鸟鸣声分外清脆，潺潺的流水发出欢快的响声。不知不觉中，一个转身，夏天已然成了故事；一次回眸，秋天婉转成了风景；一次追忆，冬季的大干场景很快就过去了。奇妙的大自然啊，四季轮回，生生不息，来日方长，明年还有更多的期待，愿一切美好都不期而遇！

❷ 复工复产　开足马力抢抓窗口期

自从 2020 年 2 月 2 日镇雄发布封控举措以来，镇雄地界的所有建设项目都一律按下了暂停键，而昭泸高速指挥部严格落实“一手抓疫情防控，一手抓复工复产”的要求，科学防疫、精准施策，积极配合当地政府防疫抗疫工作，并主动承担企业社会责任，同时全面推进昭泸项目复工复产。

• 提前布局 昭泸工地率先复工复产

从来没有从天而降的英雄，只有挺身而出的凡人。面对疫情，无数的逆行者迎难而上，冲锋一线。指挥部一方面要求各参建单位严格落实疫情防控要求，加快筹措防控物资，做好办公区、生活区、施工点等区域的防疫消杀工作，对拟复工人员去向、身体健康情况进行摸底排查，组织人员分批返岗；另一方面，积极协调沿线地方政府，加强沟通协调，制定切实可行的防控及复工方案，并逐级检查验收。

在静默封控之下，昭泸高速指挥部按照要求主动出击，率先组织人员复工复产。事情千头万绪，为了确保返岗之路畅通，指挥部相关部门奔走在交通局、防疫站、政府、高速收费站、隔离酒店之间，将返岗的人员从高速公路口、火车站一批批接回隔离酒店，安排好人员到位时间、住宿问题，事情因为努力逐渐有了新的进展，工作人员也陆续返岗。

在复工复产战疫的道路上，昭泸指挥部倾注了大量心血，每一次的成功都来之不易。在昭泸高速经常会听到一句话，“一名党员树起一面旗帜”。昭泸高速指挥部班子、参建的各个施工单位就是对这句话最好的诠释。

在复工复产的道路上，鲜红的党旗迎风飘扬，党员团员发挥模范带头作用，坚守岗位，用实际行动带动身边的同事。昭泸指挥部率先到岗 51 人，昭泸项目各参建单位共到岗 1228 人，镇

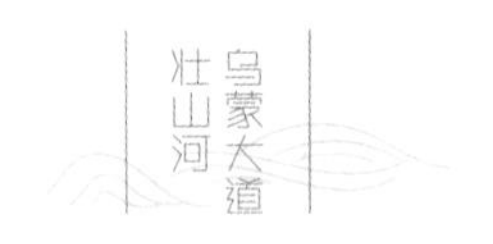

赫项目各参建单位到岗178人，防疫物资、工程材料准备充足，安全生产各项措施落实到位，已具备复工条件。特别是办公室和党群工作部的工作人员，在领导的带领下组织大家为同事送上暖心服务，监督工作人员穿脱防护服，制作健康检测表，每天按时为工作人员测体温，安排工作人员做好核酸检测工作，为大家仔细消杀，生怕有一点闪失。他们严格的后勤保障行动温暖着整个昭泸抗疫战线。

2020年2月24日，通过上级相关部门的现场检查，昭泸、镇赫高速项目复工申请均已获得批准，各工点当即有序复工复产。

在昭泸高速率先复工复产，掀起施工大干快上高潮的是云南建投总承包一部昭泸项目部。新冠疫情暴发，防疫控疫形势严峻，但昭泸高速公路通车目标就在眼前，复工复产工作刻不容缓。

该项目经理部对剩余施工点加紧梳理、精心安排，追回损失的工期，力争将疫情影响缩减到最小。口罩、消毒液等防疫物资均在复工前足量配齐，各项安全生产措施迅速落实到位。在精细化管理模式的推动下，昭泸高速公路项目于2020年2月23日取得复工许可，成为昭通市内11条在建高速公路中第一条获得复工许可的项目，为如期通车争取了宝贵时间。

三天之前，云南建投集团就召开了集团复工复产动员会。紧接着，总承包一部党委书记、总经理李志军第一时间主持召开复产复工视频动员会，部署科学防控疫情和有序复产复工。

“总承包一部今年的目标和任务指标不变！”

“要处理好疫情防控和复产复工的辩证关系！”

“推动企业发展的需要，我们要尽快复工，因疫情延误的半个多月工期，完全可以通过后期的精心组织追赶上来！”

“坚定信心，科学防疫，不折不扣落实集团职代会精神！”

复产复工动员会上掷地有声的承诺，点燃了每一名干部职工实现任务目标的拼搏热情。云南建投昭泸建设者成为镇雄地区率先复产复工的工地。之后，昭泸高速其他工点也先后复工，一时间，数十公里昭泸工地火热的施工战线成为镇雄人走出疫情困局的一道闪亮的光，照亮了人们重启生活的信心。

当空旷的项目工地重新被轰鸣的机械“叫醒”，当寂静的工地再次变得人来人往，恐慌的情绪被复产复工扳回到正常的工作生活节奏，一如往常繁忙的工作场景，成为昭泸高速最赏心悦目的风景。

- **上下同心 昼夜奋战抢工期推进度**

3月初的一天，那些南来北往呼啸的车辆来回穿梭，昭泸高速工地的工人们在寒风刺骨中挥洒汗水。彻夜轰鸣的机械声，漫天翻滚的尘土，还有那陪伴着加班熬夜的灯光，闪烁在各工点刚露出的路面上，连接沟壑的桥梁里，填补断点的涵洞通道上，这时的工地24小时都有昭泸筑路人留下的劳动身影。

昭泸高速指挥部果断决策部署、坚定决心信心、迅速响应落实，凝聚起昭泸各建设单位抗击疫情和复产复工的强大合力。昭泸高速指挥部靠前指挥、提前谋划，以非常之举，应对非常之事，全力推动生产经营正常化。

昭泸高速作为昭通市全省“能通全通”和全市“县县通高速”战略的重要组成路段，疫情之下自然得到市县各级政府的高度重视。

3月12日，昭通市交通运输局时任党组书记、局长刘和开到昭泸项目调研疫情防控和复工复产情况，指挥长黄阳及其他班子成员全程陪同。刘和开一行深入新场互通预制场、清河隧道进口、中场河特大桥、坪上隧道左洞及发仗沟大桥等工点实地查看，听取现场汇报。

3月20日，昭通市副市长王东锋率高速公路建设工作督导组调研督导昭泸高速建设及复工情况。调研中，王东锋一行先后到昭泸高速公路建设项目经理部、坪上隧道进口、赤水源等建设施工现场走访，认真听取昭泸高速建设相关情况汇报，市政府副秘书长陈群，县委副书记、县长张洪坤，副县长成旭，县政协副主席鲁绍延等出席会议。

会议强调，要坚定信心不动摇，紧紧围绕当年建成的目标任务，全面梳理剩余工程量，制订周密计划，把握好具体的时间节点，倒排工期目标，圆满完成各项目标任务，确保昭泸高速如期建成通车。

各级政府官员先后进行实地调研督导，表明昭泸高速建设对经济社会发展的重要意义，领导强调，要上下一心，强力保障昭泸高速公路建设稳步有序推进。

昭通高投时任董事长陈富华明确2020年务必建成通车的目标任务，要求指挥部务必坚持

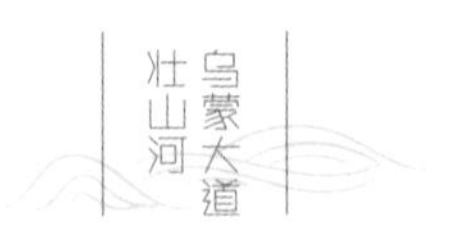

2020 年通车目标任务不动摇，同时保持高标准的安全、质量目标，充分发挥业主主导作用。

昭泸高速指挥部及时传达上级公司领导指示，发挥业主主导作用，狠抓 3 个月黄金施工期，开启 24 小时抢工期赶进度，全力推进项目建设。指挥部积极督促管理建设单位实施 24 小时昼夜施工，并督促施工单位加大人员、机械、材料投入，做到有工作面就要有设备有人员。指挥部由总监办牵头发文，对土建 3 标王家湾隧道贯通予以全线通报表扬奖励。

在进度急速推进、抢工期的过程中，昭泸高速指挥部，及时组织月度形象进度会、月度生产会、半年总结分析会，同期进行日常巡查和进度、质量、安全等监管，严格落实企业安全生产主体责任，及时通报检查监督的情况，分析问题并提出解决措施，对下一步工作做出具体要求。各单位严格按照指挥部要求，充分利用施工黄金期，在确保安全、质量的前提下全力推进项目建设进度，营造出“比学赶超”的浓厚氛围，工程计量数字急速拉升，工程完成量陡增。

更令人欣慰的是，后期征地拆迁的老大难问题——彝良县海子镇房屋拆迁问题也因势利导，获得令人满意的解决方案。

说起彝良县海子镇，昭泸高速路经其境内路线全长 5.48 公里，计划征地 1066 亩，搬迁坟墓 84 冢，拆迁房屋 47 户。在沿线征地拆迁工作之初，其他地域已基本按照计划顺利完成拆迁工作，但海子镇有 4 栋房屋未能顺利拆迁，致使控制性工程新场互通工程建设一直未能正常推进，影响了整体工程进度。

为此，指挥部直接向市领导进行了汇报，市领导在做调研时针对此问题对彝良县政府提出要求。彝良县政府及时召集县自然资源局、交通运输局、高协办等有关部门对该问题进行研究，并制定相应方案。

彝良县相关部门、海子镇政府、村三委通过反复调查取证，做了大量深入细致的群众工作，了解居民诉求，取得了居民的理解和支持。4 月 1 日，彝良县副县长张莹牵头，组织县“三办”及县相关部门亲临现场组织拆迁，4 栋房屋最终得以拆迁完毕，受阻搁置的控制性工程新场互通工程建设随即上马。

- **你追我赶 积极抢工齐抓共管促生产**

昭泸州高速公路已全面复工，一时间全线 7000 多名筑路工人围绕年底通车目标掀起大干

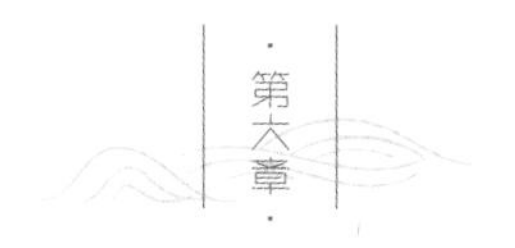

快上的建设热潮，全力抢回被疫情耽误的工期。

自2020年2月20日正式复工以来，中铁十七局集团昭泸高速公路项目施工产值突破1亿元，3月份日均产值达324.12万元！云南建投1900多人来到工地，设备由原来的流水施工改成一次性投入、一次性使用施工，班组是“两班制”24小时施工。

中铁十七局集团昭泸项目部始终把产值作为衡量复工成效的唯一标准，梳理2020年剩余工期，详细部署竞赛施工生产节点目标，召开“大干90天”暨通车目标动员会，项目部多措并举全力开展“抢人大战”，积极对接地方政府和业主，用专车分赴云南3地，接回287名返岗劳务人员，为复产复工保驾护航。

各施工标段项目部严格做好疫情防控，为全员生命负责，复工防疫两手抓，科学组织疫情防控工作，严格落实领导值班带班制度，与政府建立齐抓共管互动联防机制，做好突发事件应急处置预案，把好“四大关口”，切断传播途径，利用钉钉、QQ、微信等方式，加强疫情防控知识宣传，统一购买口罩、酒精、消毒液等物资；对施工现场、生活区、办公区等进行全方位消毒杀菌处理，排查进场人员轨迹，详细登记，全员进行核酸检测，施工现场进行封闭式管理，防疫物资发放到位，错峰就餐。

中铁十八局项目部因势利导，全力冲刺，掀起大干热潮，充分利用施工黄金期，在确保安全和质量的前提下，2000余名建设者开启“白＋黑”、24小时昼夜轮流施工模式，全力向通车目标冲刺；南天门隧道Ⅳ级围岩，实现单日最高掘进5.1米，土方开挖单日最高达2.5万立方米，3号梁场T梁预制实现单日最高4片。

中铁十八局项目部制定奖罚措施，激发全员积极性，在现场各施工班组各司其职。复工以来，完成桩基18根，墩柱120延米，零号块两个，悬灌段10段，T梁预制91片，架设66片，隧道进尺410延米。大家排除万难、顽强拼搏、咬定目标不动摇，与时间赛跑，把失去的损失夺回来！

2020年3月29日9时，中铁大桥局承建的昭泸高速项目首座超2000米长的隧道——花山隧道左幅顺利贯通。花山隧道位于花山乡刺竹坪，隧道按左、右线分离式设计，隧道左幅2585米、右幅2590米，隧道最大埋深约为281米。该隧道地处山区，地势陡峻，起伏较大，隧道岩层破碎，围岩易崩塌，特别是进口段覆盖层较薄，易坍塌、冒顶。

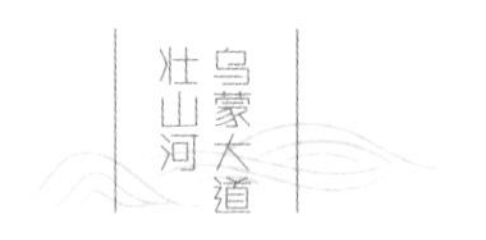

为了能够在保证安全与质量的前提下如期贯通，中铁大桥局昭泸项目部高度重视，制定了以“三无”（工期无告急、安全无事故、质量无缺陷）为目标的专项施工方案，并严格按照“先支护、后开挖、短进尺、弱爆破、快封闭、勤量测”的原则进行开挖施工。花山隧道左幅的顺利贯通，为后续施工生产工作奠定了坚实的基础。

4 月 5 日，昭泸高速上寨隧道右幅顺利贯通，比计划提前了将近 1 个月。

上寨隧道位于镇雄县场坝镇安家坝村，由云南建投集团承建。隧道左幅长 2362 米，右幅长 2443 米，最大埋深 271 米。该隧道是较早进洞施工的，因隧道地质复杂多变，围岩破碎，溶洞发育，在施工过程中已遇到大小溶洞近 200 个，给工程正常推进造成极大的影响。在施工过程中，土建 3 标项目部根据指挥部要求，科学组织，严格管理，攻坚克难，用了 3 年多的时间，通过多种技术手段确保了隧道的提前贯通。

几项重点控制性工程以前所未有的推进速度频传捷报。

2020 年的五一小长假，人们纷纷利用难得的解封期享受假日的自由和快乐，而昭泸高速建设工地正 24 小时昼夜施工，小长假也还在工地热火朝天地大干。

也就是在这个小长假期间，5 月 1 日传来花山隧道右幅如期贯通的消息，自此花山隧道双洞全部贯通；5 月 3 日又传来大地村隧道右幅顺利贯通的消息，大地村隧道双洞也全部贯通。

说来有喜亦有悲。5 月 4 日，同期建设的镇赫高速工段组织召开路基边坡施工质量现场会，会议现场通报了该标段在路基边坡防护施工方面存在的问题，并要求项目部对外观质量较差的路基边坡防护工程立即进行返工处理。

这次返工整改，指挥部组织全体人员前往昭泸高速土建 2 标牛场互通对路基边坡防护进行观摩，并就边坡防护施工工艺及控制要点进行技术交流。

昭泸指挥部对工程建设质量一直都是高标准、严要求，对不合格的工程坚持零容忍的态度。昭泸指挥部指出，各单位必须以此为契机对全线工程进行专项检查，定人、定时、定方案，严格落实整改；各监理单位要严格监理程序，依法依规履行好监理职责；各施工单位要认真总结经验，深刻汲取教训，严禁盲目追赶工期放松工程质量，要严格质量安全管理，确保项目保质保量如期建成通车。

从 6 月份开始，昭泸高速指挥部组织对昭泸高速公路土建 2 标、土建 3 标部分路基顺利完成转序验收。转序验收工作在昭通市交通建设工程质量安全监督局的全程监督下，由安徽省高速公路试验检测科研中心有限公司进行，指挥部、中心试验室、监理及施工单位相关人员协同配合。

检测单位分别对路基分层填筑厚度、压实度、弯沉、纵断高程、中线偏位、宽度、平整度、横坡、边坡等进行了现场验收检测，最终各项指标符合设计及规范要求，转序验收顺利通过。路基转序的顺利验收，为下一步路面施工创造了有利条件，也为项目年底通车奠定了坚实的基础。

昭泸高速指挥部狠抓进度管理，根据总工期及各合同段的工期要求、工程数量及工程特点实行分阶段目标管理，以阶段目标确保工期目标；根据合同总工期的要求制定昭通市昭泸高速公路工程建设项目工程进度管理实施办法，通过切实可行的进度管理措施，按合同工期圆满完成昭泸高速各项生产任务。

工程变更方面，通过建立工程变更办法明确职责。一是加强昭泸高速公路设计变更管理工作；二是设计变更做到即时发生，及时认定；三是实施设计变更会审制度。以上三个举措，大大加快了指挥部与施工方的项目紧密对接合作，极大提高了项目推进速度和效率。

截至 2020 年 11 月，昭泸高速公路项目因自然因素等产生一般工程变更 1631 份，因桥改路优化方案、地质原因产生较大工程变更 9 份。工程造价管理坚持以概算为基础，以合同为依据，以资金管理为主线，做好建设资金的筹集、控制、监督与核算工作，依法、合规、及时筹集和使用建设资金，严格控制建设成本，通过优化设计方案全过程控制造价。

山默无语，绝非无声。站立在群峰之下，发现昭通的山重重叠叠，挺拔天地，有雄伟奇特之貌，有启迪万物之能。热火朝天的建设过程中，看，万里长征路浩荡漫山，开山筑路大道连云贵，好一幅“危峰立、怪石嶙、天梯险、路萦纡、势磅礴”的天路图。

③

喜报频传　控制性工程连连告捷

冬日过后，春风万里，天地间蓬勃向上的力量无可阻挡，众生中战天斗地的激情无处不在。昭泸高速指挥部在赶工期间，毫不放松对安全质量的管理督察，历史会铭记他们的奋斗和足迹。

- **强抓重点 指挥部强化安全管理稳推进**

为确保昭泸建设项目的工期和质量，昭泸高速指挥部加强了对承建方的安全管理，确保了各项目稳步推进。在2020年6月之后，虽然遇到不少瓦斯、涌水等危险状况，但昭泸高速的一项项控制性工程也相继实现了贯通。

6月23日，昭泸高速项目指挥部组织召开了2020年上半年质量安全综合督查反馈会。包括指挥部总监办、工程技术管理处、安全监管处室负责人，各土建、监理单位相关人员共53人参加会议，会议由安全监管处处长王敏主持。

部分隧道进口因安全步距超出规范要求，存在安全隐患，昭泸高速指挥部及相关部门已于2020年5月28日要求其停止掌子面的施工。

针对该工点的问题，指挥部毫不含糊，在会议中明确指出，问题的根源在于项目经理部组织不力、措施不到位、方法不当，迄今为止，该隧道安全步距尚未满足规范要求，存在的安全隐患尚未完全消除，施工进度滞后，严重影响了整个项目的建成通车目标。

在严格整顿规范的停工及整改期，指挥部派专人进驻工地，每天跟踪督察整改，一一落实安全管理相关步骤及举措。20多天后，在昭泸高速指挥部指挥长办公室又组织召开了问题工段掌子面、二衬及仰拱施工进度的措施及要求会议，指挥长黄阳、副总工程师唐侃、安全监管处处长王敏、标段项目经理等参加会议。会议就隧道进口掌子面、仰拱及二衬如何施工提出了相关措施及具体要求，并对其改进和整改情况给予了肯定。

之后，昭泸高速指挥部多次部署重兵来到南天门隧道和乌峰隧道，现场检查指导工作。这两个隧道都是瓦斯隧道，2020年第一阶段贯通在即，在大干快上集结所有力量积极备战的关键时刻，乌峰及南天门隧道的安全保障工作是关键所在。

- **凌晨喜讯 全线首座连续钢构桥双幅合龙**

复工以来，中铁十七局项目部在抓好疫情防控的同时，咬紧年度通车目标，制定年度目标“三部曲”，狠抓剩余三个控制性工程，项目领导驻点督导，优化资源，鼓舞干劲，狠抓施工进度，项目控制性工程频频传来佳音。

2020年9月14日凌晨3时15分，经过近4个小时的连续浇筑，中铁十七局承建的肖家

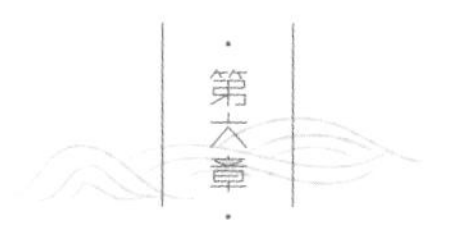

梁子 2 号大桥左幅顺利合龙，至此全线首座连续钢构桥双幅合龙。

肖家梁子 2 号大桥是昭泸项目控制性工程之一，主桥为预应力混凝土钢构，为跨越深沟而设，左幅桥长 337 米。该桥址属于高山地貌，山高谷深，地形险峻，主墩位于东西走向的一道冲沟底部，深沟横断面呈“V”形，交通不便，施工难度大。

面对工期紧、任务重、技术要求标准高，且地形崎岖、混凝土运输路线长等诸多问题，在连续梁施工过程中，中铁十七局项目部在昭泸高速指挥部带领下，严格按照规范要求控制模板拼装、钢筋绑扎、预埋件设置、混凝土浇筑、预应力张拉等关键工序，确保连续梁施工质量。

在具体的工程实施过程中，以科技引领，通过优化混凝土配合比、发明高墩泵送混凝土泵管固定装置，同时强化环节管理，从施工现场到拌和站，跟班作业，加强组织协调，解决了长距离泵送混凝土稳定性差、坍落度损失较大、场地限制等问题。

最终肖家梁子 2 号大桥双幅成功将合龙精度控制到 10 毫米以下，达到高精度合龙的标准。肖家梁 2 号大桥的顺利合龙，为项目实现年底通车目标提供了强有力的保证。

- **突破有“道” 刘家坪隧道凿成记**

云南建投被誉为“高原铁军”，在这个赫赫有名的“战队”当中，昭泸高速项目部更有着绝佳的勇气和担当，他们提出“当总包管理排头兵，做铁军精神践行者”的口号。在昭泸高速指挥部的总体部署下，这支青年战斗队，在央企施工队的同场竞技中敢打敢拼，在平安工地综合竞赛中连拔头筹，连续 4 年获得第一名。

之后，这支高速公路建设新军，又开始在进度、技术、质量、安全等多个方面，积蓄力量，寻求突破。2020 年 6 月 28 日，全长 1788 米的刘家坪隧道实现全面贯通，成为云南建投承建的昭泸高速公路土建 3 标首条双幅贯通的长隧道，是总承包一部在进军高速公路领域后的又一重大突破。

刘家坪隧道起于镇雄县赤水源镇岔河村，止于镇雄县赤水源镇秦家沟，是昭泸高速土建 3 标的控制性工程之一，左洞长 1755 米，右洞长 1788 米。刚开始，可谓万事开头难，从没有干过高速路建设的云南建投昭泸项目部遇到了难题。在位于秦家沟的出口端，原本设计的隧道口有一条小河，虽流量不大，可正是这条涓涓细流让刘家坪隧道在开挖前期就遇到了不小的困难。

原来，从洞口开始的一段为负坡开挖，也就是说，隧道的地面并不是水平的，而是向下有一定坡度。云南建投昭泸项目部第一次接触隧道施工，缺乏经验，相关的治理措施并没有一步到位，导致河水顺着隧道斜坡源源不断地流入隧道。

刘家坪隧道现场驻点人员罗云军说："长此以往，肯定会对隧道内施工造成极大的不便，而且还有安全隐患。"

项目经理部总结之前的经验，做足了现场调研，最终决定采取"一截一沉"两种措施双管齐下。"一截"就是在洞口处挖一横向的截水沟，把地表的这股细流截在洞外；"一沉"是建立沉淀池，把截在洞外的水导入沉淀池，经过沉淀后再向外排出。

项目部负责施工沿线环水保管理的杨委说："别看这股水不大，但它最终要汇入赤水，赤水是出了名的'美酒河'，下游的茅台、董酒、习酒、郎酒等几十种酒，靠的都是这条河，如果不保护水源，会造成一系列的连锁影响。所以，做好沉淀池是必要的，必须确保这股涓涓细流经过我们工地之后还是清水。"

一旦隧道开了头，后面的掘进工作就能快速推进。

为了加快施工进度，刘家坪隧道分别从岔河村和秦家沟进出口双向掘进。既然是两头掘进，那么问题来了。在没有 GPS 信号的地下，建设者们是怎样保证两头掘进的隧道最终严丝合缝地"对接上"呢？这就需要对隧道掘进方向定期"体检"。

此时，"体检医生"上场了，项目部管这项工作叫作"导线闭合测量"。工程师们在左右洞内布置导线控制点，借助人行横洞或车行横洞，把左右幅隧道联系起来，确定一个多边形的闭合圈。借助"体检仪器"也就是全站仪，进行导线边长和方位角的测量，只要闭合测量角度的误差值在允许范围以内，那么本次测量就被认定为合格有效；然后再通过角度平差进行闭合导线的坐标计算，得出每一个导线点的正确坐标，对以前所用坐标进行校正。

"长隧道，尤其是在贯通前，一定要多测几次。"2020 年 6 月 14 日 14 时，"体检医生"带着体检设备，往刘家坪隧道出口进发，为这条隧道进行最后一次"体检"。

他们熟练地架起了全站仪。没过多久，第一测站角度测量结果就出来了。

"情况怎么样？"郭娇阳迫不及待地问王玉斌。

"左右盘读数有误差，不行，还要重新测。"由于长隧道内灰尘大，往往影响测量结果，为了保证测量的准确性，控制每一测站角度左右盘读数误差限度，需要反复测量确定。

闭合测量不仅用于检验之前的隧道掘进方向，还决定了以后隧道的“生长方向”。而在大多数情况下，若出现误差其实并不是隧道“挖歪了”，而是测量过程中出现了误差。于是，测量一次不行就测两次，两次不行就测三次，三位工程师前前后后忙活到夜里9点多，最终的闭合差测定结果在规范允许的范围之内，这才结束了对刘家坪隧道的最后一次“体检”。

“为了隧道不长歪，‘体检医生’可是操碎了心。”王玉斌笑着说。

另一大难关就是运输问题了。自开工之日起至今的一年多时间里，算上投入昭泸高速项目中的4辆公车，跑过的公里数达12万公里之多，可完整地绕着地球跑3圈！当然，这还只是不完全统计。如果算上其他七八辆在工地上奔波的私车，这个数据会更加惊人。云南建投全长26公里的高速公路，为何能跑出如此长的距离？

以刘家坪隧道为例，在刘家坪隧道未贯通前，管理人员想从进口端走到1.7公里外的出口端，需从岔河村出发，经横岩、刑租坝、店子上、大地坡、学堂屋屺、火石湾、罗家湾子，才能最终到达秦家沟，全程约8公里，山路弯弯曲曲，大弯套小弯，小弯连大弯。明明是同一条隧道，但两地交流竟如此不便。

为了对隧道施工进行更好地管控，项目经理部不得不分派罗云军和陈明坤两名现场驻点人员，分别对两地隧道的施工情况进行管控。平常的日子倒还好，如果要两地集中碰头或交叉检查，多绕几个弯也就过去了。若是赶在下雪天，这8公里的山路就变得寸步难行，开车经过这段路就真的是在考验车技了。

这天才下过雪，罗云军像往常一样开着猎豹车去刘家坪炸药库例行检查，当时路面已经开始积雪，车走在平路上都得小心翼翼，更别提这七拐八弯的山路了。而这次要去的炸药库偏偏坐落于一个小山包，必须经过一段大坡度的山路。罗云军说：“上去的时候也没多想，换一挡慢慢地就上去了，并没觉得地面有多滑。可回来时就不一样了，踩着刹车也往下滑，就这么滑下了小山包。”

刘家坪隧道贯通后，原先的工地摇身一变，成了“施工便道”。刘家坪隧道贯通后，还需要浇筑电缆沟和排水沟，而后续的施工现场便统一由罗云军管理。

“现在每天从刘家坪隧道进口端左幅进入，到隧道的出口端，再从右幅绕回，不仅检查

效率提高了，过程也比以前更细致、更全面。”

刘家坪隧道作为云南建投总承包一部首条贯通的高速长隧道，不仅见证了其业务范围和领域的全面拓展，也证明了总承包一部昭泸团队真正让人敬佩的发展实力。

- **遇险不惊 乌峰特长瓦斯隧道贯通**

2020 年 8 月 22 日，由云南建投集团承建的昭泸高速公路控制性工程乌峰隧道顺利实现全幅贯通，比计划时间整整提前了一个月。

乌峰隧道是昭泸高速的一处大型隧道，位于镇雄县正北偏西出城约 23 公里处，连接赤水源镇洗白村和毡帽营村，横贯被当地人称为“法丈沟”的山脉两侧。在昭泸高速建成之前，昭通市彝良县和镇雄县之间，被纵横的山川阻隔，人们往来两镇需要从南北两个方向绕行，直线距离 84 公里的两个县城，驱车需要耗费 4 小时。

乌峰隧道，全长 4588 米，在云南建投承建总承包一部开展总包管理的昭泸高速公路项目 3 标段的众多隧道中，长度排名第一。乌峰隧道出口端从进洞起路线地质情况复杂，围岩等级多变，Ⅲ级到Ⅴ级围岩均有分布，Ⅳ级围岩长度占隧道全长的三分之二，路线节理较发育，施工过程中多次出现溶洞，且路线局部穿过煤层，局部瓦斯涌出量较大，被定义为低瓦斯隧道，施工难度较大。

面对瓦斯隧道、围岩等级诡谲多变，云南建投集团在设计之初就决定从两头同时掘进。隧道施工是公路工程建设中最为复杂的板块之一，尤其是处于云贵高原这一地质结构、地理环境、气候条件较为特殊的区域，难度系数就更高。

“为了确保年底顺利通车，昭泸高速项目指挥部采取每 10 天一巡查，每半个月开一次进度会，每一个月进行一次总结的方式，针对进度上、安全上、质量上不足的地方，要求施工单位现场整改，保质保量完成任务。”昭泸高速公路建设指挥部常务副指挥长许定伦说。

隧道施工具有特殊性和复杂性，非专业管理人员很少有机会一睹隧道内部的工程构造、管控措施，笔者借助此次采访之机，开始探究隧道幽邃处的“旖旎风光”及其标准化管理。

从隧道口开始，监控系统是平安工地的“第一值班室”。乌峰隧道施工现场采用全封闭式管理，人员、车辆、设备和材料必须经过严格的安检程序方可进出隧道，在隧道口还设有值班室，管理人员通过现场的视频监控、人员定位系统第一时间了解洞内的一举一动。

专管员罗连帅表示："我们在2019年8月就已经完成了工人实名制管理全标段覆盖，将所有工人都统一纳入信息化管理，实现了对现场作业人员的实时动态跟踪。"

深入隧度500米处时，空气质量急剧下滑。但别担心，双风机、双电源通风系统的存在能够为隧道深处24小时不间断地输送新鲜空气、排出有害气体，这对瓦斯隧道尤为重要。

进入隧道深度1500米后，早已看不到外面反射进来的太阳光，取而代之的是洞内沿隧道走势一字排开的照明灯。越往里走，黑暗笼罩的区域越大。隧道的施工空间又极为有限，施工机械设备、材料布局集中，百来米范围内，开挖台车、防水板台车、二衬台车这3种必不可少的大型机械设备一字排开，工人们就在逼仄的空间内小心细致地操作着，直到隧道贯通。洞内可视条件差，势必成为安全管理的重中之重。为此，昭泸高速的所有隧道台车都装上了安全防护设施，在常规防护栏的基础外，还采用密目网进行封闭防护。除了能防止台车上掉落材料、零件等，也为台车上的作业人员加了一道"护身符"。

来到隧道深度2157米处，抵达了目前隧道的最深处——掌子面。你也许会以为掌子面的背后无非是厚厚的山体，不会再有什么新鲜玩意儿。其实在岩层背面，依然有工人们活动的痕迹。对付未知的岩层，工人们有一种特殊的"武器"——防爆型煤矿专用全液压隧道钻孔机。

作为隧道挖掘的先进大型设备，它会对隧道掌子面前方的围岩进行30米至50米的超长距离钻孔，兼备探、放功能，与隧道超前地质预报相互结合，从而准确预报，不仅为制定下一步施工方案和处理预案提供依据，还能及时采取相应的防治措施，避免地质灾害带来的损失和负面影响，确保施工安全。

最重要的是对隧道瓦斯的防范。"通过这种方式准确预报了一次浓度高达4.6%的瓦斯情况。当瓦斯含量达到5%极易发生爆炸，4.6%已经十分接近瓦斯爆炸的浓度值。当时我们一方面采用通风系统全天通风，另一方面洒水降尘、打放电桩减少明火产生，备好消防灭火器随时待命，经过足足两天的通风，才让瓦斯浓度降到1%以下。"安全负责人张绍飞说。

安全生产是工程建设的基础，也是项目稳步推进的保证。乌峰隧道地质结构复杂，属低瓦斯隧道，施工危险系数较大，为确保工程顺利、稳步推进，在这一标段，承建方严格按照指挥部要求，建立了一整套安全施工规程。

云南建投乌峰隧道瓦斯监测人员杨华贵说："我在这儿的主要工作是从电脑上监测隧道左洞和右洞的瓦斯情况，这套系统主要能够监测的气体是氧气，第二是瓦斯，第三是二氧化碳，第四是一氧化碳。另外，还能实时监测隧道里面的温度，监测人员只需要坐在电脑前就能把隧道中这些气体的各项指标检测出来。当然，我们也会采取人工检测和自动检测相结合的方式。"

有了这套监测系统，隧道内瓦斯和其他气体的浓度一旦到达阈值就会发出警报。如果浓度继续飙升，系统就会自动断电，保证井下安全，现场指挥人员会根据报警声撤离人员，最大程度保障所有人的安全。

受疫情影响，乌峰隧道施工时间紧、任务重，为确保按时按点完成贯通任务，昭泸高速项目指挥部始终坚持以保证质量、安全、进度为目标，实施"时刻监控、动态调整"模式，与业主、项目部形成"三环闭合"工作模式，强化过程控制和各道循环工序的衔接，确保隧道开挖安全有序，平稳推进。

④ 秋冬会战　大干120天，第一阶段贯通顺利完成

几个重大的施工战役是在2020年末集中冲刺的。2020年，注定会在所有昭泸筑路人的心底留下永远的记忆。他们经历了最艰辛路段上的困境和磨难，迎接他们的是最后的冲刺和喜悦。

昭泸高速路面已铺筑一半有余，在首段即将通车的大半年时间里，昭泸高速项目指挥部的工作人员都下沉到一线，所有标段的施工建设单位也都24小时轮班作业，为了确保按时通车，指挥部的领导们更是冲锋在前，靠前指挥。

那段时间，在冬日的余晖下，公路沿线开满山花，热火朝天的昭泸筑路队伍错落分布在山间的沟沟畔畔，多的有数千人，少的也有几百号人，机械轰鸣，人声鼎沸，一处又一处的工地，在晚霞的映照下呈现出万紫千红、人欢马叫的劳动景象，迎着远处变幻的七彩云霞显

得更加绚烂和生动。

- **坚守前线 各级领导指挥鏖战**

生命的绽放便是与时间赛跑，只有把时间消耗在喜欢的人和事上，才是对生命最好的敬重。新冠疫情耽误了宝贵的时间，又面临年底通车的压力，昭泸高速领导班子在指挥长黄阳的带领下，与一线员工一起“撸起袖子加油干”，时时巡检，甚至在一线顶班督查，一个班下来哪怕满面灰尘，也毫不在意，每一个值班干部都感受到了从未有过的快乐与充实。

2020 年 9 月 2 日至 4 日，昭泸高速项目指挥部 3 次召开会议，全面安排部署工程建设后期工作。昭泸高速指挥部领导班子、总监理工程师办公室、工程技术管理处、环水保监督处、运营管理处等处室负责人，各房建、监理单位相关人员共 20 人参加会议，会议由运营管理处处长马江主持。会上，各房建施工单位对房建施工情况及部分工点基础形式进行了汇报。

在指挥部上下同心打赢首段贯通战役的同时，各级政府也加大了对昭泸高速的指导和关心。9 月 26 日，王东锋副市长带队调研昭泸高速建设项目。王东锋一行依次到昭泸高速刘家坪隧道出口、法丈沟大桥等工点实地查看，详细了解项目工程进度及当前存在的困难和问题。

11 月底，云南省水利厅检查组到昭泸高速检查水土保持方案实施及设施运行情况，并于次日组织召开座谈会。昭通市水利局、镇雄县水务局等相关负责人全程参加。当日，检查组一行依次到昭泸高速贾家坝、牛场隧道出口等 6 个弃土场进行了实地查看。

12 月初，昭通高投时任党委书记、董事长陈富华亲自带队调研昭泸高速项目建设及通车筹备情况，现场听取工程中存在的困难和问题，全面了解项目土建、路面、交安、机电、房建、绿化及消防工程的施工进度，作出具体指示和要求。昭泸高速建设指挥长黄阳，昭泸高速项目指挥部副总指挥、总监理工程师许定伦，昭通高投副总工程师、昭通市铁路投资开发有限公司总经理指挥部党支部书记李文祥，昭泸高速项目指挥部工程部经理邓海明，昭通高速配装式建筑有限公司董事长刘加良，昭通高速城乡开发有限公司总经理王勇等相关负责人陪同调研。

调研后，陈富华对昭泸项目部与各参建单位齐心协力、攻坚克难取得的阶段性成果给予了高度肯定。他指出，面对镇雄县气候恶劣、全年有效施工时间短及地质复杂等不利因素，昭泸项目部组织有力、部署得当，严格按照昭通市委、市政府下达的目标任务扎实有效地推进各项工作，取得的成绩亮点突出、可圈可点。当前，建设项目已进入通车前的关键冲刺阶段，项目指挥部务必再接再厉、攻坚克难，全面细致做好项目收尾和通车前各项准备工作。

昭泸项目指挥长黄阳表示，在即将通车的关键时期，陈富华董事长的实地调研有力地推动了冲刺阶段的各项工作，进一步坚定了全体参建单位的信心。在下一步工作中，昭泸公司将组织各单位全力以赴冲刺收尾，确保在既定时间内高质量地完成建设任务。

2020 年 12 月 19 日，镇雄境内迎来当年首场降雪，而在大雪纷飞之际，昭泸高速首段贯通的日期逐渐临近，指挥部及各施工单位昼夜奋战，向牛场至顶拉段建设正在进行最后冲刺。

雪霁初晴，时任镇雄县委书记翟玉龙一行深入昭泸项目施工现场，向奋战在一线的建设者们表示慰问和关怀。镇雄县委副书记、县长张洪坤，镇雄县政协副主席、县交运局局长鲁绍延陪同慰问。

翟玉龙一行依次到镇雄南收费站、镇雄北互通、半坡隧道出口等工点进行慰问，察看了昭泸高速建设进度，并详细询问了一线人员的工作、生活情况，以及施工现场的防寒保暖等情况。

寒冬送温暖，奋战更有力。昭泸高速公路包括交安设施、房建、机电、绿化、消防工程在内的 5 项附属设施都进入最后的交接收尾阶段，所有承建单位均实行 24 小时三班倒轮岗制，确保剩余工程于 12 月 30 日前全部交工。

指挥部总体统筹、统一指挥，各项目板块科学调度、强化管理，机械、人员合理分配、高效作业，各附属工程快速有力向前推进。

傲霜斗雪，安装紧急电话、摄像头及线路布设的工人们为了在两天内完成剩余任务，找来一口废旧的铁锅，生上柴火，边施工边取暖，以保证手指灵活。

运营管理处处长马江带领部门员工驻扎在房建一线，与建筑工人同场昼夜作战。房建项目的施工负责人孙绍强则针对雨雪不利天气，发动工人采用室外以棉被覆盖混凝土、室内生火等土办法加固墙体。目标只有一个：保证通车时间不受影响。

另外，指挥部领导班子及各处室负责人轮流在现场巡察、值守、督导，既监督管理工程安全和质量，又及时协调解决工程建设中存在的困难和问题。

那段时间，整个昭泸项目上下全面备战。黄阳作为整个团队的主心骨，更是忙得不分昼夜。但无论什么时候，黄阳都是一位心有罗盘、处事泰然、无私坚定的人。他深入一线，身先士卒，勤

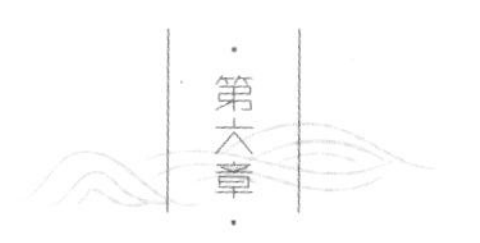

勉工作，踏踏实实，依平常之素手，鼎力笃行，挽岁月风尘，指挥沙场鏖战。

在省市及上级公司领导的关切和支持下，许定伦、唐侃等项目人员信心百倍，尽管昼夜督战，劳形苦心，但只要有突发情况，他们又会抖擞精神，风风火火地奔赴前线，当机立断解决问题。

- **云南建投保障昭泸高速最长大桥贯通**

2020 年 8 月 13 日上午，伴随着最后一片 30 米预制 T 梁的缓缓落下，昭泸高速罗家湾大桥成功贯通，如期实现了桥梁全幅贯通的节点工期目标。这无疑是一件值得昭泸人追忆的事。

罗家湾大桥全长 840 米，T 梁共计 258 片，墩柱共计 74 个，最高墩高 69.5 米。作为昭泸土建 3 标段最长的桥梁，罗家湾大桥的顺利贯通标志着距离昭泸高速全面建成通车目标又近了一步，极大地鼓舞了云南建投昭泸高速项目部全体人员。同时，这也标志着该施工点全面进入桥面施工阶段，进一步拉近了周边施工点之间的联系，缩短了联络距离，有力推动了最后阶段的冲刺进度，对推动昭泸高速全线桥梁施工进度具有至关重要的意义。

自 2018 年 4 月进场以来，为确保工期目标实现，云南建投昭泸高速项目部履行“五总”服务职能，围绕“四保一控一树”管理目标，狠抓“五位一体”管控。2020 年 6 月以来，昭泸高速建设全面进入冲刺阶段，在昭泸高速指挥部协调指挥下，全体人员闻令而动，围绕目标节点组织分派各桥梁段、隧道现场驻点指导施工，确保出现问题第一时间协调解决，实现了从指挥部到项目部，再到施工班组全员的大行动、大会战局面。

镇雄地处云贵高原北部，常年多阴雨天气，尤其是冬季雨雪天气，加上路面结冰，给现场施工及材料运输带来了极大阻碍。为确保材料及时进场、各项工期按时按点完成，指挥部充分利用当地有限的施工时间抢抓工期，实现安全管理“横向到边，纵向到底”，并建立科学的项目管理制度，对工程技术管理、质量管理、成本管控等全面负责，实现了全过程控制、多方面管理的局面。

- **中铁十八局九霄风动擂战鼓**

生命中真正重要的不是你遭遇了什么，而是你记住了哪些事，又是如何铭记的。采访中铁十八局昭泸高速项目部时，受访者谈的最多的是百日大干和劳动竞赛。有人说，荣光才会照亮最初的梦想，可不，对于最基层的施工队伍来说，热火朝天的劳动场景无疑是最让他们记忆深刻的。

那是2020年的一天，中铁十八局二公司昭泸高速项目部继“百日大干”后又组织新一轮施工劳动竞赛。中铁十八局二公司负责昭泸高速土建1标段和2标段，工程项目有长短隧道两座、特长隧道两座、大河大桥1座、大河互通立交桥1座、涵洞4座，以及路基工程和相关附属工程。截至2020年7月31日，主体工程建设已完成77.3%，之后几个月，项目部按照指挥部要求加快控制性工程施工步伐，路、桥、隧、附属工程施工等全面铺展开来。

在动员会上，项目经理张祥炳的讲话掷地有声：“我们局尽管最晚进场，但后面的工程工期却一点也不能落后，不能拖整个昭泸项目后腿。我们力争抢工大干，争分夺秒，拿出最好的成绩，回报云南人民。”

在全国上下抗击疫情冲击、恢复国民经济的大环境下，各区域要完成的任务指标日趋繁重和紧迫，中铁十八局二公司昭泸项目部按照指挥部总体部署，统一思想、认清形势，积极响应昭通市政府关于2020年决战市域在建高速公路“能通全通”的要求，进一步加大成本、管理投入力度，结合项目实际适时组织施工劳动竞赛，打响攻坚战。

他们从具体施工计划上提出了三大要求，并以三大要求为契机开展劳动竞赛。一是严格落实项目部管理制度，切实搞好工区生产建设各方面工作，加快控制性工程节点施工步伐，全力推进路、桥、隧、附属工程的施工进度；二是把好安全质量关，始终坚持以安全为前提、以质量为保障，加大对隧道循环进尺，架梁高空作业、夜间作业，火工品使用，机械设备使用的安全管理力度，始终着眼于对混凝土强度、保护层厚度、外观质量、钢筋间距、结构尺寸的高标准和严要求；三是项目部全体人员务必精诚团结、主动作为，增强服务意识和大局意识，协同各队伍做好现场物资设备、人员技术、外围协调、后勤服务以及资金方面的保障工作。

在百日大干和多次的劳动竞赛过程中，中铁十八局二公司昭泸项目部上下一致，行动统一，在各个工点开展了劳动竞赛，比工程完成量、比项目节点推进速度、比安全质量、比投入人力物力等等，整个工地形成大干快上、你追我赶的热潮。

- **中铁十七局万众一心连报大捷**

采访中铁十七局昭泸项目部很多次了，他们很多人把昭泸项目说成是他们成百上千项目中的一个，同于类似的高速公路建设历程，一样地在坎坷中奔跑，一样地在挫折里涅槃，一样地经历艰难险阻，一样地载誉而归。

2020 年下半年，中铁十七局二公司昭泸项目部接连取得两大控制性工程大捷。2020 年 8 月 29 日，昭泸高速公路控制性工程——中场河特大桥右幅顺利合龙，9 月 1 日肖家梁子 2 号大桥右幅高精度合龙！

中场河特大桥为昭泸高速公路项目 6 个控制性工程之一，桥梁单幅全长 897 米，主桥为预应力混凝土连续钢构，跨径布置为（100+180+100）米，是昭泸高速全线跨径最大的连续钢构桥。桥梁跨越百米深沟，桥面距离沟底最深处 150 米，最高桥墩 63 米，最大悬浇节段混凝土重 220 吨，施工安全及技术难度大。面对这样的工程，他们只有一个目标，就是不分昼夜，加班加点，如期完成工程节点任务。

两天后，9 月 1 日凌晨 2 时，肖家梁子 2 号大桥右幅顺利合龙，为土建 2 标最后一座桥梁工程吉家湾大桥 T 梁架设打通了运梁通道。

桥梁合龙，是指桥梁从两端开始施工，最后在中间接合。经过严格的顶压、固架、焊接工艺后，最后用天泵进行混凝土浇筑，之所以选择在凌晨作业，是因为混凝土施工对温度有特别的要求。

昭泸高速公路中铁十七局项目一分部总工程师郝磊磊说："合龙精度，一般设计要求是控制在 2 厘米以内。晚上的中跨合龙，经过测量合龙误差是 9 毫米，控制在了 1 厘米以内，合龙精度是比较高的！"

如果说温度是桥梁合龙的重要外部条件，精度则是桥梁合龙的内在严格要求。中场河大桥的主跨径，即两个主桥墩之间的距离达到了 180 米，在桥梁建设中属于大跨，对合龙的精度要求也更高。

肖家梁子 2 号大桥是昭泸项目夺取"秋冬大会战"的重要节点，指挥部多次组织相关人员到现场解决技术难题，同时要求项目部凝心聚力、攻坚克难，确保圆满完成施工任务。

在连续梁施工过程中，项目部严格按照规范要求控制模板拼装、钢筋绑扎、预埋件设置、混凝土浇筑、预应力张拉等关键工序，确保连续梁施工质量。通过优化混凝土配合比、发明高墩泵送混凝土泵管固定装置，同时从施工现场到拌和站前后场跟班作业，加强组织协调，解决了长距离泵送混凝土稳定性差、塌落度损失较大、场地限制等问题，肖家梁子2号大桥右幅最终成功实现了10毫米以下的高精度合龙。

不到三天，连报佳绩，更加增强了中铁十七局“秋冬大会战”的决心和信心。面对严峻的新冠疫情，昭泸项目围绕“实干达标”工作主线，不等不靠，扎实推进复产复工。在做好防疫物资采购及隔离防护、全面消毒等疫情防控措施的基础上，全面统筹大批劳务人员进场事宜。针对中场河特大桥等重难点工程的劳务人员进场工作，项目部制定专项方案，安排多辆专车接送民工返岗，同时对复工人员进行严格隔离观察，确保复产复工安全、科学、有序。

为激发全员战斗力和凝聚力，十七局项目部制定“三部曲”，连续开展“大干90天、奋战5 · 30”“抓住黄金期、决战7 · 30”“吹响冲锋号、冲刺9 · 30”3次劳动竞赛，制定奖惩措施，细化分解任务，严格做到“日监控、月考核、重奖罚”。

在每月召开的劳动竞赛阶段总结大会上，项目管理团队找差距、析不足，对按时完成任务的工班颁发“大红花”并给予一定奖励，对不能按时完成任务的工班发放“蜗牛奖”并加以处罚，形成以业绩论英雄的浓厚氛围，通过不断激发活力，掀起大干高潮。

在中场河特大桥施工中，为确保施工质量，项目实行关键工序签认制度，层层把关，对全过程、各环节全面把控。同时，项目加强过程监管，通过不定时检查及抽查的方式，及时发现问题，按期消除问题，确保各项质量管控措施落实到位。

发明高墩泵管固定装置，提高泵管与墩柱的固定质量及效果；安装布设混凝土泵送分流装置，实现连续钢构桥左右对称浇筑随时转换；做好方案比选和优化，高11米的0号段采取二次浇筑方案，避免一次浇筑落差过大造成空鼓问题。项目部在中场河特大桥连续钢构桥施工中不断优化方案，确保工程质量，为大桥顺利合龙保驾护航。

9月30日凌晨3时，随着最后一方混凝土的浇筑完成，中场河特大桥全幅贯通，为项目年底通车目标奠定了坚实的基础。

在紧张的工期压力面前，中铁十七局项目部不等不靠，攻坚克难，实施“5+2”“白加黑”24小时不间断施工模式，并结合现场实际情况，项目管理团队不断优化施工方案，中场河特大

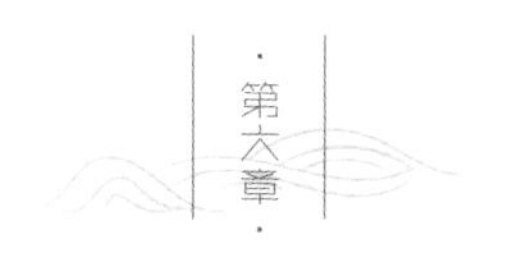

桥连续钢构从0号块到连续梁施工仅用时6个月，比计划工期提前2个月完成。

- **南天门隧道双洞同日顺利贯通**

谈及昭泸高速最难的节点，非中铁十七局承建的南天门隧道工程莫属，但就是这样“最难啃的硬骨头”，终于还是被中铁十七局昭泸高速项目部攻克。

2020年10月18日，昭泸高速项目南天门特长高瓦斯隧道左右双洞同日全部顺利贯通，标志着昭泸高速项目建设取得又一阶段性成果。

说到这块“硬骨头”，其隧道左洞全长5976米、右洞长5997米，属于特长高瓦斯隧道，是昭泸高速全线重难点控制性工程。该隧道进出口均位于悬崖峭壁之上，洞口陡峭无作业平台，且全隧穿越2400米煤层，最大煤层厚度达2.5米，瓦斯含量9.46立方米／吨，探孔内最大浓度达到100%；同时穿越F2大断层、6处挤压破碎带、岩溶区、煤层等不良地质，地质情况复杂多变，隧道涌水量高达17万立方米／天，洞内温度高达45℃。

自开工以来，南天门隧道就被昭泸高速项目指挥部列为重点高风险管控项目。为确保隧道安全有序掘进，指挥部多次牵头召开专题会议，组织专家制定专项方案，解决施工过程中遇到的难题。在实际施工过程中，项目部严格按照瓦斯隧道施工规范，科学组织施工。

施工中，承建单位中铁十七局二公司克服高瓦斯、施工难度大、风险等级高等困难，筑牢安全防线，确保工程建设稳步推进。为防止安全事故发生，二公司对施工人员和施工设备均有特别要求。工作人员需通过严格的安检，然后穿上特制的防静电服、乘坐防爆车辆进入隧道。据该项目部安全总监陈涛介绍，隧道内主电缆、配电开关等都做了专门的防爆措施，并按照市级要求配备了防静电的双风机和双风袋。同样，隧道内的挖机等大型设备也做了特殊改装或处理。

在硬件方面，项目部按照昭泸高速项目指挥部的要求，建立了一整套科学的瓦斯安全监测系统，并选派经验丰富、认真细致的工作人员对洞内瓦斯分布进行监测和检测，随时观察气体变化情况。

昭泸高速项目指挥部、中铁十七局昭泸项目部成立了高瓦斯隧道施工技术科研小组，准确探测煤层走向及瓦斯含量；建立隧道安全施工五大系统、通风系统及超前地质预报系统，并对所有施工机械进行防爆改装；联合重庆煤科院，配备专业瓦斯检测员进行24小时不间断检测，建立瓦斯自动监测报警系统，克服瓦斯浓度高的问题，降低施工风险；将超前地质探测纳入工序化管理，准确预判岩溶范围及富水情况，制定超前注浆堵水、引排水等措施，解决涌水量大等问题；在作业面添加射流风机，自制冰块，解决高温作业问题。施工中，项目部始终坚持高标准、严要求，严把安全质量关，坚守“红线”不放松，在一系列科学有效的措施保障下，南天门隧道顺利贯通。

南天门隧道除了是高瓦斯隧道外，还存在节理裂隙发育，地下裂隙水发育，穿越诸多断层、煤矿采空区，巷道储水较大具有突发涌水可能等复杂地质情况。面对困难，中铁十七局昭泸高速项目部发扬蚂蚁啃骨头的精神，做好全盘规划，勿缓勿急，多措并举，强抓安全管理，破解建设难题，确保了项目稳步推进。

该隧道的顺利贯通，打通了坪上镇至牛场镇的“咽喉”，路程由原来的1小时缩短至10分钟，同时也为昭泸高速项目年底通车（顶拉至牛场）奠定了坚实基础。

- 2020年最后一天完成首段贯通任务

千头万绪，止于一端，千里之行，始于足下。距离昭泸高速公路镇雄境内顶拉至牛场段既定的12月31日通车时间已经没有几天了，昭泸高速项目指挥部运筹帷幄，激发各施工单位的强大执行力，组织大家全力冲刺施工，在规定时间内完成两段公路的附属工程建设，确保顺利通车。

乌峰隧道是昭泸高速较长的一条隧道，其路面的鱼刺线已经画完，工人们在隧道内抿糊墙体，弹画各种标识标志，进行最后的内部装饰。

隧道内部装修带班组长郭勇军说：“工人都是三班倒，相当于一个流水线的生产有头有序轮班地干活，这是保障在指定的时间如期完工，实现通车的关键。”

决胜千里，百战功成，全靠统筹规划之功。为确保路面摊铺顺利铺设并取得预期效果，昭泸高速指挥部责成负责整个路面任务的中铁大桥局项目部超前谋划，施工前由总工组织现场技术、试验、测量、物资、机械、安全等相关人员召开安全技术交底会，对级配碎石施工首件方案进行详细交底，明确责任分工，优化施工组织，合理配置资源，确保现场施工人员掌握铺筑工艺流程、控制要点和施工注意事项。

施工过程中，中铁大桥局路面摊铺项目部定目标，强执行，按照指挥部要求，严格控制混合料拌和、运输、摊铺、碾压、检测等每个环节，确保各施工工序衔接有序，高效优质，一次成型。

随后，质检人员对试验段的压实度、平整度、厚度、松铺系数、碾压遍数、机具组合等各项数据进行收集并及时总结，为路面大规模施工奠定了坚实基础。2020 年 12 月 31 日，昭泸高速牛场至顶拉段正式建成通车。

⑤ 全线贯通　收官之年传佳音

擎天自古非单手，跨海从来有众梁。2021 年，是昭泸高速全线通车的收官之年。这一年，疫情反复，昭泸高速项目指挥部众志成城，重负在肩，时刻把握各个时期的工作任务，义无反顾组织施工单位有序推进工程进度。面对随时可能到来的疫情，昭泸指挥部带领筑路大军执甲逆行，冲锋在前，昼夜奋战在施工一线，挥洒热泪和汗水，只为昭泸高速早日全线贯通。

疫情反复无常，给长期坚守高速卡口的工作人员敲响警钟！战斗在服务窗口首段运行的运营人员为了守住难得的正常生产秩序，夙兴夜寐，鼎力奋战，昭泸高速项目指挥部也随时安排疫情值守带班领导多次召开碰头会，部署和落地防控政策和举措。

• 中铁十八局、中铁大桥局携手传佳音

2021 年新年伊始，从昭泸高速工地最前沿相继传来两大喜讯：一是中铁十八局二公司昭泸项目部负责建设的控制性工程——大河隧道顺利贯通，二是中铁大桥局负责建设的控制性工程——白岩脚隧道顺利贯通。

历经 28 个月 840 余天的日夜奋战，2021 年 1 月 13 日，大河隧道顺利贯通。

中铁十八局二公司承建的昭泸高速1标段和2标段综合里程11.048公里，其中大河隧道是标段的重要控制性工程，属特长隧道，左幅长4751米，右幅长4760米，分进、出口双线双向掘进。该隧道洞身较长，穿越两个断层，围岩破碎、涌水量大，安全风险和施工难度极高。

该隧道自2018年8月17日开工以来，严格遵循“管超前、严注浆、弱爆破、短进尺、早封闭、勤量测、紧衬砌”的施工原则，严格规范监控量测、洞身开挖支护、仰拱二衬浇注等各项施工工序。

针对隧道涌水量大，伴随涌水突泥等问题，中铁十八局昭泸项目部联合昭泸高速项目指挥部、设计单位、监理单位展开专项研究，商讨应对方案，形成科学对策。通过做好地表地形调查，采用人工配合航拍技术，勘察涌水段前后1000米段落的地表情况，查明所遭遇溶腔位于地表山谷地带，埋深为350米，半年来隧道涌水量约57万立方米。探明情况后，项目部决定采用“搭建管棚，注入双液浆封堵溶腔止水”的方式化解难题，为推进隧道施工提供了安全保障。

2021年1月18日，白岩脚隧道顺利实现贯通，标志着土建项目桥隧主体工程基本完工，也标志着昭泸高速顶拉至花山段迈出了实现通车的关键一步。

白岩脚隧道为双线分离式特长隧道左幅长5265米，右幅长5245米，其中，由中铁十八局二公司负责的隧道左幅长2465米，右幅长2478米，最大埋深约为464.31米，隧道开挖途经含煤地质和低瓦斯区，施工风险较大。

据了解，白岩脚隧道施工有“四难”：进洞难、排水难、运输难和用电难。

白岩脚隧道进口与小湾隧道出口相隔一道宽20余米、高30余米的楔形狭窄深沟，工程前期消耗了大量时间和精力用于开辟进场道路和填筑施工平台，因此大幅减小了进洞难度。尽管开辟进场道路缓解了进场施工压力，白岩脚隧道进口施工平台狭窄的自然地貌依然掣肘着施工的规模和车流，导致大型车辆通行拥堵，洞内出渣、物资运送效率极低，工区只能安排安全员现场指挥交通，按实际情况制定车辆行驶时间表，最大程度减少堵车情况。

白岩脚隧道进口施工区为反坡排水段，掘进过程中裂隙水丰富，频繁出现涌水现象。掌子面积水严重，项目部设置洞内集水井配合水泵“接力”作业抽排积水。由于隧道洞口地势低洼，恶劣气候带来的长时间、大范围降水使洞口汇聚大量积水无法及时排出，严重拖累施工进度，项目部经过实地研究决定采用洞外搭设涵管的办法导引洞口积水。

花山乡地区电力基础设施配置较差，时常发生线路超负荷、施工电压不稳定的情况。项目部主动作为，积极与地方政府进行沟通，联系供电部门进行扩电，同时增加工区发电机和变压设备，努力消除不利影响。

在白岩脚隧道贯通仪式上，项目负责人张祥炳表示："2021 年是昭泸高速全面通车的收官之年，昭泸土建 1 标、2 标项目部将继续发扬"敢打硬仗、能打胜仗"的战斗精神，在后续附属工程施工中继续严格要求，做到精细化、标准化管理，确保后续施工顺利完成。"

⑥ 关键工程　清河隧道终贯通

昭泸高速进展受阻于清河隧道。清河隧道位于昭泸高速土建 1 标，是该标段的重点工程，也是昭泸高速全线重难点控制性工程，为分离式隧道。

首先难在战线长，清河隧道地处高寒山区，全长 6185 米，为昭泸高速全线最长隧道。其次难在项目所在地气候条件差，全年冰雪雨雾天气长达 9 个月，材料进场道路与地方乡道及民房相互交叉，大部分道路弯多路窄、蜿蜒盘旋，雨季易发生滑坡、泥石流等次生灾害。然而，最大的难处还在于特有的季节冰凌阻工，冬季路面大雪、雨雾覆盖且冰凌现象严重，经常阻断道路交通，材料运输极其困难，是制约项目施工进展的不利因素。更多的难在于复杂的施工地质条件和瓦斯。昭通独特的喀斯特地貌造就了高山与峡谷并存的特点，高边坡、堆积体大、岩溶地貌复杂，煤层区域瓦斯浓度最高时达到 90%，桥隧比高达 76%，施工难度可想而知。

• "水帘洞"里治涌水

清河隧道，掌子面较大，涌水喷涌而下，清河隧道成了名副其实的"水帘洞"，施工工人只能顶水打钻，根据图纸估算涌水量。清河隧道每天涌水量约为6508立方米，而隧道实际单日最大涌水量超8万立方米，超出设计涌水量13倍之多，累计抽排水高达4200万立方米，相当于3个杭州西湖的水量[①]。

2020年6月29日的一场大雨，把整个清河隧道的出口段淹没了，接近400平方米的庞大水域，每天的出水量达到8万立方米。最多的时候项目部投入了13台抽水机持续抽，反反复复，边抽水边施工。

涌水问题是昭泸高速公路的施工难题，也是影响施工进度的主要因素。在长达3年的建设时间里，建设者的大部分施工作业，都要头顶不断从山体里涌出的水流，脚踏作业场地几十厘米深的水。没有亲身体验，永远无法想象在水里作业是多么辛苦与危险。

夏天，建设者们站在水里，甚至已累得濒临虚脱，但为了赶进度和工期，休息一下接着干；到了冬季，他们站在刺骨的水中，哪怕被冻伤，也没有人退缩。

针对超大水量的出水治理，项目技术人员在采用超前排水孔、径向注浆堵水、钢筋绑扎药卷装药爆破等一系列措施的同时，还配备36人的抽排水专班，24小时不间断管理运行抽排水系统。

为成功破解隧道反坡排水难题，项目部采取掌子面开挖临时集水坑、仰拱开挖临时集水井、车行洞改造固定集水仓、两侧排水沟深挖单点集水井等相结合的方式，进行梯级接力反坡抽排水。最高峰时，洞内共设置五级梯级反坡排水，将反坡排水工作面掘进速度从单月掘进不足30米，提高到单月掘进80米，最终实现隧道零误差贯通目标。

- **清河隧道贯通了**

清河隧道建设的难题具有典型意义，针对此项难题，中铁大桥局昭泸项目部请来了同济大学研究团队，把清河隧道纳入昭泸高速公路复杂隧道群进行重点研究。经过研究，建设者们首先利用三维激光扫描技术建立了一个全空间地质数字模型，在施工过程中就可以清楚地了解到地质的变化及隧道可能出现的变形情况，以保证隧道的安全掘进。

① 杭州西湖水量约为1400万立方米。

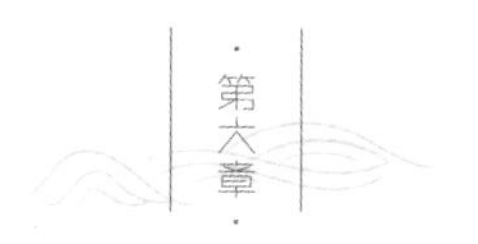

建设者们研发了新型的支护结构，在隧道开挖的过程中，可以实时保证隧道的安全。同时，在隧道壁内埋设了光纤传感器，实时掌握隧道的安全信息，为后期隧道运营安全提供有效支撑。

在隧道开挖过程中，地质雷达、超前水平钻探等先进科学探测手段齐上阵，及时对数据进行分析判断，并结合具体围岩情况进行动态设计优化调整，应对坍塌、涌水等险情，确保隧道按期贯通。由于隧道穿越乌蒙山区多条断层破碎带，地质条件复杂，围岩自稳性差，施工中遇到大小塌方近百次。施工技术人员经过多次研究探索，发明了多臂钻凿岩台车，不但提高了机械化操作水平，也最大程度降低了安全隐患。

正常的施工顺序是，在机械排险之后，由班组长检查安全状况，符合要求即可打钻。但是，清河隧道的危岩处于一个不耦合接触带里面，呈咬合状，打钻的时候就会卡钻，加上水量比较大，裂隙比较多，打钻深度无法满足，爆破的距离也不够。正常来说，爆破距离要达到 3 米，然而清河隧道的爆破距离只能达到 2 米，但是炸药的用量却相同。工时翻倍，效果减半。这样的状态之下，中铁大桥局昭泸项目部并没有气馁，而是在实践中摸索提升打钻效能，科学施工，一点点达到打钻的理想效果。

清河隧道打炮放炸药时，涌水量比较大，再加上涌水的水压比较大，导致炸药无法放入，一放进去就被水冲出来，最后只能把炸药用石头绑起来，直接放进去，这样才避免了被涌水冲出来。

为应对恶劣的气候条件，昭泸指挥部与中铁大桥局项目部制定道路保通的专项方案，按照“窄则加宽、陷则换填、挤则绕行”的原则，对进场道路进行逐步治理，并成立专职材料运输保通队伍，利用机械设备配合人工铺撒融冰剂、除冰和拖车保通。同时，项目部还定期进行道路巡逻维护，加强与地方气象部门紧密联系，协调运输力量集中组织材料进场，解决了物资材料运输制约工期的难题。

2021 年 10 月 16 日，经过上千名施工者 3 年的奋力建设，昭泸高速全线最长隧道——清河隧道终于顺利贯通。中铁大桥局昭泸项目部发扬铁军精神，克难攻坚破难题，多措并举抓进度，在乌蒙大地展示了良好的央企形象。

- **最美隧道 通车之后即成网红打卡地**

2021年12月26日，备受昭通尤其是镇雄人民关注的昭泸高速即将通车。通车前，昭泸高速项目指挥部基于安全驾驶的需要，在位于镇雄县境内的南天门隧道内设置了“疲劳唤醒”安全带。所谓“疲劳唤醒”安全带，就是通过灯光变化、拱部投射和侧墙装饰等方式，减少疲劳驾驶带来的安全隐患。

这套灯光系统是由昭泸高速项目指挥部与北京中咨泰克公司合作设计的。中咨泰克公司工程师李默涵说：“这项疲劳唤醒技术主要基于交通心理学、驾驶员工程学和交通安全学等内容，选用红、蓝、紫、青、绿五种颜色，不断变化，使行至此处的驾驶员因受到光源刺激，缓解压抑紧张的情绪，唤醒疲劳的神经。”

昭泸高速在这条最长的隧道内还进行了隧道文化的打造——大型壁画创作。其左幅装饰成“云南最美隧道”，右幅则装饰为红色党史文化走廊。南天门左右隧道一时成为网红打卡地，许多司乘人员行车至此，都会放慢车速，用心感受这里独特的隧道文化。

画家们结合昭泸高速指挥部提供的照片，在充分尊重原图原貌的基础上，进行了适当的艺术加工，在隧道内逼真而艺术地再现了昭通及各县区的交通美、景观美、人文美、生态美、建筑美、发展美、时代美。整个壁画主题突出、色泽鲜艳、惟妙惟肖，极具美感和视觉冲击力，让人叹为观止！

以“永远跟党走”为主题的右幅隧道，通过21幅壁画集中呈现中国共产党百年历史。从韶山日出、中国共产党成立，到二万五千里长征、抗日战争、解放战争，再到中华人民共和国成立以来各阶段取得的伟大成就，生动形象地展现了中国共产党百年光辉历史。隧道左幅壁画以交通发展进行构造和搭建，通过24幅大型写实壁画，串联起了昭通市各县区极具特色的风景人文景观和大型建筑，展现出的每幅图既各自成画，又巧妙地连接成为一个有机整体，展现昭通在改革开放以后，特别是“十三五”以来交通上的极大变化和经济社会的飞速发展。

整个隧道壁画单边长200米，双面合400米长，加顶部共5000多平方米，由来自昭通、成都及江苏省、甘肃省的8位画家组成团队历时两个月倾情倾力完成。昭泸高速南天门隧道壁画项目创作负责人、昭通画家卯时毅说：“我们采用的不是普通的颜料，而是丙烯颜料，这

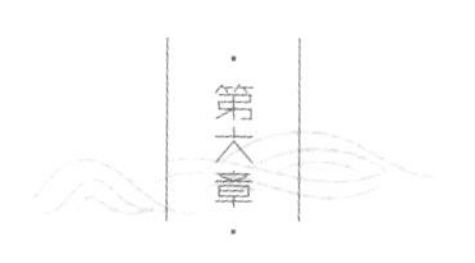

种颜料画出来的画，即使在室外日晒风吹雨淋，也能保持30年。在隧道里面，只要不人为破坏，它完全可以保持50年以上。”

昭泸高速对隧道的美化和“疲劳唤醒”，在云南省的高速公路建设中属于首创，赢得了社会各界普遍关注和赞许，也让人们对即将通车的昭泸高速充满了无限的憧憬和遐想。

07

·第七章·

几度耕耘 春华秋实展宏图

命运的召唤

把成千上万的筑路人

集结到这偏远的山乡

挥动梦想的翅膀

劳动绽放出美丽芬芳

鲜花铺满山河大地

奋斗炽热滚烫

让平凡的生命激情燃烧

高声呐喊冲向这山峦屏障

谱写一曲铿锵有力的生命交响

富裕花开四季繁荣

收获恒久的生命价值和礼赞

岁月奔涌，江山印证。五年来，在昭泸高速项目指挥部的带领下，筑路队伍把如期贯通昭泸高速作为奋斗目标，在与乌蒙山乡同在的劳动岁月里，他们与当地老百姓结下了深厚的情谊，彰显了昭泸高速建设者对这方沃土的深情与担当。

为早日完成昭泸高速全线贯通的历史任务，建设者们的足迹遍及镇雄和彝良的山山水水、沟沟畔畔。他们跋山涉水，乌蒙一线工地的风景成为他们心中最惦记的画卷，沿线百里，步步情深，时间记录下这群扎根山乡躬身筑路人的美丽身影。

❶ 新工艺新工法新技术　撑起高质量发展一片天

人类生产活动的历史是不断创新的历史，就创新本身的发展规律而言有其自身的生命周期，始终遵循从突破性创新到渐进性创新，再到突破性创新的发展规律。

昭泸高速领导班子在日常项目管理推进过程中创新观念，逐步摆脱以往的传统施工理念，在项目建设的创新能力及创新机制等方面作出了有益探索。他们积极应用诸多新工法、新技术、新工艺，加快施工效率，缩短工期，提高施工质量，有效降低工程造价，极大地保证了工程的过程精品，完全实现设计风格和使用功能相统一，取得了良好的经济效益和社会效益。

• 不断学习 用新技术新工法解决实际问题

真正肯做事、会做事的人，永远想的都是如何让工作变得更简单、更高效，主动掌控工作，而不是被工作掌控。在昭泸高速项目建设过程中，昭泸高速项目指挥部以系统思考面对全局问题，在日常项目建设中，以动态连续的思维模式和视野、以简驭繁的智慧，积极寻求更多更好的新工艺、新工法、新技术，解决、把控和管理项目推进过程的复杂系统动态变化和遇到的具体问题和难点。

一段一足迹，一事一史实。指挥长黄阳身体力行，带领团队深刻钻研，往往经过深入地科学分析与技术研究，能够达成立场和见解的统一。他们当中，黄阳、许定伦、邓海明、唐侃等都愿意花功夫带领技术人员和管理人员现场分析。昭泸班子的科学态度和实践精神，使他们对现场的工程技术问题往往能够剥皮见骨，简明扼要地讲清复杂、深奥、独特的技术现象和问题，能够深入浅出地向大家揭示和呈现技术问题的不同侧面。

昭泸高速施工过程要解决技术难点，光靠传统的设计施工工艺是难以实现的。昭泸高速项目指挥部通过广泛收集资料，聘请专家、教授指导，分析国内外研究动态，研究新的科研思路，与专业科研院所合作研究等方式，解决复杂技术难题。

昭泸高速项目指挥部主动邀请桥梁专家、技术骨干驻场，及时有效解决施工现场出现的技术问题，为工程按期保质顺利推进提供坚实的专业技术服务保障。

以黄阳为首的领导班子创新思维，广泛应用新工艺、新工法、新技术，使昭泸高速工程建设中呈现出多个具有鲜明创新特色的工作新局面。

其一是岩溶区桥梁桩基系桩底溶洞声呐探测，1 公里以上的隧道全采用湿喷机械手开展湿喷作业，隧道开挖推行三臂凿岩台车。

其二是桥梁高墩施工推行爬模施工工艺，桥梁预应力施工采用智能张拉设备，预应力孔道压浆采用智能循环压浆，梁板夏季采用自动喷淋养生、冬季采用蒸汽养生工艺等。

其三是大力推行 BIM 信息管理系统，实现重点控制性工程远程实时监控，使工程进度、建筑模型、管理台账、竣工档案等信息模块无缝对接。

项目全线隧道变电所、低压配电柜均增加了智能云配电技术，实现了设备云端管理、远程控制、故障分析及处理、自动感知故障等智能配电功能。配电房做到全天无人值守，采取免巡视的智能运维模式，在监控中心即可实现对全设备的状态监控，降低人工成本，提高效率，全力打造智慧高速。

其四是在路面施工中，指挥部严控原材料质量和施工工艺，确保路面平整度；优化排水设计，在伸缩缝上增设排水系统和阀门控制器，提高伸缩缝的使用寿命和通行安全性。许多单位在参观学习后纷纷效仿，这项创新成为昭泸高速备受赞许的创新经验之一。

其五是针对气候条件差、材料运输困难、围岩岩性多样等重难点控制性工程，成立专职材料运输保通队伍，隧道开挖采取短进尺、弱爆破方式，同时委托第三方调查并采用三维地质图进行数据分析，有效保障施工人员的安全，降低施工成本。

其六是清河、南天门特长隧道左、右幅中部均设置视觉疲劳缓解带，通过灯光变化、拱部投射、侧墙装饰，从视觉及心理的角度消除驾驶者长时间在特长隧道中行驶的压抑感和紧张感，降低因疲劳驾驶带来的安全隐患；隧道增设鱼刺标线，电缆沟帮增设黄黑相间的立面标记，提高驾乘人员隧道行车的安全性。

隧道洞门及部分特长隧道，结合当地历史和人文风情，打造红色旅游路域文化景观和新时代历史发展进程中昭通展现出的交通振兴、城市振兴的辉煌成就。精美壁画经隧道照明系统投映后，让人眼前一亮，既让司乘人员领略了绝无仅有的隧道文化，又增加了行程乐趣，给人们带来前所未有的精神体验与享受。

其七是依托昭泸项目，指挥部与项目团队提出“含有毒有害气体长隧道施工多维度智能通风技术研究”“复杂地质隧道结构优化与安全管控技术研究”“巨厚复杂堆积层边坡失稳机理及支护体系研究与应用”等多个课题研究，现已通过云南省交通运输厅科技创新及示范项目可行性研究立项批复。

项目建设期间，昭泸高速项目指挥部与同济大学和云南航天工程物探检测股份有限公司等院所开展技术合作，科技攻关和科技应用；与同济大学合作开展巨厚复杂堆积层边坡失稳机理及支护体系应用研究，复杂艰险山区公路隧道群结构优化及安全管控技术应用研究，含有毒有害气体长隧道施工多维度智能通风技术研究。

由昭通高速建设指挥部牵头，以南天门高瓦斯隧道为依托，与重庆煤科院合作开展滇东北富水高瓦斯隧道建设期灾害防控关键技术研究。在项目建设过程中积极应用新技术、新材料、新设备、新工艺，使施工程序标准化、规范化，为提高工程质量、加快施工进度提供了有力保障。

从小处着手，积微成著；大处着眼，登高望远。每一个亮点都是昭泸高速对“四新”的实践和应用，每一项举措都是昭泸高速为科学施工优化工程提高功效的卓越努力。

为进一步加强昭泸高速项目的标准化、信息化建设，提高隧道机械化施工程度，昭泸、镇赫高速公路指挥部还不时地组织施工、监理相关管理人员及技术负责人赴贵黄高速公路项目观摩学习，组织各施工单位进行专项技术观摩学习。各施工单位经过现场学习，学以致用，将学到的先进经验应用到工程建设中，加强管理，积极探索自身技术创新模式和途径，推动昭泸高速项目工程迈上新台阶。

- **随时随地 小技术解决大问题**

有这样一个故事：说的是在香皂流水线上的自动包装，香皂在装盒的时候，会偶尔出现售出的香皂只有盒子没有香皂的现象。而流水线上统一的规格样式，很难找到哪个盒子没有装香皂。对此，日本香皂加工厂斥资数百万购买了红外线识别系统，解决了这个问题。但是在我国温州，某厂长听从工人意见，在流水线终端不远处放上了一个大功率电扇，这样空盒会被电扇吹走，低成本地解决了这一问题。

在一般人眼里，相比于斥资数百万元的红外线识别系统，温州香皂厂的电扇没有技术含量，但从效果及效率综合来看，高下立判。因此，在日常生活中看似朴素的技术创新都来源于普通人的思考和智慧。

昭泸高速横跨高山深谷，桥隧相连，建设难度不小。乌蒙腹地，雾气大时如混沌初开，但就是在这样的环境条件下，无数大桥高墩却拔地而起。

对于高墩而言，40 米的高度是重要的安全分水岭，需要采用不同的安全防护措施。当墩柱还是个低于 40 米的“小个子”时，一般采用厂家定制的“之”字形模块化组装而成的安全爬梯，并附上安全验算说明书，在施工现场安装后，经施工分部、总包单位和监理单位三方共同验收合格并公示后才能投入使用，因为爬梯的活动空间和负荷有限，所以在使用过程中，同时上下人数最多只能为 3 人。

而墩高一旦超过了 40 米，为了防止高空作业平台发生高坠事故，必须采用薄钢板网片进行四周全封闭，网片的高度不低于 1.2 米，上端刷成醒目的黄色，在下端踢脚板处刷上黄黑色安全漆，平面满铺薄钢板，才算是有效的保护措施。

如果说“之”字形模块化的安全爬梯是用来保护工人“登天”，那么要确保工人“入地”就得靠软爬梯的帮助——现场有工人设计制作了一种供人员上下专用的软梯装置。这个软爬梯分别从立面和平面给人工挖孔桩的施工过程带来了全方位的保护。在立面上，采用定型化、全封闭、可安拆模块式的封闭围栏；在平面上，采用硬防护式的钢筋网片，网片的孔距不超过 10 厘米，为人工挖孔桩里的工人提供了完备的安全保障。

只有软爬梯还远远不够，在孔桩施工之前，要利用空压机送风 15 分钟，再利用专门的有害气体检测仪进行气体检测，待确保空气中的含氧量和有害气体检测值符合要求后，工人才可以顺着软爬梯下到深处进行作业。

九层之台，起于累土。在架桥人的眼里，桥梁绝不是简单的横空出世，而是起于一根根孔桩、一座座墩柱，以及这不起眼，却有大作用的安全爬梯和薄钢板网片，建设者们才能无后顾之忧地在工地间起落自如，逢山开路，遇水架桥。

昭泸高速项目指挥部坚持以公路建设与环境保护双赢为目标，牢固树立“最大限度保护、最大限度恢复”的和谐共生理念，严守生态功能保护基线、环境质量安全底线、自然资源利用上线三大“红线”，做到生态选线、环保设计合理；集约利用资源，努力提高要素资源的利用效率，谋求高速公路建设进度与品质的最大成效；大力引进新技术、新工艺，积极推广新能源、新材料，实现绿色发展方式与高速公路建设的深度融合。

为了延长桥梁寿命、提升路面耐磨度，昭泸高速项目指挥部以环氧树脂沥青混凝土代替普通沥青混凝土铺筑路面，虽然成本和造价相对较高，但为了保障工程质量，昭泸高速依然在全线推广使用。

昭通高速指挥部以南天门高瓦斯隧道为依托，与重庆煤科院合作开展滇东北富水高瓦斯隧道建设期灾害防控关键技术研究。其中，引入现代全息门禁安检系统应用于全段隧道施工进出口，有效防范危险物品的带入；瓦斯检测设备、防爆设备，以及投资数千万元的降低瓦斯浓度的综合配套设备的引入，极大地保障了昭泸高速施工安全和进度；投资 200 多万元建立 VR 体验馆，模拟所有可能发生的安全事故，当工人戴上头盔，场景体验真实震撼，起到了警示性的安全教育作用。

在大河立交连接线设计阶段，昭泸高速项目指挥部多次组织各处室，并邀请设计单位与省内外专家多次现场勘察，最后综合各方意见提出了连接线的线路优化方案。优化后，线路线形顺畅，长度比原设计延长 311 米，但是减少了 4 座桥梁和 1 座隧道，大大降低了施工难度，减少投资将近 350 万元，得到了专家和领导们的肯定和赞许。

- **良策迭出 七大技术举措化解现场施工难题**

诺贝尔经济学奖得主保罗·罗默认为，经济增长最重要的基础力量是技术进步。昭泸高速项目指挥部始终将平安工地建设纳入常态化的施工建设管理中，每年都会派出专门的机构团队，赶赴各个工地开展“平安工地”考核评价工作，以此奖优罚劣，激励各个施工单位及时有效地采取措施，保证项目施工的质量和安全。

昭泸高速项目指挥部要求工程技术部门，除了负责设计图纸、技术方案变更管理等工作之外，还要根据项目进度，组织筹办技术交底会议和重大技术会议，及时与施工单位、设计单位沟通，积极协调解决技术难点。

在许多施工点位，指挥部与各施工单位集思广益，革故鼎新，出台了很多卓有成效的举措。其中，最具代表性的是解决现场施工难题的七大技术举措。

举措一：监控系统值好“平安工地”第一班。隧道现场采用全封闭式管理，人员、车辆、设备和材料必须经过严格安检程序方可进出；在隧道口还设有值班室、视频监控、人员定位系统，值好“平安工地”建设及管理的第一班。

举措二：双风机带来新鲜空气。由于瓦斯隧道的严格施工安全管理需求，隧道出口采用双风机、双电源通风系统，24 小时不间断为整条隧道通风，以保证施工全过程的通风要求。

举措三：不放过任何一个坠物。隧道施工空间受限、可视条件差，且施工机械设备、材料较为集中，为达到安全管理要求，在防护栏杆的基础上，隧道出口开挖台车、防水板台车、二衬台车临边防护，均采用密目网封闭防护，防止台车上材料、零件等掉落，避免对过往人员和车辆造成伤害。

举措四：超前钻孔，防爆型机械作业。隧道出口端多处低于瓦斯地层，施工中采用了防爆型煤矿专用全液压隧道钻孔机，对隧道掌子面前方的围岩进行长距离超前钻孔，兼备探、放功能，与隧道超前地质预报相互结合、相互验证、准确预报，便于及时制定施工方案和处理预案，采取相应的防治措施，避免地质灾害带来的损失和负面影响，确保施工安全。

举措五：应急救援为工人保驾护航。隧道出口严格落实施工安全管理要求，储备应急救援物资，掌子面 15 米范围内设置应急救援箱及逃生系统，并采用工字钢加固逃生通道，保证其连接的可靠性。

举措六：结合自动熄火、自动报警和人工预警，对所有的机械设备进行防爆改装。针对隧道瓦斯管控，昭泸指挥部要求相关单位增加专业设备进行多层级防护。当瓦斯浓度达到一定数值，系统就会自动报警，机械也会自动熄火，同时与人工监测相结合，形成多层级验证，最

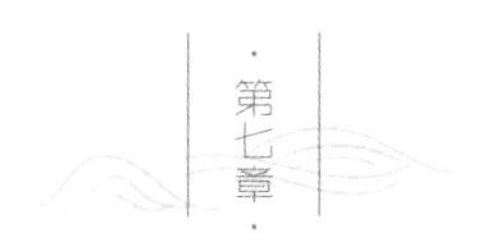

大限度预防瓦斯隐患。

举措七：全线实行混凝土集中拌和、钢筋集中加工和构件集中预制的三集中管理。各钢筋加工场、预制场根据相关规范要求，配全各类智能数控加工设备，以新工艺新工法全面保证工程建设质量。

昭泸高速项目指挥部不断强化公路项目管理能力，不断提升现场专业技术服务和管理水准，不断规范优化管控措施和方法，真正做到了施工现场安全防护标准化、场容场貌规范化、安全管理程序化，多管齐下确保施工安全风险得到有效控制，真正实现了杜绝重特大事故、遏制较大事故、减少事故总量的目标。

唤醒主动变革和创新的集体力量，昭泸班子将战略目标分解细化并落实到每一个部门、每一个员工的具体工作中，在实施过程中有的放矢，合理配置人、财、物等资源，有效控制成本。

昭泸高速大力推行信息化管理，建立数据平台、开发手机 App，确保数据实时上传，及时掌握工程建设情况。一是隧道施工监控系统；二是实验室数据管理系统；三是桥梁监控系统；四是大力推行 BIM 信息管理系统，实现重点控制性工程远程实时监控，做到了工程进度、建筑模型、管理台账、竣工档案等数据的无缝对接。

人间骐骥驰千里，海内鲲鹏举九天。昭泸高速项目指挥部一直坚持对项目建设工作的高要求，始终坚持发现问题在一线、解决问题到一线、全心全意为一线原则，经常组织班子成员及技术专家对项目控制性工程、施工难点等开展调研，召开现场办公会交流解决施工中遇到的困难，在确保安全、质优的前提下，与一流大学和研究机构如重庆煤科院、云南航天检测、同济大学等联合技术攻关，快速推进项目建设。

❷ 环水保监管　让绿水青山永续

创造良好的生态环境关乎民生福祉。生态文明建设和环保领域所面临的问题，则是经济社会可持续发展的瓶颈制约。高速公路建设施工对生态环境破坏较大，如果现场管理不到位，将

导致后期生态环境恢复成本大。因此，高速公路业主方落实各参建单位责任，抓好源头防控，将做好整个项目周期的环保、水保管理工作作为头等大事来抓。

昭泸高速项目指挥部坚持以更高站位、更高标准，全方位进行绿色管理，全过程采用绿色技术，以建设资源节约型、环境友好型、管理高效型、创新驱动型的绿色高速公路为目标，形成一套可复制、可推广、可借鉴的“昭泸生态建设方案”。

- **持续推进环水保监督工作**

昭泸高速项目指挥部环水保监督处严格围绕项目特征和施工过程中水保、环保现实需求，全面深入贯彻《中华人民共和国环境保护法》《中华人民共和国水土保持法》等法律法规，加大生态环境保护力度。

其一，在日常工作中严格实行环水保工作责任制。昭泸高速项目指挥部单独成立环水保监督处，建立环境保护体系，明确体系中各岗位的责任与权限，落实项目建设中环水保监督管理各项工作。全线所有参建标段在重要场站都设置了自动喷淋系统，场站对裸土实行绿化植被，相关车辆安装清洗装置，组建洒水车队对沿线、村庄进行不定期降尘处理。同时，根据上级要求成立环水保领导小组，进一步完善环水保管理体系，定期组织召开环境保护、水土保持工作会，加强昭泸、镇赫全线环水保监督管理；制订一套完整的工作程序，建立并执行环保工作检查制度，做好检查记录，各种环保责任落实到人。而且，认真总结环水保工作的经验与不足，落实下一阶段工作计划，形成环水保工作的常态化。

其二，多措并举，减少污染源，切实保护生态环境。昭泸高速项目指挥部在工程施工期间始终保持工地的良好排水状态，修建必要的临时排水渠道。针对施工扬尘，安排洒水车和专人开展大型临时设施洒水降尘工作，在便道与既有道路连接处增设冲洗设备，保障高速路面和既有道路路域环境。对项目全线弃土场进行巡查，对涉及河道的弃土场，开展洪水影响评价报告编制工作，定期开展河道清淤工作，保障河道水体质量。每季度开展水土保持监测及施工环境影响监测工作。

在昭泸高速上寨隧道、乌峰隧道的施工过程中，秉承“爱护生态环境、珍惜自然资源、保护地表植被”的原则，杜绝野蛮施工。上寨隧道右洞出口浅埋段上方有一棵千年古树，当地居民会不时到此进行祭祀活动。为了避免损坏此树，施工单位将周边区域保护起来，采用下穿古树进行掘进的方式，此事赢得了当地百姓的交口称赞。

其三，环水保培训。为保护昭泸高速沿线生态环境及国家重要水资源，实现人与自然和谐共存，昭泸高速项目指挥部坚持贯彻“保护优先、预防为主、综合治理、公众参与、损害担责”的环境保护原则，扎实开展环水保监督管理工作。

有一次，时值仲夏，指挥部组织开展水土保持专项培训，各土建单位、驻地办、第三方水土保持监测单位及指挥部各处室相关人员参加培训，西南林业大学石漠化研究学院院长、中华人民共和国水利部和云南省水利厅水土保持方案评审专家库成员陈奇伯教授应邀授课。

培训会由副指挥长兼总工邓海明主持，常务副指挥长兼总监理工程师许定伦、镇雄县水务局副局长申时松、镇雄县水保办主任陈勤、镇雄县水保办副主任叶国友出席。会上，陈奇伯围绕高速公路项目水土保持工作，具体讲授了水土保持工作的法律地位、行业要求、标准规范及工作措施等，重点讲授了弃土场设计、布置相关要求及绿化护坡新工艺等，并通过大量图片数据资料举例说明绿色公路及植被建设的重要性。这次培训对一线建设者做好高速公路水保相关工作有很好的启发和指导意义。邓海明要求指挥部加强统筹，驻地办严格监督，土建单位强化落实，严格按照相关要求开展好昭泸高速建设项目的水土保持工作，全力打造绿色工程、品质工程。

欲求木之长者，必固其根本；欲流之远者，必浚其泉源。像这样高规格的环水保专业培训在昭泸高速项目推进过程中是常态，专家从宏观理念上进行深刻讲习，对高速公路施工管理中的环水保技术处置手段、责任防范举措等实践环节进行总结探讨交流，不断加深昭泸高速环水保的治理水准，起到了事半功倍之效。

施工过程中，指挥部要求开挖一级防护一级，及时进行边坡绿化及防护排水，做好路基临时排水，减少水土流失，提升“带绿施工”效果，防止影响农田耕作及生态环保。

生态文明建设无止境，接力探索再继续。在昭泸高速全线参建者辛苦付出和努力下，花簇草茵、春色满路，一幅人、车、路、景和谐共生的美丽画卷已徐徐展开。

- **坚持保护与管控综合治理**

昭泸高速项目指挥部按照“绿水青山就是金山银山”的理念，坚持“最小的破坏就是最大的保护”的原则，隧道施工全部采用零开挖进洞，弃土场设计全部进行安全评价。弃土场按照“先支护后弃土”的原则进行弃土，边坡开挖中坚持开挖一级、防护一级、绿化一级。

昭泸高速有许多“迷你隧道”，为了最大限度保持山体原貌，减少开挖设计，昭泸高速项目指挥部巧妙构思设计规划。面对全线隧道尤其是短隧道比较多的情况，发现直接将山体打开挖掘是最节省成本的一种方式，但是为了能够最大限度保护山体、保持水土风貌，不破坏野生动植物栖息地，昭泸高速项目指挥部设计了不少“迷你”隧道，既打通了天堑，又能保留秀美山川。昭泸高速沿线采用新型边坡防护材料，既能防护落石，又能让植被自由生长。沿线尽量少占地，利用隧道弃方造地，最大限度保护绿水青山、蓝天净土。

昭泸高速施工辖区路域环境管理，全面落实“安全、环保、舒适、和谐”的建设目标，按照“三型五层次”植被优化设计方案，以“上乔、中灌、下花草”为绿化模式，有机搭配不同品种、树冠、花期、颜色的植被，打造“一棵树就是一个景点，一条路就是一个景区”“四季常绿、四季有景、三季有花”的美丽高速公路。

架桥修路是本分，履行环保责任是担当。项目建设者用心、用情、用实际行动呵护项目沿线的一山一水。昭泸高速中央隔离带娇艳欲滴的花树，在几场雨水的洗礼下，变得生机盎然。辖区管养路段植被丰富多样，公路蜿蜒穿梭在青山绿水间，以开花乔木为主、地被为辅，丰富的植物层次，一处一景，树绿花红与高速公路交相辉映、融为一体。

- **扛牢赤水河“一江清水、两岸青山”保护治理责任**

赤水河发源于云南省镇雄县，在威信县境内向东南出境后，经贵州毕节、遵义北达四川后注入长江，分布有许多国家珍稀鱼类。赤水河属于长江上游一级支流，全长约524公里，是国内唯一没有被污染、被开发的长江支流，同时也是知名的酱香型白酒产地，有“母亲河”“英雄河”“美酒河”的美誉，其重要意义不言而喻。

由于工期紧迫，昭泸高速指挥部组织专业的环水保外业组迅速开展科学调研分析，白天承受烈日暴晒、高原海拔不适，晚上还要克服温差大等困难，一个区域一个区域、一个工点一个工点地测量放线、收集数据，对地质和水文进行现场测绘，晚上加班对测量数据进行梳理归类，并将成果传回指挥部，有效保证了科学施工图设计工作的开展。大家早出晚归，风餐露宿，发扬艰苦奋斗、顽强拼搏的"筑路"精神，保障了工作成效，顺利推进赤水河流域的施工编制工作。

昭泸高速土建3标贾家坝2号大桥横跨赤水河，在指挥部的具体要求下，项目经理部加强干部职工教育，开展文明施工及环水保措施，对河道四周采取沙袋防控铺垫，泥浆池设置于距离河道10米以外。土建3标1号拌和站位于河道上游，拌和站设5级沉淀池，加强污水净化处理，并配置高压水枪等冲洗设备，定期安排专人清扫路面，有效保障了赤水河不受污染。土建3标项目经理部牢固树立新发展理念，聚力将赤水河打造成长江上游"最美生态河流"，确保一泓清水出镇雄。

2020年11月30日，云南省水利厅水保总站组织相关专家对昭泸高速水土保持方案实施及设施运行情况进行检查，昭通市水利局、镇雄县水务局等相关负责人全程陪同。检查组一行依次到昭泸高速贾家坝弃土场、牛场隧道出口弃土场等六个弃土场实地查看。次日召开座谈会，检查组听取了昭泸高速项目指挥部、水土保持方案变更单位、水土保持监测单位及水土保持监理单位对工作情况及存在的困难的汇报。

云南省水利厅水土保持处孔治国对相关问题进行解答，并提出三点要求：第一，监理单位尽快完成前后期工作移交和资料完善工作，落实水土保持工程师监督管理职责。第二，监测单位要提升专业化能力，完善季度报件资料，加强与各单位的沟通对接。第三，指挥部要进一步总结经验、强化措施，巩固保障治理成果，建立长效工作机制；要完善表土剥离资料收集和弃土场复垦工作，立即开展弃土场稳定性评估工作；督促施工单位完善弃土场整形绿化工作，同时开展各项水保资料收集整理和弃土场支撑性文件材料报备工作，确保水土保持工作各项要求落到实处。

镇雄县水务局水保办主任陈勤对昭泸高速项目赤水河流域生态环境保护工作和水土保持工作开展情况给予充分肯定，对其水土保持监理工作给予赞扬。同时表示，监测单位需进一步强化专业水平，进一步加强与指挥部沟通对接，与相关单位全力配合尽快完成昭泸高速水土保持方案变更工作。

昭泸高速项目指挥部时刻保持与各级环水保单位和机构的联系，经常主动邀请或随同环水保机构对昭泸高速各施工地进行随机指导。

"一张蓝图"，生态绘就，昭泸高速项目指挥部着力构建昭泸高速沿线山水林田湖草沙

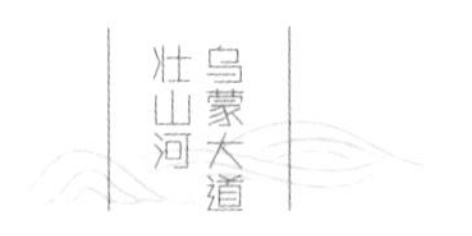

生命共同体，推动形成人与自然和谐共生、协调发展新格局。指挥部狠抓环水保综合治理，用实际行动助力美丽乡村建设，让绿色、生态成为乌蒙山乡村落的底色，“赤水河最美生态河”的靓丽身姿正在一步步呈现，昭泸高速浓墨重彩地书写了美丽公路的精彩华章。

“没建污水处理厂之前，很多村民都把污水直接排到河里，污染严重。如今，政府建起了污水处理厂，昭泸高速沿线各施工企业也都十分重视污水净化及流水沉淀等，达到排放标准后再排放到河里。赤水河水变清澈、干净了，就连空气都变好了。”谈到赤水河近些年的变化，赤水源镇70多岁的王大爷感慨道。

草长莺飞二月天，拂堤杨柳醉春烟。初春的昭泸高速赤水河沿线，草长莺飞，青山环绕，清澈的赤水河支流穿村而过，漫步在干净整洁的村庄，仿佛走进了江南小镇。在昭泸赤水源一带的崖巅与深壑间，在溪水与房舍旁，随处可见翠竹随风摇曳，60万亩竹海碧浪正垒出“金山银山”，当地居民正畅享竹林带来的生态红利。

昭泸高速项目指挥部通过对沿线区域农田、水、林、村、路全要素土地及环水保综合整治，助力推进“农业强、农村美、农民富”。昭泸高速沿线的多个村落，流淌着欢欣，充溢着幸福，成为镇雄县建设和谐秀美生态文明乡村的缩影，成为昭通市“市级生态村”。

在昭泸高速项目指挥部的严格监督管理，各参建单位的共同努力下，有效地保护了沿线生态环境。昭泸高速项目指挥部严格执行生态选线的建设理念，进行环保美学设计，重点打造互通工程、路基绿化景观，将昭泸高速与地方优质生态资源相结合，让建成后的昭泸高速更好地促进其沿线地区旅游、经济和社会发展，使项目整体与沿线山水有机融为一体，造就了一条生态高速路。

❸ 始终如一　安全质量大于天

昭泸高速领导班子积极改变企业的组织形式与文化活动，在对现实情况判断思考之后，调整部门的组织结构，新设立专门的质量监督管理委员会，改变之前传统安全管理体系的人员分工，强化制度，落实责任，明确新的任务和考评机制，以此激发安全质量管控机制，焕发热情创新精神和专业管理服务意识。

- **构建安全质量工作机制**

良好的工作机制是确保管理制度有效执行的关键，是落实各层级安全质量主体责任的有效保障，是系统提升安全质量举措的重中之重。

根据关于安全与质量的重要定位，为了做好质量监督工作，指挥部成立了以指挥长为主任，总监、总工为副主任，各处室负责人为组员的指挥部质量监督管理委员会，负责项目的质量监督、管理、指导等工作。

按照“政府监督、法人管理、社会监理、企业自检”的质量保证体系要求，委员会采取“全方位控制、全过程控制、全员控制”的“三全”控制手段及“四不放过”的原则进行监督检查。

领导层面，指挥部以督查工作为核心，安全质量职能层面，以管控和稽查工作为核心，各项目和运营部门层面，以细化执行为核心，按照“层级管理、责任明确，重在过程，便于操作”的原则，对各层级工作机制按照年度季度和月度进行梳理，在注重施工过程安全的基础上，更加注重工程“质量保安全”措施的落实，以此构建刚性工作机制，确保各项制度有效实施、体系高效运转。

指挥部质量监督管理委员会重在督察和指导的职能定位，建立安全质量体系运行常态督查、重点抽查、月度督查通报，召开季度视频例会、半年度安全例会，以及进行年度考核评价等工作机制。

昭泸高速项目公司下属各安全质量部门以“管监并重”的职能定位，以安全质量管理密切相关的各业务系统的管控要点为重点，确保工程过程的施工组织、工程技术、物资设备、分包管理等各个环节的安全质量管理举措到位，担起监督系统和管控稽查主体责任，构建月度安全质量管控稽查通报、季度风险评估通报、季度安委会、年度考核评价等工作机制，充分发挥管理职能，重点强化对所属安全质量的重大风险、重要方案、重点资源进行常态化的梳理分析、常态化宣贯培训和常态化检查考核。

项目部和运营部根据“重在执行”的职能定位，围绕管理制度的执行落实，以现场风险

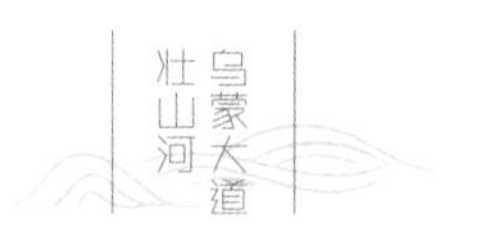

全过程管控为主线，重点抓好对“辨识评估、措施制定、责任明确、培训交底、过程卡控、检查整改、考核奖惩、应急处置”等关键环节的管控，建立“日碰头会、班前讲话、周风险梳理、周安全检查、月度生产安全会”等定期工作机制及“领导带班、跟班作业、关键工序签证、三检制”等常态化工作机制。

指挥部质量监督管理委员会实施项目的全周期管理工作机制，以项目评审、施工调查、安全质量管理交底、评估检查、过程管控、竣工交验等关键环节为重点，对各层级重点工作的开展进行了常态化指导监督。

指挥部严把进场材料质量关，要求承包人提前对材料样品进行检测，并严格按照规定的批量和频率对购进的材料进行抽检试验，对不合格的材料坚决予以清退；及时细致地在每一个工点进行桩基检测、隧道支护（单洞）检测、二村混凝土质量检测等；在全线广泛采用行业新工艺、新工法、新技术，全线实行“三集中”管理。在路面施工中，指挥部严控原材料质量和施工工艺，优化排水设计，确保路面平整度；在伸缩缝上增设排水系统，提高伸缩缝的使用寿命和通行安全性。

指挥部领导班子重要事项亲自部署、亲自把关，关键环节亲自协调、亲自督，将安全质量这件大事牢牢抓在手中。指挥部定时或不定时对监理单位的监理行为、监理履约情况进行检查，在工程实施过程中针对工程质量、投资、进度、安全管理等事宜召开月度专题会议，确保工程建设质量始终处于可控状态。

- 齐抓共管护安全

安全生产，是一切建设工作的前提。昭泸高速项目指挥部深刻领会加强质量安全管理工作的重要性和紧迫性，紧紧围绕“安全、效益、发展、和谐”的主题，坚持“安全第一、预防为主、综合治理”的工作方针，牢固树立科学发展、安全发展的理念，推动《安全生产责任制》的贯彻落实。

昭泸高速项目指挥部认真贯彻执行安全第一、预防为主、综合治理的方针，正确处理好安全与进度、安全与质量的关系，严格按照国家《安全生产法》《安全生产管理条例》和相关法律法规的要求和行业安全技术规程、标准、规范安全生产行为，同时投入 1.6 亿资金用

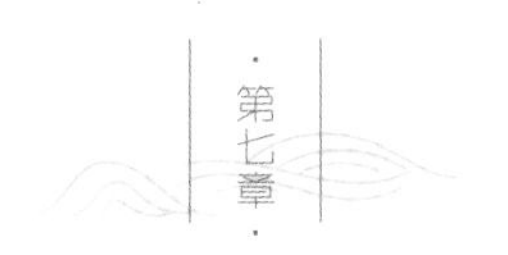

于保障安全工作。

坚持以人为本，创建和谐的公路建设文化，杜绝重大安全伤亡事故的发生，严格按照交通运输部《公路水运平安工地建设管理办法》相关规定，开展项目平安工地考核评价工作，通过切实可行的安全管理措施，做到了无安全生产事故发生。

根据合同总工期的要求制定《昭泸高速建设项目工程进度管理实施办法》，通过切实可行的进度管理圆满完成昭泸高速各项生产任务。工程变更方面，通过建立工程变更办法，明确职责，加强昭泸高速公路设计变更管理工作，设计变更做到即时发生、即时认定，实施设计变更会审制度。

同时，昭泸高速项目指挥部直面问题、落实责任，确保问题整改到位，认真查找项目管理存在的不足，深入剖析问题产生的根源，采取切实有效措施，抓好问题整改工作。在日常的安全管理过程中推进现代工程管理，努力打造平安百年品质工程，指导各单位认清形势、提高站位，着力强化理念转变，提升建设追求目标，推进工程建设管理现代化，提高工程质量安全管理水平。

昭泸高速项目指挥部坚持日常巡查与专项检查相结合、普查与堵漏洞结合、防消结合；不定期开展节后复工、桥梁隧道施工、汛期安全施工、危化品、消防安全等专项检查。对检查出来的安全隐患及时制定整改措施、整改期限，并明确整改责任人，把隐患消灭在萌芽状态，切实提升事故防范工作成效。

加强安全生产教育培训，指挥部定期召开安全生产会议，增强从业人员安全意识。先后组织和召开了昭泸高速节后复工安全生产会议、汛期安全生产专题会议、施工安全保通会议等安全生产会议，通过不同专题对施工单位进行各类安全知识和技能的培训。同时，指挥部开展“安全生产法”“民用爆炸物品管理”“建设工程安全生产条例”“隧道施工安全”等安全培训，推广普及安全知识，并积极督促施工单位开展不同形式的安全教育，实施全员参与，切实增强了全员安全意识。

指挥部积极推进安全生产标准化建设。以“平安工地”为抓手，严格落实各项安全管理制度，加强对民工驻地、弃土场、施工现场临时用电、消防设施、特殊时段等的安全生产检查，督促各参建单位有针对性地开展应急演练活动，提高应急处置能力，仅 2021 年昭泸项目开展应急演练就达10余次。

指挥部坚持领导带班和人员24小时值守制度，保证信息畅通，发现问题及时报送、及时处置，全年实现安全生产零责任、零事故、零死亡和零重伤，各项目标指标可控、在控，安全生产态势良好。

除了开展“安全生产月”活动、建立相关监控系统等各项常规的安全工作及完善相关制度外，指挥部还在南天门隧道进口建立了集多功能于一身的VR体验馆，借助科技的力量提高施工人员的安全意识。同时，邀请行业有经验的专家多次到现场进行培训，吸引了近千人次参加。

昭泸高速公路隧道众多，为应对隧道地质情况复杂、围岩差、易坍塌、涌水段多、涌水量大、纵坡大运输困难、通风不便等多项难题，在昭泸高速项目指挥部的统筹指导下，各施工单位精心筹备，在施工前运用BIM技术，结合超前地质预报，对斜井施工的难点和整体工程建设提前谋划、精准分析，将施工进程精确规划至分钟，保证施工安全。

比如，南天门隧道属于特长高瓦斯隧道，是全线重难点控制性工程之一。针对诸多难题，指挥部多措并举、攻坚克难，成立科研小组准确探测煤层走向及瓦斯含量，建立安全施工五大系统、通风系统及超前地质预报系统。此外，指挥部联合重庆煤科院，24小时不间断监测，并建立瓦斯自动检测报警系统。为防止安全事故发生，高瓦斯隧道对施工人员和施工设备均有特别要求。工作人员需通过严格的安检，然后穿上特制的防静电服、乘坐防爆车辆进入隧道。据该项目部安全总监陈涛介绍，隧道内主电缆、配电开关等都做了专门的防爆措施，并按照市级要求配备了防静电的双风机和双风袋；同样，隧道内的挖机等大型设备也做了特殊改装或处理。

机电方面，指挥部从多项电力指标及环境要素出发，构建一套全方位的智能化配电监控系统。将配电监控方式提升为数据化监控，做到了配电房全天候无专人值守、无专人免巡视，并增设智能雾灯系统，在高速公路多雾地区安装安全诱导警示装置，在监控中心采用5平方米的全彩小间距LED信息屏。

同时，昭泸高速项目指挥部将超前地质探测纳入工序化管理，准确预判岩溶范围及富水情况，制定超前措施；添加射流风机、自制冰块等等，多方位保障施工人员的安全。

- **质量安全 始终不能触碰的红线**

立足于“预防为主，先导试点”的原则，建立完善工程质量检测和试验制度，督促承包人建立健全质量保证体系，昭泸高速从开工到交工无质量事故发生。

指挥部确定以“工程优质”为总体质量目标，工程质量经交工验收检测，各项技术指标均符合设计文件和变更设计文件要求，全线整体线型顺适美观；路基整体稳定，边坡大面平整，防护有效；沿线桥涵隧道，结构合理，设置得当；桥梁、隧道工程内在质量好，外观形象美；沥青混凝土路面平整密实，行车舒适；交通安全设施、排水系统、绿化等工程内容完整，设置齐全，布设合理；全线路容整洁，路貌美观，路线景观与两侧自然景观融为一体。工程优良率达 100%，工程质量综合评分为 97 分，被评定为合格工程。

2017 年进场伊始，指挥部就从质量上严格要求，第一时间成立总监办，专事质量把控、安全监理等工作，要求施工设备三级装备标准化建设，在日常的施工过程中实施最严格的安全质量管理制度。

项目的质量管理制度议案，指挥部采取“全方位控制、全过程控制、全员控制”的“三全”控制手段及“四不放过”的原则进行监督检查，特别是对质量问题实施零容忍，工程启动前都要先做工程的示范引导，经过指挥部评定，达到要求后再大面积实施推广，实行定期和不定期检查，定期检查一个季度一次，根据质量情况召开总结会，对质量进行分析并提出如何完善和提高的方案。

在工程质量上，只要是不合格的工程都推倒重来，有的是桥墩柱的钢筋保护层不够，有的是梁板上空洞风光面大，有的只是外观差，有的是边坡防护线形不顺等。

有一次，昭泸高速项目指挥部组织召开桥梁施工质量现场会，现场推倒不合格的桥墩，责成该单位负责人提出整改意见，当时有指挥部、中心实验室、各驻地办、各项目部相关责任人共 130 余人参加会议。当时常务副指挥长兼总监理工程师许定伦对前期施工中存在的一些质量、技术等问题进行了总结，并提出相应的具体措施。他要求各单位要坚持高标准施工，要坚持“标准化、规范化、程序化、专业化、精细化”的施工管理原则，并严格落实施工规范、操作程序、工艺流程；要提高站位，引以为戒，加强管理，从思想上、行动上、组织上高度重视施工质量安全。

昭泸指挥部就是通过这样的现身说法，处理问题打到痛处，并通过各项目参会人员一起进行现场面对面，针对如何保证实体工程质量进行了沟通交流，深入剖析问题产生的根源，抓好问题整改工作。这次现场会的召开，让各土建标段管理人员充分了解混凝土工程工序中容易出现的质量通病以及预控措施，对全面提升昭泸、镇赫高速公路项目施工质量具有重大意义。

昭泸指挥部树立“红线”意识和“底线”思维，及时纠正日常工程管理方面缺乏主动性、积极性，以及管理粗放、工艺粗放等不足，强化和督查了施工单位主动作为，持续提升高速公路建设管理水平和施工安全保障能力，工程质量稳中向好。

❹ 做细做实　情系乡关人心暖

地处乌蒙深处的昭泸高速公路已经竣工，在郁郁葱葱的绵绵群山中，一条蜿蜒向前的高速公路英姿勃发，形成一道与青山、绿水、蓝天相映生辉的美丽风景。

千百年来，贫穷、闭塞、偏远、落后……一直是捆绑在镇雄、彝良身上的字眼。沐浴着新时代的春风，潜力、通畅、枢纽、活力、超前……正成为镇雄、彝良迸发出的最新闪光词汇。如今，一座座桥梁让天堑变通途，一条条高标准的沥青路、水泥路、高速公路蜿蜒盘旋在高山峡谷之间，通向四面八方，通向千家万户，连接着历史与未来，承载着沿线人民富裕的梦想与希望。

- **修路造福人民是企业履行的社会责任**

昭泸高速承建单位中铁十八局昭泸高速项目部，驻地位于昭通市镇雄县花山乡。花山乡政府通往乡幼儿园的唯一道路由于常年失修，路面破损严重，加之连绵的阴雨天气，道路泥泞不堪，甚至出现局部垮塌，给周边村民及车辆过往造成了极大不便。

为造福乡里，中铁十八局昭泸高速项目部经过精密筹划，在不影响项目施工的前提下，联系乡政府委派专人，组织队伍，提供机械设备、材料，对路面进行硬化修补。该段道路为路基宽度 3 米的双向两车道，施工期间，项目部采取灵活机动的修路方式，根据日常车辆来往

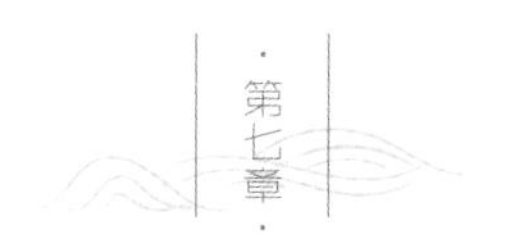

时间合理安排施工工序，路面清障、划线、硬化、保养各环节有序衔接，做到既不影响车辆人员通行，又不耽误修路工期，并尽量雇佣当地家庭困难的村民，让其增加收入，缓解他们的生活压力。

花山乡百姓对中铁十八局昭泸高速项目部的义举赞不绝口，他们在现场施工期间积极配合、服从安排调度，协助项目后勤人员为一线施工人员提供饮食与进出的便利。企业和老百姓互帮互助，心连着心，现场气氛火热，干劲十足。

经过几个昼夜的奋战，项目部顺利完成了路面修补、加宽和硬化，宽阔平坦的水泥路替代了昨日的“泥汤土路”，村民们再也不用忍受“出门一身土、走路一脚泥”的困扰。

“感谢昭泸高速的建设者为我们修的这条路，又宽又平，不仅交通方便了，出行也更加安全了。”一位老大爷高兴地说。

像这样情系乡间，时时处处为沿线百姓造福的事，在昭泸高速许多工点都随处可见。仅2021年一年时间，项目部就先后配合镇雄县综合协调办稳步推进施工损坏补偿工作，共完成313户的丈量、核算及登记造册，督导施工单位摸排因修建高速公路影响村民生产生活出行的道路，共新建道路8条、新建里程41公里，修复因施工损坏的村组道路6条、里程22公里。

各项扶贫精而准，项目进村路先行，修路架桥解首问，互助入户惠百姓。在昭泸高速建设的那些岁月里，无数建设者用汗水浇灌着脚下的这片土地，使得天地焕然一新，生机勃勃。昭泸高速项目自进场以来，始终坚持在干好在建的同时助力地方建设，努力承担起扶贫济困的社会责任，彰显了企业的责任担当，也赢得了沿线百姓的赞誉。

- **路地共建 情暖乡间**

乌峰耸翠，赤水流清。沐浴着和煦的春风行走在镇雄大地，从城镇到乡村，青嶂叠翠，山裙水袂之间，一幅河畅、水清、景美的昭泸高速沿线山水新画卷徐徐铺展，让人陶醉。

德国哲学家海德格尔说：“人充满劳绩，但还诗意地安居于大地之上。”

昭泸高速项目指挥部在脱贫攻坚向乡村振兴中积极作为，勇于作为，他们时时刻刻牵挂沿线百姓的生活，在大灾大难面前积极捐款捐物，展现大爱和担当。五年来，他们把对沿线百姓的情感化为实际行动，帮扶生活困难的群众，资助困境家庭学子，组织购买群众种植的菜蔬果品，大爱无疆，时时处处彰显昭泸高速情系乡间的善行义举。

一天，昭泸高速综合办公室一行六人，由时任办公室主任王川艳带队，带着公司的深情厚谊与乡村小学开展共建活动。昭泸职工一行，深入扶贫帮扶点镇雄县木卓镇中心小学开展扶贫帮困活动，向该共建点的同学们送去368册图书、舞蹈室音响、体育器材等价值1万余元的教学物资；与木卓镇中心小学张副校长等进行座谈，详细了解学校的人员结构、学生的学习状况、师生的生活现状等情况，并就帮扶计划交换了意见。

王川燕表示，昭泸公司将逐步落实既定的帮扶计划，切实履行帮扶责任，全面提升学校基础设施，加强学校少年宫“三位一体”教育网络，丰富校园文化生活。

数万元的物资，给山乡学校送去了昭泸高速人的温暖。伴随着帮扶工作的深入，这个扶贫点成为昭泸高速扶贫帮困的又一个有影响的共建地。

在建设昭泸高速的五年里，有许多这样的扶贫帮困故事，这里面有情感交流的热切互动，有一时一事捐款捐物的真情付出，扶贫在昭泸人的心里已成为不可或缺的一份责任和义务。每个人都以不同的方式和途径，在这个纯粹而美好的世界里，做珍藏在他人心目中的一片叶子。纵然这世间有些坎坷不平，但这片美丽落叶于尘世间独行，永远岑寂笃定。

后 记

热爱生命使命必达

是否能够成功

我不去想

既然选择了远方

便只顾风雨兼程

能否赢得爱情

我不去想

既然钟情于玫瑰

就勇敢地吐露真诚肆意执着

会不会袭来寒风冷雨

我不去想

既然目标是地平线

我只能一往直前

哪怕留给世界的只是背影

未来是平坦还是泥泞

我不去想

只要热爱生命

一切，都在意料之中

都在梦想之中

苍茫的乌蒙群山峻岭间，峰峦叠嶂下的风越过山山水水回荡在乌蒙大地，远方的宾客，近距离“触摸”赤水源头碧水潺潺的那道浅浅清流，穿山越岭而去，回望一路勾勒出的绿水青山模样，沉醉地闭上眼，一行踏歌而来，过往沸腾喧闹的建设合奏宛若有回音激越震响，这就是历史的回声，是时代的强音，会在一个个历经者见证者的耳旁久久回旋，缭绕不绝。

一语不能践，万卷徒空虚。古人讲：“文章合为时而著，歌诗合为事而作。”所谓“为时”“为事”，就是要发时代之先声，在时代发展中有所作为。

新时代给予了我们无比广阔的空间，坚定文化自信，把握时代脉搏，聆听时代声音，承担记录新时代、书写新时代、讴歌新时代的使命，勇于回答时代课题。从现实出发，从普通人创造出的伟大中发现创作主题、捕捉创作灵感，深刻反映时代的历史巨变，描绘时代的精神图谱，为时代画像、为时代立传、为时代明德。因此，我们始终相信：这样的写作过程就是一种灵魂救赎的劳动，它可以吸收普通民众的力量，看到真正推动社会和经济发展的原动力。

万卷简牍载文明，千年历史昭汗青。记录的是历史，传承的是文明。秉笔直书，就是用笔记录昭泸高速建设中这群平凡人的点点滴滴，为昭泸高速的五年建设续写传承。

作为采访者，通过挖掘事实和追记过往，发掘被时光演绎过的那段岁月，将转瞬即逝的过往展现出来，多角度解读那些过去的人和事，就像把陈列在博物馆的器物唤醒，而以书写的方式让过去的岁月在文字里“活起来”。

但因时间和接触的范围、人物等所限，只能以第三人称的视角的观瞻印象尊崇史迹和过往的客观，尽情而为，虽不能成简牍之大成，但在以创造性转化和创新性发展为目标的新时代，对一个地域经济建设有影响的项目和这群以智慧和热血筑就丰碑的人们而言，留下真实的文字记录和可资借鉴的记载，不失为一件有意义的事。

作为一个真诚的写作者和记录者，撰写昭泸高速建设历程报告文学，无疑也是拷问我们自身灵魂的一个过程，这个过程也是一个双向思考的过程。以报告文学为纽带跨越时空真实记述，让当下的现实生活传承过往有意义的历史价值存在，延续其首创奋斗的意志和精神，为这群奋斗过拼搏过的人而敬佩，为他们集结力量所成就的丰碑而感动，为他们所展示出的智慧、信心、毅力所叹服。

正所谓“大鹏之动，非一羽之轻也；骐骥之速，非一足之力也”，看似寻常最奇崛，成

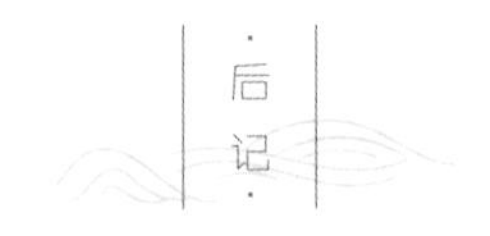

如容易却艰辛。透过这段波澜壮阔的昭泸高速建设历程，不难看出我们崇高而伟大的民族性，这种伟大崇高就在这群人中鲜活再现，所以我们一定要写这群真性情的人，写出他们执着勇毅的那段质朴而真实的生活。

昭泸高速公路人和你我一样，也都是有着烟火气息的俗世之人，但他们缔造出的非凡成就却会永恒矗立。有些人忙忙碌碌却不知道自己想追求什么，而这群人有追求、有梦想，他们有不轻言放弃的坚韧精神，他们有做事的信条和原则，这一切都是源于神圣职责，这种职责也因为他们的坚守而更加令人敬仰。

写作既是对生活的还原，也是对生命的落实，那些语言的针脚、细节的雕刻，不过是在为生命创造一个舒展的空间，从而辨识它已有的踪迹，确证它的存在。作为一个普普通通的文化工作者应该放眼四野，跳出自我的悲欢，走进生活和实践，观照人民生活，表达人民心声。而当用心用情用功抒写人民、描绘人民、歌唱人民时，文艺工作者便会发现人民大众才是艺术创作取之不尽、用之不竭的源泉。

人海茫茫，何其幸运。行文至此，意味着这段时光画上了句号。始于 2017 年初春，终于 2022 年岁末，感谢热情似火的昭泸建设者，感谢昭泸高速让大家簇拥在昭泸高速这个如家一般温暖的集体。

此时此刻，深怀感激感恩，特别感谢采访中全程支持的昭泸高速同仁们，也在此感谢漫漫写作过程中携手并行的《中国公路》同仁们，一路相伴，心相依，情相同，花开芬芳。

来吧，朋友们，让我们一起期待中国会飞得高、跑得更快，让我们一起努力，汇集和激发力量，向着未来，携手前进吧！